蜘蛛轉生成
又
Ex怎樣!

轉生成蜘蛛又怎樣！Ex

作者：馬場翁 okina baba
插畫：輝竜司 tsukasa kiryu

Kadokawa Fantastic Novels

contents

Kumo desuga, nanika?

轉生成蜘蛛又怎樣！

Kumo desuga,nanika?
Extra

艾 爾 羅 大 迷 宮

Great Elroe Labyrinth

Extra

在此徹底解開
艾爾羅大迷宮的
謎題！
還會解說魔物的
危險度等級喔。

艾爾羅大迷宮

在地底下連結達斯特魯提亞大陸與
卡薩納喀拉大陸的世界最大迷宮

上層地形

洞窟入口

有許多需前往另一個大陸的人類會通過，把路面踩實了，所以比較容易行走。幾乎都是被岩壁環繞的洞窟地形。

苔蘚

光源只有很少出現在岩壁上的發光苔蘚和小礦石，因此棲息在此地的魔物，幾乎都擁有「夜視」技能。如果沒有火把的照明，沒有「夜視」技能的人類將寸步難行。

這裡有許多擅長使用毒、麻痺、石化等異常狀態攻擊的魔物，沒有相關治療技能者，至少得隨身攜帶治療藥。

解毒劑

容易融解，能很快浸透到全身。

麻痺治療藥

做成漿糊的藥劑可以隨身攜帶。只要用指頭挖一點放於舌頭下方，就不會噎到。

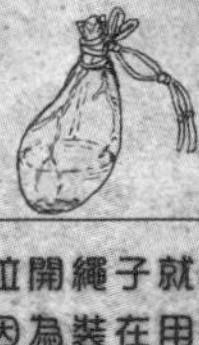

石化恢復藥

拉開繩子就能立刻開封。因為裝在用動物膀胱製成的袋子裡，藥水不會漏出來。

上層魔物

危險度F

小型次級蜘蛛怪

能力值很低，而且只會傻傻地衝過來，能輕易討伐。
不過，偶爾會出現築巢的個體，此時危險度就會大幅提升。在毫無準備的情況下被蜘蛛絲抓到相當危險，所以一旦發現蜘蛛巢就該最優先破壞。蜘蛛絲怕火，本體也怕火。

危險度E

艾爾羅蛙怪

要小心突如其來的毒攻擊。

艾爾羅鼠怪

像是老鼠的魔物。戰鬥能力低，但繁殖能力很強，容易大量竄出。

危險度D

艾爾羅恐龍怪

身長約一點五公尺的小型魔物。經常三隻一起行動，會運用巧妙的團隊作戰能力玩弄敵人。若討伐時花太多時間，就有可能因為其毒牙與毒爪而中毒，需多加小心。

巨蜂怪

像蜜蜂的魔物。只有棲息在艾爾羅大迷宮裡的個體具有「夜視」技能。

艾爾羅鵝猴

像是企鵝和鵜鶘合而為一的魔物。會在狹窄的洞窟裡自由地高速跳來跳去，以立體機動戰術襲擊敵人。團隊成員應該一邊保護彼此的背後，一邊討伐此種魔物。

危險度C

艾爾羅翼蜥

身長約一公尺。需特別小心翼蜥的特有技能「石化的魔眼」。不但擁有微量的毒，還能施展簡單的土魔法。因為攻擊力本身並不強，只要小心提防石化攻擊就能輕易討伐。

艾爾羅蛇怪

看似足以把人一口吞下的巨大魔物。擁有名叫「龍鱗」的龍種特有技能，因其效果而對物理和魔法攻擊都有很高的防禦力。因為有可能被尾巴偷襲，只要先把尾巴砍掉，就能看到勝算。

艾爾羅刃角獸

擁有銳利如刀刃的犄角，外表像是鹿的魔物。不但會用犄角攻擊，還會使用火系攻擊。

危險度B

艾爾羅多腳怪

會使用麻痺攻擊的多腳生物。能力值不高，只有速度異常快。單體的危險度是F，但會大量出現，並會集體生活，所以也會集體發動攻擊。一旦被麻痺攻擊擊中，就只能眼睜睜看著自己被啃食殆盡。須多加留意。

※此外，包含上級蜘蛛怪在內的蜘蛛怪種與竜種，也會棲息在上層的某些地方。

特例

女王蜘蛛怪

據傳是艾爾羅大迷宮主人的災厄級魔物。通常棲息在下層，只有在產卵期時會出現在上層。經常遭遇到小型次級蜘蛛怪時，很有可能是產卵期，應盡快離開迷宮。一旦遇到女王，生還的機率就近乎於零。

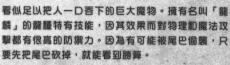

中層地形

到處都有灼熱的岩漿湧出，籠罩在蒸氣之中的地區。
這裡棲息著許多對灼熱與火焰具抗性的魔物，會躲在岩漿裡發動遠距離攻擊。
由於地區的特性，這裡長不出花草，四周都是裸露的岩石。
多虧有岩漿，這裡很明亮，可以看得很清楚，但不具抗性者會被熱能慢慢奪走HP，所以不能在此久留。
視情況而定，連衣服都有可能燒起來，須做好萬全的準備再前來挑戰。

為了對抗此處敵人的遠距離攻擊，必須要有遠距離攻擊魔法技能，或是弓箭之類的攻擊手段。也能撐到魔物耗盡MP，等待敵人主動上岸，但因為有被躲在周圍岩漿裡的其他魔物偷襲的危險，根本不該將戰鬥拖得太久，所以無法說是個好辦法。

中層魔物

危險度E

艾爾羅滾球獸

是一種有四條腿跟圓滾滾身體的魔物。能力值偏低，而且只會一招身體撞擊，非常弱小。只不過一旦發現危險，就會立刻躲進岩漿裡面。

危險度D

艾爾羅赤蛙怪

原本棲息在上層的艾爾羅蛙怪，為了適應中層環境而進化後的樣子。因為這個緣故，能力值與技能都沒有變強太多。

艾爾羅火犬獸

外型像紅毛狗的魔物。能用敏銳的嗅覺找出獵物，追殺到天涯海角。由於不曾有人目擊到此種魔物進到岩漿裡，推測不具「游泳」技能。會用火焰纏繞全身發動攻擊。

艾爾羅噴火怪

下位竜種。會躲在岩漿裡吐出火球攻擊，須多加留意。

一旦MP耗盡就會主動上岸，此時動作非常緩慢，所以只要設法讓牠耗盡MP，就能輕易加以討伐。

危險度C

艾爾羅噴火獸

艾爾羅噴火怪進化後的型態。由於個性膽小，只要發現沒有勝算，就有可能逃跑。

危險度B

艾爾羅噴火竜

中位竜種。艾爾羅噴火獸進化後的型態。全身上下都覆蓋著非常堅硬的鱗片。討伐的難度相當高。

危險度A

艾爾羅爆炎竜

上位火竜。艾爾羅噴火竜進化後的型態。不但光是能力值便很出色，還擁有對魔法與物理都有強大防禦力的「逆鱗」技能，並受到岩漿的保護。而且還擁有「統率者」稱號，會呼叫部下，以集體戰殲滅敵人，是種難纏至極的魔物。考慮到其率領的群體戰力，因此將危險度設定成A級。若不幸遇到這種魔物，應在被包圍之前逃跑。

其他

火龍

中層當然也存在著比竜更高一級的龍種。可是，從未有冒險者說實際遇見過，多半是遭遇到的同時便死亡了。

由於龍種擁有「龍鱗」這個能大幅提升防禦力，還具有阻礙魔法攻擊效果的技能，一般認為普通的人族很難擊敗龍種。

即使是冒險者團隊，也不曉得能不能應付得來，所以討伐龍種通常都會投入軍隊規模的兵力。

只能祈禱不要遇到龍種魔物。

下層地形

強大魔物四處橫行的弱肉強食地區。這裡有許多與能力值相符的大型魔物，還有足以讓牠們到處亂跑的廣大空間。
由於這裡跟上層一樣缺乏光源，籠罩在一片黑暗之中，但不太有閉塞感。是人類幾乎不會踏足的人跡罕至之處。

夜視、隱密、無聲、無臭與其他感覺強化系技能都是不可或缺的。
最好用技能代替探險中所需要的器材，身上盡量只攜帶食物。
迷宮入口所在的歐茲國內，應該有販售重量輕又能保存很久的食物，請務必事先購買。

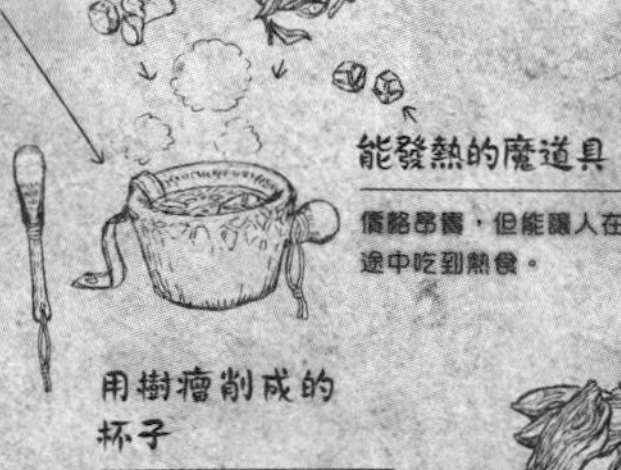

能製造出一杯份的水的魔道具

能發熱的魔道具

價格昂貴，但能讓人在旅途中吃到熱食。

用樹液凝固前端的湯匙

能把器皿中的食物挖乾淨，所以能避免食物殘留的香味引來魔物。

用樹瘤削成的杯子

防水性出色，而且輕便。

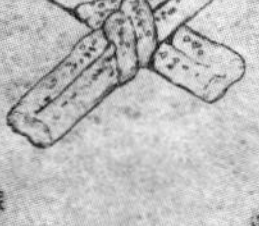

硬麵包

為了祈求冒險者平安歸來，麵包的尾端是連在一起的。為了不占空間而做成細長型。最好選擇灑了較多鹽的麵包。

水果乾與堅果

庫利摩塔是個不錯的選擇。不但能消除疲勞，還能幫助恢復MP。包裝的油紙也能用來療傷。

下層魔物

危險度F

艾爾羅腐蝕蟲

特徵為行動緩慢的蟲子。非常弱小，容易擊敗。不過，若不小心被擊中或是不小心吃下，就會受到強力的腐蝕屬性傷害。因此，下層的魔物只要不是處在非常危急的狀態下，都不會吃這種魔物。不管肚子再怎麼餓也不該吃。

危險度E

艾爾羅甲蟲獸

有著像是老鼠的頭，以及鼠婦般的身體。那多足類生物的外表會讓人覺得像是昆蟲。背部很堅硬，只要身體捲起來就能發揮出很高的防禦力。攻擊具有毒性。

危險度D

上級巨蜂怪

巨蜂怪的上位種，會成群結隊展開行動。
更上一級的將軍巨蜂怪與女王巨蜂怪也都棲息在下層。如果沒有廣範圍攻擊魔法，就該小心別被這種魔物發現，盡快逃走。

巨口猿

擁有名為「復仇」的特殊技能。因為這個技能，讓牠們會執著地不斷攻擊危害同伴的存在，也被稱作「復仇猿」。具有繁殖期，當族群數量增加時，就會造成極大的損害。儘管單體的危險度是D，視群體的規模而定，危險度甚至可能達到S級，是一種危險的魔物。只有棲息在艾爾羅大迷宮的個體擁有「夜視」技能。遇到這種魔物應不要出手，盡快逃走。

危險度C

鱷嘴猿

擁有狀似巨大鱷嘴的嘴巴，是巨D猿進化後的型態。然而，進化不知為何讓「復仇」技能消失，「怒氣」技能也消失了。是一種技能會因進化消失的奇特魔物。因為「復仇」消失，就算擊敗這種魔物，其同伴也不會大舉來襲。雖然鱷嘴猿偶爾會與巨D猿的群體一起行動，但雙方不會聯手作戰。個體的危險度是接近B的C級。是一種進化前反而更危險的罕見魔物。有人懷疑牠們是為了維持種族存續才會捨棄技能，但真相不明。

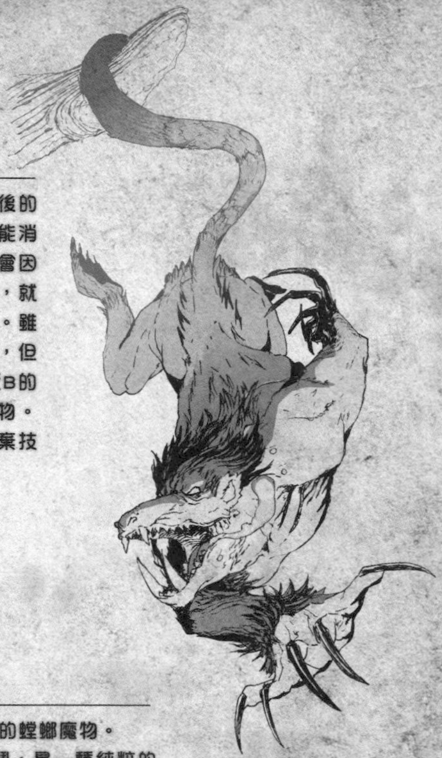

危險度B

艾爾羅螳螂怪

這是一種身長將近五公尺，身上具六把鐮刀的螳螂魔物。
幾乎不具特殊技能，只依靠強大的軀體戰鬥，是一種純粹的戰鬥型魔物。雖然很單純，但也因此強悍。

艾爾羅魚人怪

是一種像魚長了手腳，又變形成奇怪模樣的魔物。主要攻擊手段是毒攻擊，但一如其外表，無法猜到牠會如何進攻，所以很容易被打亂步調。

其他

各種地龍、上級蜘蛛怪等上位種蜘蛛怪，以及外表像巨蛇的艾爾羅霸王蛇等等。
因為踏進下層能生還的人類非常少，能夠推測這些魔物應該只是實際棲息於此的魔物中的一小部分。
據說地龍比其他龍種與魔物來得聰明，但不知真偽。若傳聞屬實，要是不幸遭遇地龍，說不定有機會被放過一命。

附錄

棲息在艾爾羅大迷宮的魔物補充說明（843年）

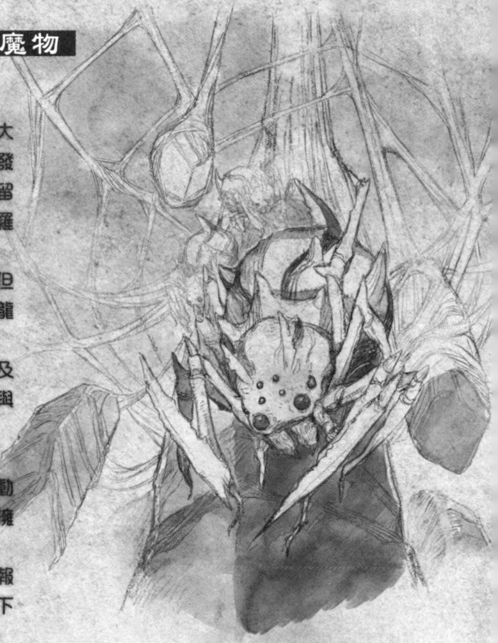

842年，「迷宮惡夢」突然從艾爾羅大迷宮跑到地面上。而那隻據說能用一發魔法徹底摧毀掉歐茲國要塞的魔物遺留下來的蜘蛛怪突變種，也開始在艾爾羅大迷宮裡被人目擊。

其體型就跟小型蜘蛛怪差不多嬌小，但據說實力甚至強過上位竜種，足以跟龍匹敵。

考慮到其外表像是「迷宮惡夢」，以及開始出現的時期，可以預測這種魔物與「迷宮惡夢」之間存在著某種關聯。

我們將其命名為「惡夢殘渣」。

這種魔物聽得懂人話，只要我方不主動攻擊，就不會襲擊過來，是一種顯然擁有智慧的魔物。

在上層也有多起「惡夢殘渣」的目擊報告，但考慮到其實力，應該也棲息於下層。

艾爾羅大迷宮最下層

據說艾爾羅大迷宮可分為上層、中層、下層與最下層這四個階層，但至今還沒人抵達過最下層，因此完全沒有該處的地形情報。根據探險家的臆測，那裡可能是女王蜘蛛怪與上位地龍的棲息地。

說到當代有可能抵達最下層的人物，應該就是連克山杜帝國的首席宮廷魔導士——羅南特・歐羅佐先生了。

歐羅佐先生習有空間魔法，據說有能力進行長距離轉移。還相傳他獨自一人在艾爾羅大迷宮裡探索好幾個星期的英勇事蹟。雖然年事已高，但若是歐羅佐先生，就連踏進迷宮最下層或許也並非夢想。

「我」

靠著遊戲玩家的知識與
非比尋常的積極心態在迷宮裡求生。

Watashi

原本是個女高中生，卻轉生為蜘蛛的不幸女孩。雖然生涯的起點是困難度瘋狂級的生死戰場，卻靠著與生俱來的積極心態與毅力不斷跨越生死線。

我要以蜘蛛的身分，在這個世界活下去！

▶Personal Data

前世喜歡的食物 泡麵加蛋

今世喜歡的食物 鯰魚

前世的興趣 玩遊戲 **今世的興趣** 變成人型後是做衣服

固有技能 韋馱天

能讓速度變快。不是專屬技能，而是最上位的速度能力值成長技能。即使如此，此技能還是比不上其他轉生者的專屬技能，考慮到轉生前的身分，賜予她這個技能已算相當優待。

表情設定集

以下是「我」（暱稱蜘蛛子）的插圖草稿。表情十分豐富，能讓人聯想到她還是個女高中生時的樣貌。

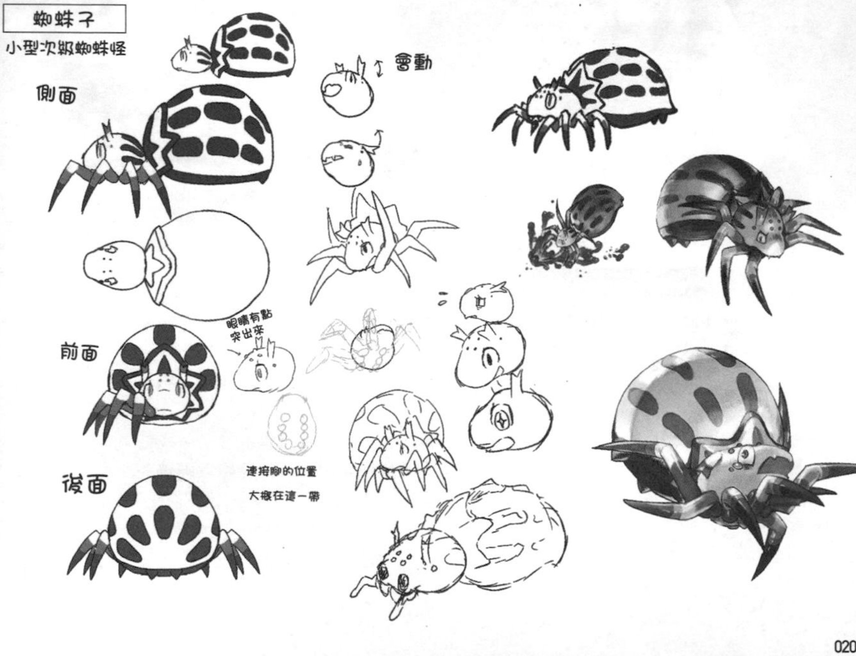

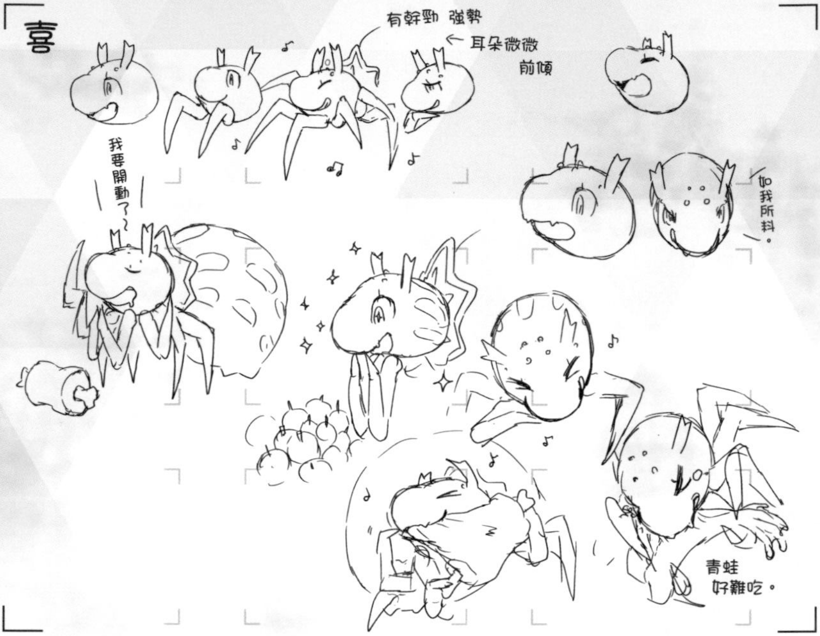
喜
有幹勁 強勢
← 耳朵微微前傾
我要開動了~
如我所料。
青蛙好難吃。

哀
蜘蛛子耳朵的重點筆記
① 鼓起幹勁、緊張的時候
筆直的、不會彎曲
② 有些鬆懈、放心的時候
有些彎曲
③ 垂頭喪氣、畏懼的時候
垂下來
隨著對手的氣勢擺動
氣勢
太扯了~
嗚嗯~!
喪氣
面對敵人的感覺
我不要再猶豫不決了。
遇到意料之外的事與害怕時的表情。垂頭喪氣時會無力地垂下來，或是順勢擺動。
大概就是這種感覺。
太扯了~
視線往上

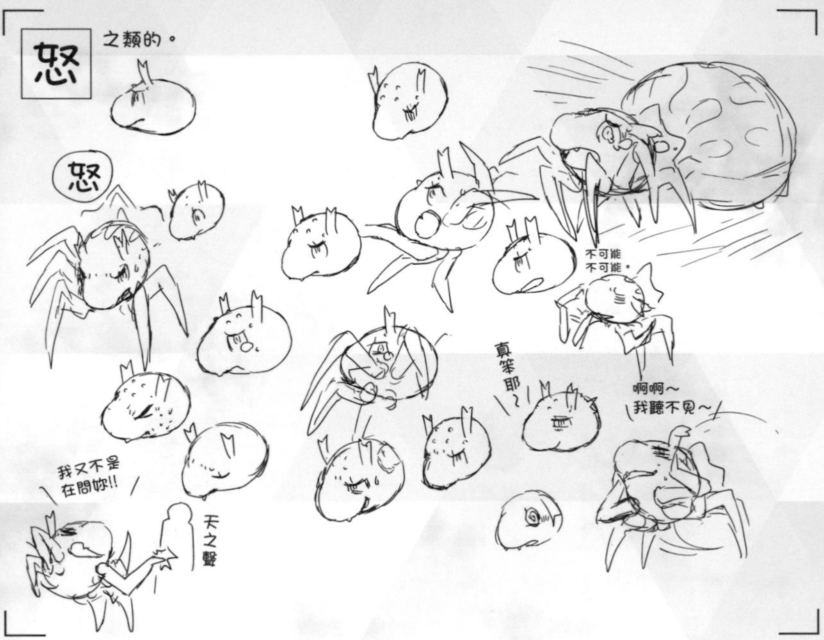

小型次級蜘蛛怪　LV1

Small Lesser Taratect LV1

姓名：無

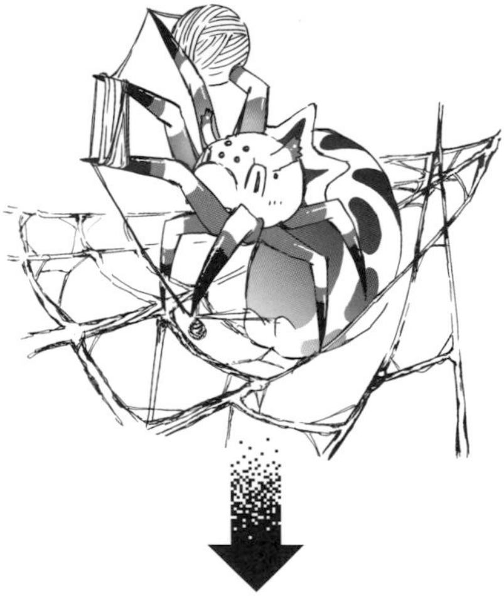

{Status}

HP：26/26（綠）　MP：26/26（藍）
SP：26/26（黃）：26/26（紅）
平均攻擊能力：8　平均防禦能力：8
平均魔法能力：8　平均抵抗能力：8
平均速度能力：108

{Skill}

「鑑定LV2」「毒牙LV2」「蜘蛛絲LV3」「夜視LV9」「禁忌LV1」「外道魔法LV1」「毒抗性LV2」「酸抗性LV2」「韋馱天LV1」「n%I=W」

技能點數：0

稱號：「食親者」

很弱。討伐危險度是最低的F級。能力值很低，而且只會傻傻地衝過來，能輕易討伐。不過，偶爾會出現築巢的個體，此時危險度就會大幅提升。一旦發現蜘蛛巢就該優先破壞。蜘蛛絲怕火，本體也怕火。

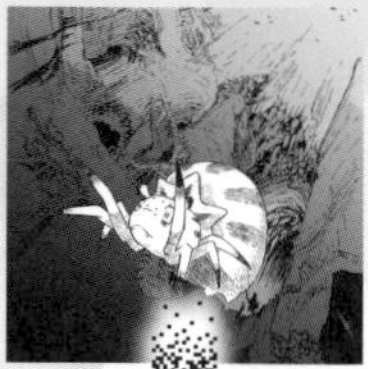

小型蜘蛛怪　LV1

Small Taratect LV1

姓名：無

明明少了「次級」這兩個字，能力值評比卻依然是「弱小」。不過，此時已是速度特別快的高速之星了！

小型毒蜘蛛怪　LV1

Small Poison Taratect LV1

姓名：無

能活用毒的人將是戰場上的贏家！就連技能都是「毒攻擊LV9」、「毒魔法LV2」和「毒合成LV3」，毒到不行！

死神之鐮　LV1

Zoa Ere LV1

姓名：無

〔Status〕

HP：195/195（綠）　MP：291/291（藍）
SP：195/195（黃）：195/195（紅）+43
平均攻擊能力：251　平均防禦能力：251
平均魔法能力：245　平均抵抗能力：280
平均速度能力：1272

〔Skill〕

「HP自動恢復LV6」「MP恢復速度LV4」「MP消耗減緩LV3」「SP恢復速度LV3」「SP消耗減緩LV3」「破壞強化LV2」「斬擊強化LV2」「毒強化LV4」「氣鬪法LV2」「氣力附加LV2」「猛毒攻擊LV3」「腐蝕攻擊LV1」「毒合成LV8」「絲的才能LV3」「萬能絲LV1」「操絲術LV8」「投擲LV7」「立體機動LV5」「隱密LV7」「無聲LV1」「集中LV10」「思考加速LV3」「預知LV3」「平行思考LV5」「演算處理LV7」「命中LV8」「閃避LV7」「鑑定LV9」「探知LV6」「外道魔法LV3」「影魔法LV3」「毒魔法LV3」「深淵魔法LV10」「破壞抗性LV2」「打擊抗性LV2」「斬擊抗性LV3」「火抗性LV2」「黑暗抗性LV2」「猛毒抗性LV2」「麻痺抗性LV4」「石化抗性LV3」「酸抗性LV4」「腐蝕抗性LV3」「暈眩抗性LV3」「恐懼抗性LV7」「外道抗性LV3」「疼痛無效」「痛覺減輕LV7」「視覺強化LV9」「夜視LV10」「視覺領域擴大LV2」「聽覺強化LV8」「嗅覺強化LV7」「味覺強化LV7」「觸覺強化LV7」「生命LV9」「魔量LV8」「爆發LV9」「持久LV9」「剛力LV4」「堅牢LV4」「護法LV4」「韋駄天LV3」「傲慢」「過食LV8」「奈落」「禁忌LV5」「n%I=W」

技能點數：500

稱號：「惡食」「食親者」「暗殺者」「魔物殺手」「毒術師」「絲術師」「無情」「魔物屠夫」「傲慢的支配者」

別名「不祥的象徵」的蜘蛛型魔物。是一種很少被目擊到的稀有魔物，據說遭遇者在幾天之內就會死去。會在不知不覺間出現在身後，用附帶腐蝕攻擊效果的鐮刀砍下受害者的腦袋。威脅性比能力值來得要高，所以危險度被認定為C級。

死神之影　LV26

Ede Saine LV26

姓名：無

{Status}

HP：3592/3592（綠）+1700（詳細）　MP：12110/12110（藍）+1700（詳細）
SP：2413/2413（黃）（詳細）
　：2413/2413（紅）+1700（詳細）
平均攻擊能力：2392（詳細）　平均防禦能力：2363（詳細）　平均魔法能力：11158（詳細）
平均抵抗能力：11004（詳細）　平均速度能力：7440（詳細）

{Skill}

「HP高速恢復LV7」「魔導的極致」「SP高速恢復LV1」「SP消耗大減緩LV1」「破壞強化LV6」「斬擊強化LV8」「異常狀態大強化LV1」「魔神法LV2」「魔力附加LV7」「氣鬪法LV9」「氣力附加LV5」「龍力LV7」「猛毒攻擊LV6」「腐蝕攻擊LV4」「外道攻擊LV6」「毒合成LV10」「藥合成LV7」「絲的才能LV8」「萬能絲LV6」「操絲術LV10」「念動力LV1」「投擲LV10」「射出LV2」「空間機動LV8」「隱密LV10」「迷彩LV1」「無聲LV8」「暴君LV1」「集中LV10」「思考加速LV9」「預知LV9」「平行意識LV7」「高速演算LV6」「命中LV10」「閃避LV10」「機率補正LV7」「風魔法LV4」「土魔法LV10」「大地魔法LV1」「外道魔法LV10」「影魔法LV10」「黑暗魔法LV10」「暗黑魔法LV2」「毒魔法LV10」「治療魔法LV10」「空間魔法LV10」「次元魔法LV4」「深淵魔法LV10」「破壞抗性LV5」「打擊抗性LV5」「斬擊抗性LV5」「火焰抗性LV2」「風抗性LV2」「土抗性LV8」「重大抗性LV1」「猛毒抗性LV3」「麻痺抗性LV6」「石化抗性LV5」「睡眠無效」「酸抗性LV6」「腐蝕抗性LV7」「暈眩抗性LV5」「恐懼抗性LV9」「外道無效」「疼痛無效」「痛覺大減輕LV5」「五感大強化LV1」「知覺領域擴大LV5」「夜視LV10」「千里眼LV8」「咒怨的邪眼LV6」「靜止的邪眼LV5」「引斥的邪眼LV1」「死滅的邪眼LV3」「星魔」「天命LV3」「瞬身LV7」「耐久LV7」「剛毅LV2」「城塞LV2」「韋駄天LV7」「魔王LV3」「忍耐」「傲慢」「怒氣LV2」「飽食LV7」「怠惰」「睿智」「斷罪」「奈落」「頹廢」「禁忌LV10」「神性領域擴大LV6」「n%I=W」

技能點數：0

稱號：「惡食」「食親者」「暗殺者」「魔物殺手」「毒術師」「絲術師」「無情」「魔物屠夫」「傲慢的支配者」「忍耐的支配者」「睿智的支配者」「屠竜者」「恐懼散布者」「屠龍者」「怠惰的支配者」「魔物的天災」

別名是「死亡的象徵」的蜘蛛型魔物。是數十年都不見得會目擊到一次的超級稀有魔物，據說在遭遇的瞬間就會死去，受人畏懼。因為連目擊案例都很稀少，很難認定其危險度。目前的暫定危險度是B級。

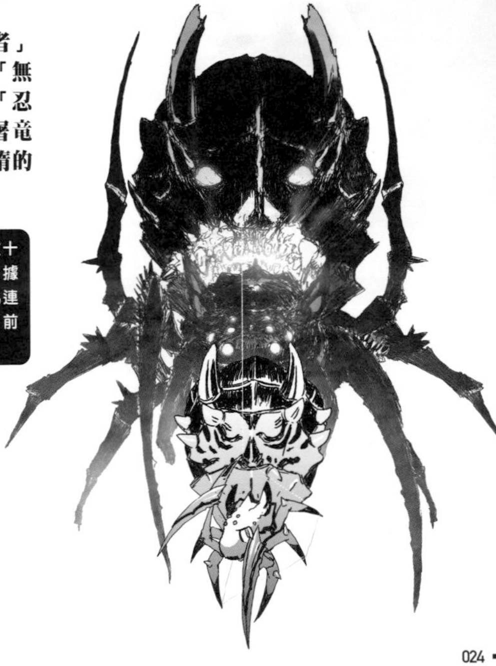

不死蛛后　LV1

Zana Horowa LV1

姓名：無

{Status}

HP：4293/4293（綠）+1800（詳細）　MP：13292/13292（藍）+1800（詳細）
SP：2873/2873（黃）（詳細）
　：1445/2873（紅）+0（詳細）
平均攻擊能力：2833（詳細）　平均防禦能力：2904（詳細）　平均魔法能力：12599（詳細）
平均抵抗能力：12545（詳細）　平均速度能力：8361（詳細）

{Skill}

「HP高速恢復LV9」「魔導的極致」「魔神法LV3」「魔力附加LV8」「魔力擊LV1」「SP高速恢復LV2」「SP消耗大減緩LV2」「破壞強化LV7」「斬擊強化LV9」「異常狀態大強化LV2」「鬪神法LV1」「氣力附加LV6」「龍力LV8」「猛毒攻擊LV7」「腐蝕攻擊LV5」「外道攻擊LV6」「毒合成LV10」「藥合成LV8」「絲的天才LV1」「萬能絲LV7」「操絲術LV10」「念動力LV3」「投擲LV10」「射出LV4」「空間機動LV9」「集中LV10」「思考超加速LV1」「未來視LV1」「平行意識LV8」「高速演算LV7」「命中LV10」「閃避LV10」「機率補正LV9」「隱密LV10」「迷彩LV3」「無聲LV9」「暴君LV2」「斷罪」「奈落」「頹廢」「不死」「外道魔法LV10」「風魔法LV7」「土魔法LV10」「大地魔法LV3」「影魔法LV10」「黑暗魔法LV10」「暗黑魔法LV5」「毒魔法LV10」「治療魔法LV10」「空間魔法LV10」「次元魔法LV5」「深淵魔法LV10」「忍耐」「傲慢」「怒氣LV4」「飽食LV8」「怠惰」「睿智」「破壞抗性LV6」「打擊抗性LV7」「斬擊抗性LV7」「貫通抗性LV2」「火焰抗性LV3」「風抗性LV4」「土抗性LV9」「重大抗性LV2」「異常狀態無效」「酸抗性LV7」「腐蝕抗性LV8」「暈眩抗性LV6」「恐懼大抗性LV1」「外道無效」「疼痛無效」「痛覺大減輕LV5」「夜視LV10」「千里眼LV8」「咒怨的邪眼LV7」「靜止的邪眼LV6」「引斥的邪眼LV3」「死滅的邪眼LV5」「五感大強化LV2」「知覺領域擴大LV6」「神性領域擴大LV7」「星魔」「天命LV3」「瞬身LV8」「耐久LV8」「剛毅LV3」「城塞LV3」「韋馱天LV7」「魔王LV5」「禁忌LV10」「n%I=W」

技能點數：3600

稱號：「惡食」「食親者」「暗殺者」「魔物殺手」「毒術師」「絲術師」「無情」「魔物屠夫」「傲慢的支配者」「忍耐的支配者」「睿智的支配者」「屠竜者」「恐懼散布者」「屠龍者」「怠惰的支配者」「魔物的天災」「霸者」

史無前例的魔物。因此沒有相關資料，一切全都籠罩在謎團之中。據說是死神之影進化後的型態，但連這點都只是臆測。成功進化成這種魔物的只有別名「迷宮惡夢」的個體，該個體的推測危險度是神話級。

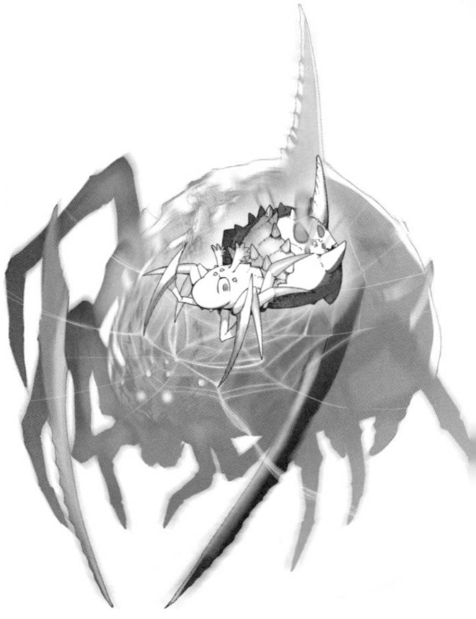

女郎蜘蛛　LV1

Arachne LV 1

姓名：無

{Status}

HP：5331/38111（綠）+0（詳細）　MP：5681/44024（藍）+0（詳細）
SP：33557/33557（黃）（詳細）
　：924/33557（紅）+0（詳細）
平均攻擊能力：35799（詳細）　平均防禦能力：35682（詳細）　平均魔法能力：42170（詳細）
平均抵抗能力：42068（詳細）　平均速度能力：41063（詳細）

{Skill}

「HP超速恢復LV8」「魔導的極致」「魔神法LV8」「魔力附加LV10」「魔法附加LV3」「大魔力擊LV3」「SP高速恢復LV10」「SP消耗大減緩LV10」「破壞大強化LV7」「打擊大強化LV8」「斬擊大強化LV6」「貫通大強化LV7」「衝擊大強化LV7」「異常狀態大強化LV10」「鬪神法LV10」「氣力附加LV10」「技能附加LV7」「大氣力擊LV5」「神龍力LV8」「龍結界LV6」「猛毒攻擊LV10」「強麻痺攻擊LV10」「腐蝕攻擊LV7」「外道攻擊LV9」「毒合成LV10」「藥合成LV10」「盾的才能LV3」「絲的天才LV10」「鐵壁LV7」「神織絲」「操絲術LV10」「念動力LV9」「投擲LV10」「射出LV10」「空間機動LV10」「眷屬支配LV10」「產卵LV10」「集中LV10」「思考超加速LV6」「未來視LV6」「平行意識LV10」「高速演算LV10」「命中LV10」「閃避LV10」「機率大補正LV10」「隱密LV10」「隱蔽LV2」「無聲LV10」「無臭LV8」「帝王」「奉獻」「斷罪」「奈落」「頹廢」「不死」「外道魔法LV10」「風魔法LV10」「暴風魔法LV8」「土魔法LV10」「大地魔法LV10」「地裂魔法LV1」「光魔法LV8」「聖光魔法LV3」「影魔法LV10」「黑暗魔法LV10」「暗黑魔法LV10」「毒魔法LV10」「治療魔法LV10」「奇蹟魔法LV10」「空間魔法LV10」「次元魔法LV9」「深淵魔法LV10」「勇者LV2」「大魔王LV1」「救贖」「忍耐」「傲慢」「激怒LV3」「奪取LV4」「飽食LV10」「怠惰」「睿智」「破壞大抗性LV6」「打擊無效」「斬擊大抗性LV6」「貫通大抗性LV6」「衝擊大抗性LV6」「火焰抗性LV9」「水流抗性LV3」「暴風抗性LV8」「大地抗性LV9」「雷光抗性LV3」「聖光抗性LV6」「暗黑抗性LV9」「重大抗性LV8」「異常狀態無效」「酸大抗性LV8」「腐蝕大抗性LV6」「暈眩大抗性LV1」「恐懼大抗性LV4」「外道無效」「疼痛無效」「痛覺無效」「夜視LV10」「萬里眼LV4」「咒怨的邪眼LV9」「靜止的邪眼LV8」「封印的邪眼LV3」「亂魔的邪眼LV2」「引斥的邪眼LV7」「歪曲的邪眼LV4」「死滅的邪眼LV6」「五感大強化LV10」「知覺領域擴大LV8」「神性領域擴大LV9」「星魔」「天命LV10」「天動LV10」「富天LV10」「剛毅LV10」「城塞LV10」「韋馱天LV10」「禁忌LV10」「n%I=W」

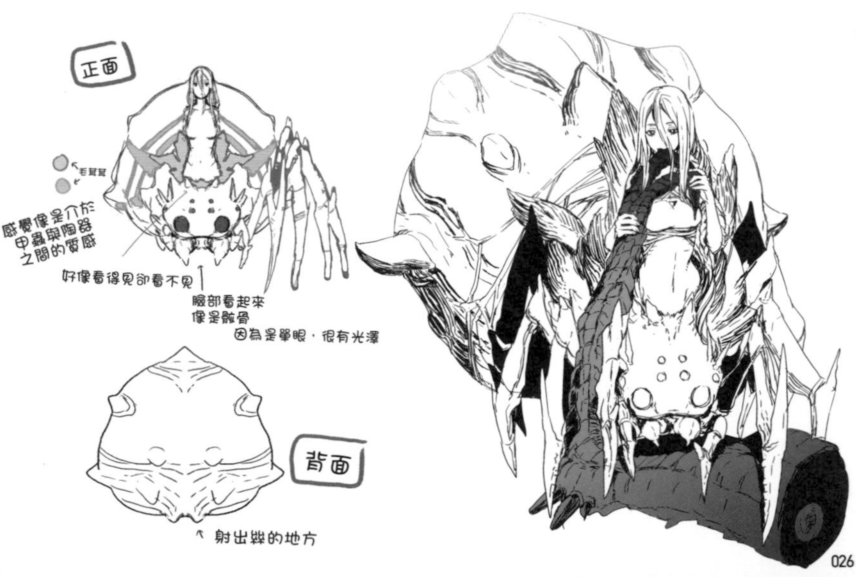

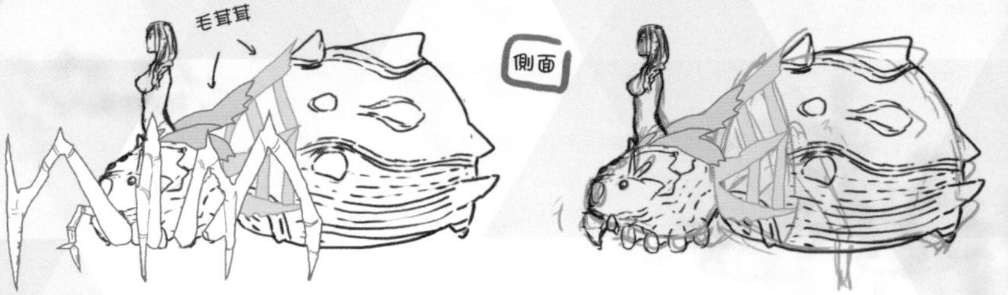

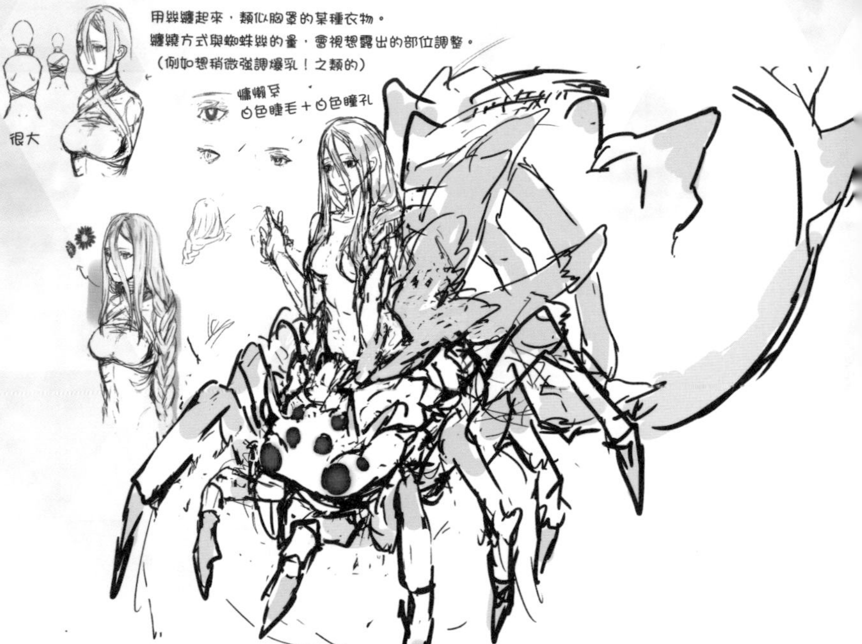

技能點數：165700

稱號：「惡食」「食親者」「暗殺者」「魔物殺手」「毒術師」「絲術師」「無情」「魔物屠夫」「傲慢的支配者」「忍耐的支配者」「睿智的支配者」「屠竜者」「恐懼散布者」「屠龍者」「怠惰的支配者」「魔物的天災」「霸者」「人族殺手」「人族屠夫」「救贖者」「藥術師」「聖者」「救世主」「救贖的支配者」「守護者」「人族的天災」

史無前例的魔物。因此沒有相關資料，一切全都籠罩在謎團之中。據說這種魔物有著下半身是蜘蛛，上半身是人類的半人半蜘蛛樣貌。據說人類部分是非常美麗的少女，但終歸只是傳聞，真相不明。由於目擊者為數不多，就連這種魔物是否真的存在都很可疑。此外，由於出現目擊證言的時期跟「迷宮惡夢」和「惡夢殘渣」出現的時期有所重疊，也有人懷疑是那些魔物被誤認的結果。由於連存在與否都無法確認，其危險度無法推測。

艾爾羅蛙怪

Elroe Frog

棲息在艾爾羅大迷宮裡的青蛙型魔物。除了最下層外，整個艾爾羅大迷宮都是牠們的棲息地，在中層甚至還能找到火屬性的突變種。一旦成功進化，體型就會逐漸變得巨大。可是由於原本就很弱，能成功進化的個體非常少見。

{Status}

HP 65/65

MP 45/45

SP 55/55

55/55

平均攻擊能力：35　平均防禦能力：35　平均魔法能力：28

平均抵抗能力：28　平均速度能力：30

{Skill}　「毒合成LV1」「酸攻擊LV1」「射出LV1」「夜視LV6」「毒抗性LV1」「酸抗性LV1」

巨蜂怪

Finjicote

棲息在卡薩納喀拉大陸上的蜂型魔物。原本並沒有棲息在艾爾羅大迷宮裡面，不知從哪裡跑進去繁殖了。會以女王為頂點，建立起一個族群。遺憾的是，蜂巢裡採不到蜂蜜。

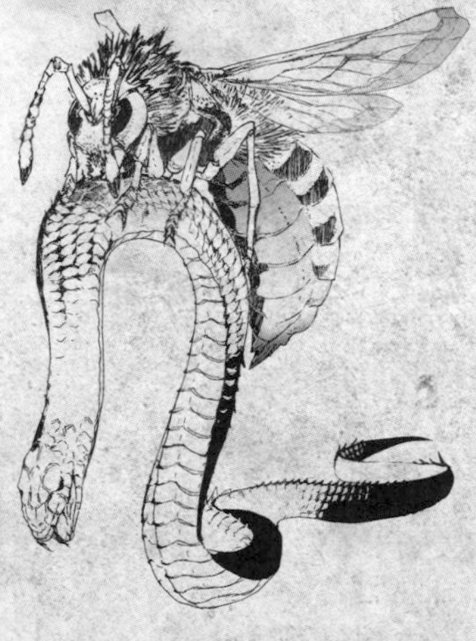

{Status}

HP 125/125

MP 55/55

SP 113/113

108/108

平均攻擊能力：60　平均防禦能力：38

平均魔法能力：28

平均抵抗能力：31　平均速度能力：68

{Skill}　「毒針LV1」「飛翔LV3」「毒抗性LV1」

艾爾羅噴火怪

Elroe Gunerush

棲息在艾爾羅大迷宮裡的海馬型魔物。外觀雖長這樣，其實是下位的火竜種魔物。是只棲息在艾爾羅大迷宮中層的特有種魔物。會採用躲在岩漿裡吐火球的戰法，相較於其低落的能力值，討伐難度很高。

{Status}

HP 132/132

MP 106/106

SP 128/128
128/128

平均攻擊能力：70　平均防禦能力：70　平均魔法能力：68
平均抵抗能力：67　平均速度能力：73

{Skill}　「火竜LV1」「命中LV1」「游泳LV1」「炎熱無效」

艾爾羅噴火獸

Elroe Guneseven

棲息在艾爾羅大迷宮裡的鯰魚型魔物。外觀雖長這樣，其實是下位的火竜種魔物。是只棲息在艾爾羅大迷宮中層的特有種魔物。平時都躲在岩漿裡，但只要發現地面上有獵物，就會張開大嘴巴撲過去，把獵物一口吞下。

{Status}

HP 390/390

MP 150/150

SP 148/148
395/395

平均攻擊能力：296　平均防禦能力：256　平均魔法能力：91
平均抵抗能力：88　平均速度能力：89

{Skill}　「火竜LV1」「龍鱗LV1」「命中LV6」「游泳LV5」「過食LV1」
「炎熱無效」

艾爾羅噴火竜

Elroe Gunerave

棲息在艾爾羅大迷宮裡的鰻魚型魔物。外觀雖長這樣，其實是中位的火竜種魔物。是只棲息在艾爾羅大迷宮中層的特有種魔物。之所以擁有過食系技能，是為了在缺乏獵物的環境下儲存能量避免浪費，獨自進化出來的結果。

{Status}

HP 980/980
MP 490/490
SP 880/880
950/950

平均攻擊能力：881　平均防禦能力：809　平均魔法能力：444
平均抵抗能力：421　平均速度能力：573

{Skill}　「火竜LV4」「龍鱗LV5」「火強化LV1」「命中LV10」「閃避LV1」「機率補正LV1」「快速游泳LV2」「過食LV5」「炎熱無效」「生命LV3」「爆發LV1」「持久LV3」「強力LV1」「堅固LV1」

艾爾羅爆炎竜

Elroe Gunesohka

棲息在艾爾羅大迷宮裡的竜種魔物。上位的火竜種。擁有地球上的東方龍般的修長身軀。艾爾羅大迷宮中層竜種魔物的統率者。由於生存環境缺乏外敵，缺乏實戰經驗，以上位竜種來說，其實實力相當弱。

{Status}

HP 1985/1985
MP 1522/1522
SP 1781/1781
1964/1964

平均攻擊能力：1616　平均防禦能力：1501
平均魔法能力：1199　平均抵抗能力：1196　平均速度能力：1310

{Skill}　「火竜LV8」「逆鱗LV1」「SP恢復速度LV1」「SP消耗減緩LV1」「火焰攻擊LV2」「火焰強化LV1」「聯手合作LV1」「統率LV3」「命中LV10」「閃避LV10」「機率補正LV4」「氣息感知LV1」「危險感知LV3」「快速游泳LV4」「打擊抗性LV2」「炎熱無效」「生命LV8」「爆發LV4」「持久LV5」「強力LV8」「堅固LV8」「術師LV1」「護法LV1」「疾走LV2」「過食LV5」

地龍蓋雷 Earth Dragon Gehre

棲息在艾爾羅大迷宮裡的龍。速度優異。擅長以迅速的動作接近敵人，用長在前腳上的刀刃使出斬擊。還兼具地龍特有的強大防禦力。相對的，完全沒有魔法攻擊能力。是地龍卡古納的搭檔。

{Status}

HP 3556／3556

MP 2991／2991

SP 4067／4067

3562／3845

平均攻擊能力：3433
平均防禦能力：3874
平均魔法能力：1343
平均抵抗能力：3396
平均速度能力：4122

{Skill}「地龍LV2」「逆鱗LV6」「堅甲殼LV2」「鋼體LV2」「HP高速恢復LV3」「MP恢復速度LV1」「MP消耗減緩LV1」「魔力感知LV3」「魔力操作LV3」「SP高速恢復LV3」「SP消耗大減緩LV3」「大地強化LV8」「破壞強化LV9」「斬擊大強化LV8」「貫通大強化LV4」「打擊大強化LV8」「魔力擊LV1」「大地攻擊LV8」「空間機動LV5」「命中LV10」「閃避LV10」「機率補正LV7」「危險感知LV10」「氣息感知LV8」「熱感知LV7」「動態物體感知LV8」「土魔法LV2」「破壞抗性LV4」「斬擊抗性LV8」「貫通抗性LV8」「打擊抗性LV9」「衝擊抗性LV5」「大地無效」「雷抗性LV3」「異常狀態大抗性LV3」「腐蝕抗性LV1」「疼痛無效」「痛覺減輕LV7」「視覺強化LV7」「夜視LV10」「視覺領域擴大LV5」「聽覺強化LV5」「嗅覺強化LV4」「觸覺強化LV3」「身命LV9」「魔藏LV1」「天動LV2」「富天LV1」「剛力LV8」「堅牢LV9」「道士LV1」「護符LV8」「韋馱天LV3」

地龍卡古納 Earth Dragon Kagna

棲息在艾爾羅大迷宮裡的龍。防禦力優異。地龍的特徵是強大的防禦力，而牠又是地龍中特別重視防禦力的個體，可說是一座會走路的要塞，尋常攻擊完全傷不了牠。是地龍蓋雷的搭檔。

{Status}

HP 4198/4198

MP 3339/3654

SP 2798/2798

2995/3112

平均攻擊能力：3989
平均防禦能力：4333
平均魔法能力：1837
平均抵抗能力：4005
平均速度能力：1225

{Skill}「地龍LV2」「逆鱗LV9」「堅甲殼LV8」「鋼體LV8」「HP高速恢復LV6」「MP恢復速度LV2」「MP消耗減緩LV2」「魔力感知LV3」「魔力操作LV3」「SP恢復速度LV1」「SP消耗減緩LV1」「大地強化LV8」「破壞強化LV8」「貫通強化LV6」「打擊大強化LV5」「魔力擊LV1」「大地攻擊LV9」「命中LV3」「危險感知LV10」「熱感知LV6」「土魔法LV2」「破壞抗性LV9」「斬擊大抗性LV2」「貫通大抗性LV3」「打擊大抗性LV6」「衝擊大抗性LV4」「大地無效」「火抗性LV3」「雷抗性LV7」「水抗性LV3」「風抗性LV5」「重力抗性LV2」「異常狀態大抗性LV8」「腐蝕抗性LV3」「疼痛無效」「痛覺大減輕LV3」「視覺強化LV3」「夜視LV10」「視覺領域擴大LV4」「聽覺強化LV1」「天命LV2」「魔藏LV3」「瞬身LV1」「耐久LV1」「剛力LV9」「城塞LV2」「道士LV2」「天守LV1」「縮地LV1」

地龍亞拉巴

Earth Dragon Araba

棲息在艾爾羅大迷宮裡的龍。所有能力都相當強的萬能型。因為沒有算得上弱點的弱點，如果要正面對決，就得純粹在能力上贏過牠，否則便沒有勝算。是負責守護從艾爾羅大迷宮下層通往最下層的通道的看門人。

{Status}

HP 4663/4663

MP 4076/4076

SP 4570/4570
4569/4569

平均攻擊能力：4610
平均防禦能力：4597
平均魔法能力：4022
平均抵抗能力：4138
平均速度能力：4555

{Skill}

「地龍LV3」「天鱗LV2」「重甲殼LV1」「神鋼體LV1」「HP高速恢復LV8」「MP高速恢復LV5」「MP消耗大減緩LV5」「魔力感知LV10」「精密魔力操作LV1」「SP高速恢復LV7」「SP消耗大減緩LV7」「魔鬪法LV9」「大魔力擊LV1」「鬪神法LV3」「大氣力擊LV3」「大地攻擊LV10」「大地強化LV10」「破壞大強化LV3」「斬擊大強化LV10」「貫通大強化LV8」「打擊大強化LV10」「空間機動LV8」「隱密LV10」「迷彩LV3」「命中LV10」「閃避LV10」「機率大補正LV4」「危險感知LV10」「氣息感知LV10」「熱感知LV10」「動態物體感知LV10」「土魔法LV10」「大地魔法LV10」「地裂魔法LV2」「影魔法LV10」「黑暗魔法LV7」「破壞大抗性LV1」「斬擊大抗性LV4」「貫通大抗性LV3」「打擊大抗性LV5」「衝擊大抗性LV1」「大地無效」「火抗性LV6」「雷抗性LV8」「水抗性LV5」「風抗性LV6」「黑暗抗性LV4」「異常狀態大抗性LV7」「腐蝕抗性LV6」「疼痛無效」「痛覺大減輕LV7」「視覺強化LV10」「望遠LV8」「夜視LV10」「視覺領域擴大LV7」「聽覺強化LV10」「聽覺領域擴大LV3」「嗅覺強化LV7」「觸覺強化LV7」「天命LV3」「天魔LV1」「天動LV3」「富天LV3」「剛毅LV3」「城塞LV3」「天道LV1」「天守LV2」「韋馱天LV3」

女王蜘蛛怪

Queen Taratect

除了艾爾羅大迷宮，全世界一共有五隻的蜘蛛型魔物。牠是君臨蜘蛛型魔物的女王，實力甚至超越上位龍種。由於能靠著壓倒性的力量粉碎絕大多數的敵人，所以不為人知的是其實牠聰明又狡猾。

{Status}

HP 8971/8971

MP 8012/8012

SP 8455/8455
8467/8467

平均攻擊能力：8846　平均防禦能力：8839
平均魔法能力：7992
平均抵抗能力：7991　平均速度能力：8810

{Skill}

「HP高速恢復LV9」「MP高速恢復LV1」「MP消耗大減緩LV1」「魔鬪法LV8」「魔力附加LV1」「魔力擊LV5」「SP高速恢復LV8」「SP消耗大減緩LV8」「破壞大強化LV4」「打擊大強化LV4」「斬擊大強化LV3」「貫通大強化LV5」「衝擊大強化LV5」「異常狀態大強化LV10」「鬪神法LV5」「氣力附加LV5」「大氣力擊LV1」「龍力LV1」「龍結界LV1」「猛毒攻擊LV10」「強麻痺攻擊LV10」「外道攻擊LV3」「毒合成LV10」「藥合成LV10」「絲的天才LV10」「神織絲」「操絲術LV10」「念動力LV1」「投擲LV10」「射出LV10」「空間機動LV10」「眷屬支配LV10」「產卵LV10」「集中LV10」「思考加速LV3」「未來視LV1」「平行意識LV3」「高速演算LV10」「命中LV10」「閃避LV10」「機率大補正LV10」「隱密LV10」「迷彩LV7」「無聲LV5」「帝王」「外道魔法LV10」「影魔法LV10」「黑暗魔法LV8」「毒魔法LV10」「治療魔法LV4」「魔王LV1」「飽食LV10」「破壞大抗性LV1」「打擊大抗性LV9」「斬擊大抗性LV1」「貫通大抗性LV1」「衝擊大抗性LV1」「火抗性LV8」「水抗性LV5」「風抗性LV5」「土抗性LV6」「雷抗性LV5」「光抗性LV7」「暗黑抗性LV1」「重力抗性LV7」「異常狀態無效」「酸大抗性LV1」「腐蝕抗性LV2」「暈眩抗性LV2」「恐懼抗性LV3」「外道抗性LV3」「疼痛無效」「痛覺無效」「夜視LV10」「千里眼LV6」「五感大強化LV10」「知覺領域擴大LV5」「天命LV10」「天魔LV10」「天動LV10」「富天LV10」「剛毅LV10」「城塞LV10」「天道LV10」「天守LV10」「韋馱天LV10」「禁忌LV10」

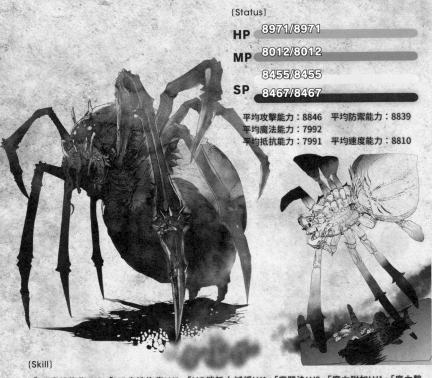

「我」在艾爾羅大迷宮裡印象深刻的邂逅。
其1
幫助人類後得到的
甜食。

「我」在
艾爾羅大迷宮裡
印象深刻的邂逅。
其2
一直糾纏不休的
變態老頭。

在下是青蛙

在下是名叫「艾爾羅蛙怪」的青蛙魔物。

沒有姓名。

因為有姓名的魔物被稱作冠名魔物，是群令人畏懼的傢伙。

在下總有一天或許也能成為那種大人物，但現在就只是隻無名的青蛙。

艾爾羅蛙怪是棲息在這座艾爾羅大迷宮裡的特有種魔物。

換句話說，就是一種罕見的魔物。

光從這點就能明白在下的價值了吧。

抱歉，在下有些得意忘形了。

可是，在下並沒有說謊。

棲息於艾爾羅大迷宮的魔物之中，艾爾羅蛙怪雖然算不上是最弱，但也差不多等於最弱了。

而且我們的皮還會發出七彩光芒，所以經常被拿去加工做成裝飾品。

不但實力弱小，素材又很值錢。

說到這裡，各位應該明白了吧。

對冒險者來說，我們這些艾爾羅蛙怪是非常有魅力的獵物。

我們的天敵可不是只有冒險者。
其他魔物也同樣是會威脅到我們生命的危險敵人。
我們很弱小。
能在強大魔物四處橫行的艾爾羅大迷宮裡倖存下來的傢伙，就只有為數不多的天選之蛙。
我們之所以沒有滅絕，都是仰賴強大的繁殖能力，以及連岩石都能吃的超級雜食性。
可是，最近附近同伴數量減少的速度莫名快。
考慮到我們弱小的程度，族群數量減少也沒辦法，但這種減少的速度實在太奇怪了。
在下得盡快找出原因才行。
奇怪？
在下的身體動不了了。
這到底是怎麼回事？
啊！難不成這就是傳說中的蜘蛛網嗎？
糟了，要是我就這樣無法動彈，就會被巢穴的主人吃掉。
我慌張地掙扎，身體卻不聽使喚，只能感覺到有某種東西從背後逼近。
看來在下的命運也到此為止了。
回頭一看，一隻蜘蛛正準備將毒牙刺進在下的身體。
要是青蛙心裡在想這些事情就有趣了～

啊～好苦好難吃……

全世界都認同的絲

有件事一直讓我很在意。
那就是我的蜘蛛絲的鑑定結果。
每當鑑定的等級提升，說明文字就會逐漸變長。
換句話說，每次等級提升，就能得到更詳盡的說明。
老實說，在踏進中層以前，我根本沒有多餘的心力去在意那種事，在踏進中層以後，也沒有機會射出蜘蛛絲，所以也不曾嘗試。
可是，在回到上層以後，我就暗自決定要試著鑑定看看了。
進化成睿智大人的鑑定，到底會怎麼評價我的絲呢？
這實在讓人非常感興趣。
事情就是這樣，現在我已經回到上層，總算可以舉辦開絲鑑定團了！
首先是完全沒動過手腳的基本絲。
睿智大人，麻煩您鑑定了！

〈蜘蛛絲：由蜘蛛型魔物製造，具有黏性的絲。主要是用來築巢或捕捉獵物。一旦被這

種絲抓住就很難逃脫。因為蜘蛛絲怕火，遇到這種狀況可以用火把絲燒掉。品質Ａ。〉

喔喔～

絕大多數都是我早就知道的情報，但就只有最後的「品質」不曾見過。

既然等級是Ａ，就是代表「很棒」的意思對吧？

我故意稍微降低絲的品質，然後重新鑑定，品質就變成Ｂ了。

由於我的蜘蛛絲的技能等級離封頂還很遠，所以Ａ應該還不是最高等級，但品質應該可以算好了吧？

接下來是經過客製化的絲。

黏性和持久性提升到最高，是我平常使用的絲。

〈蜘蛛絲：由蜘蛛型魔物製造，具有非常強的黏性與持久性的絲。主要是用來築巢或捕捉獵物。一旦被這種絲抓住就很難逃脫。因為蜘蛛絲怕火，遇到這種狀況可以用火把絲燒掉。品質Ａ。〉

品質沒有改變，但說明文字有稍微增加了些。

接下來就追加斬擊屬性試試看吧。

〈蜘蛛絲（攻擊力＋２００）：由蜘蛛型魔物製造，具有黏性且追加了斬擊屬性的絲。主要是用來築巢或捕捉獵物。一旦被這種絲抓住就很難逃脫，還會被砍傷。因為蜘蛛絲怕火，遇到這種狀況可以用火把絲燒掉。品質Ａ。〉

嗯？好像多了攻擊力這個項目耶。

總覺得變得像是遊戲裡的裝備一樣了，就是這麼一回事嗎？

原來我的絲是裝備嗎？

不過，這些絲確實可以算是武器。

畢竟這可是我的主要武器。

總覺得有些不太一樣，但現在就不管那麼多了吧。

我還同樣測試了打擊屬性與衝擊屬性，但結果沒有多大變化。

接下來我又試著在絲上附加抗性，結果只有在基本的說明文字裡，加上「對某種屬性有著出色抗性」之類的語句。

唯一有出現較大變化的一次，是我在絲上附加火抗性的時候，原本說明蜘蛛絲怕火的地方，變成「這種絲對火也具有某種程度的抗性，所以不夠猛烈的火焰很難燒掉」了。

就算附加抗性，也還是會被燒掉。

真令人難過。

重新打起精神後，我這次試著消除黏性。

一旦把黏性這個蜘蛛絲最大特徵消除掉，就變成普通的絲了，那鑑定結果又會變得如何？

啊，順便把質感變好一些試試看吧。

〈蜘蛛絲：由蜘蛛型魔物製造，沒有黏性，非常罕見的絲。具有出色的持久性與魔力傳導性，是最高級的絲素材。只不過，如果蜘蛛型魔物沒有刻意製造，就無法取得這種絲，所以取得的難度非常高。品質A。〉

說明文字居然改變了！

跟基本蜘蛛絲的說明文字完全不一樣了！

呃，我也知道把蜘蛛絲去掉黏性的話，確實會變成另一種東西。

可是，在先前的實驗結果中，都是以基本蜘蛛絲的說明文字為基礎，頂多再加上一兩句不一樣的話。

結果這次的變化卻這麼大。

啊……可是，想不到沒有黏性的絲居然是超級好的素材。

簡直被誇上天了。

因為不曉得魔力傳導性是什麼，我又做了雙重鑑定，結果那似乎是指物質是否容易灌注魔法或技能之力的一種特性。

而蜘蛛絲很容易灌注那種力量。

畢竟蜘蛛絲原本就能進行各種客製了。

或許蜘蛛絲很容易進行修改吧。

要是拿來製造衣服或防具，應該可以做出很棒的成品。

不過，事到如今我也不會想讓這個蜘蛛身體穿衣服了。

就算穿上衣服也只會妨礙行動。更重要的是一旦穿上衣服，不弄破應該就無法脫下來。

畢竟蜘蛛的身體跟人類不一樣，結構非常複雜啊！

沒辦法輕易地穿上或脫掉衣服！

全世界都認同的絲

別小看這八隻腳啊！

呼……算了，先不管衣服的事情了。

這證明我的絲在世人眼中也是好東西。

既然睿智大人都這麼說了，那就絕對錯不了。

今後也要繼續仰仗這些絲了。

絲與冒險者

一群冒險者燒掉了蜘蛛怪的巢。

他們謹慎地在燒燬的巢穴中慢慢前進。

然後，他們在巢穴的中央，發現一個奇怪的東西。

「那是什麼？」

「白色的……球？是絲嗎？」

映入他們眼裡的東西，是滾落在地上的無數顆白球。

仔細一看就能發現，那些都是用細絲製成的絲球。

雖然蜘蛛怪偶爾會築巢是冒險者們的常識，卻沒人聽說過蜘蛛怪會在巢裡製造絲球。

看似首領的男子謹慎地用劍鞘戳了戳絲球。

他猜想既然絲球是用蜘蛛絲製成，那應該也有很強的黏性才對。
然而，從劍鞘傳回來的是鬆軟的感觸。
那是彷彿正在玩弄最高級棉花般的柔軟感覺。
身為一介尋常冒險者的他，從來不曾碰觸過最高級的棉花。
首領小心翼翼地拿起絲球。
那是彷彿絕世美女的秀髮般的柔順感觸。
別說是絕世美女了，沒有女人緣的首領這輩子幾乎不曾摸過女性的頭髮。
即使這裡是危險的迷宮，那種想讓人一直摸下去的感觸，還是令他感到陶醉。
看到他的反應，其中一位同伴忍不住撲向堆疊著許多絲球的地方。
柔軟的感觸包覆住他的全身。
感覺像是躺在一張雲床上一樣。
不過，他當然不曾在雲床上睡覺，那種事情也不可能實現，所以這純粹只是他的妄想。
其他成員也忍不住撲向絲球。
短暫享受了那無上幸福的時光後，他們拿走所有絲球，還順便撿走一個疑似竜蛋的物體。
竜蛋是非常罕見的東西，拿去賣掉可以賺到不少錢，但對他們來說只不過是附贈品罷了。
後來聽說這件事時，某隻幼竜好像還氣得大罵：「這不可能！」
總之，因為那群冒險者的緣故，那些絲球就此流入世上。
其實他們並不想賣掉那些絲球。

他們就是那麼喜歡那些絲球。
但成功買下絲球的商人有著非常高明的交涉技術與先見之明。
除了金錢之外，商人提出的條件還有一個，那就是他會把絲球製成睡袋，送給那些冒險者。
於是，那群冒險者就這樣得到大筆金錢，以及無比舒服的睡眠時光。

青蛙

青蛙——那是我在這座迷宮裡初次憑自己的力量擊敗的魔物。
在那之後，我依然經常遇到那些傢伙。
牠們在迷宮裡算是相當弱小的魔物，但數量非常多呢～
不過，雖說牠們實力不強，但比起我剛開始時的實力，也已經算是夠強了。
不，不是青蛙太強，而是小型次級蜘蛛怪太弱了。
比起其他魔物，青蛙算弱了。
雖然青蛙很弱，但就只有數量很多。
話雖如此，但牠們並不會集體行動。
牠們既不像蚰蜒那樣過著集體生活，也不像恐龍那樣總是三隻一起行動，並不是靠著數量優勢在求生存。

牠們遍布整個迷宮，卻各自過著自己的生活。
上層有許多青蛙，但其實在下層與中層也找得到牠們。
因為身上有毒，所以下層的強大魔物也會放過牠們這些弱者。
雖然數量比在上層來得少，但還是經常可以見到牠們的蹤影。
我覺得牠們在下層數量之所以比較少，是因為就算有毒，敵人也不見得都會放過牠們。
其他魔物不會積極地想吃青蛙，但要是肚子餓了又沒有其他食物的話，也還是會吃。
青蛙在下層受到的對待，大概就是這樣了吧。
而中層的青蛙則是適應環境進化了。
中層是充滿岩漿的灼熱地獄。
這裡的青蛙居然擁有「火焰無效」這個超強的抗性技能，可以在岩漿裡優雅地游泳。
明明是青蛙，真是太囂張了。
不過，中層裡也有許多上層魔物適應環境後進化而成的傢伙，所以不是只有青蛙與眾不同。
雖然青蛙並沒有特別厲害，但只要想到青蛙擁有連我都沒有的「火焰無效」技能，就有種被青蛙超越的莫名挫敗感。
青蛙是跟我在上層展開過好幾場死鬥，過去被我擅自認定為宿敵的傢伙。
我現在可以一邊哼歌一邊虐殺的青蛙，居然擁有我超級想要的技能。
這種鬱悶的心情到底是怎麼回事？
雖然青蛙並不強，但還是擁有得以存活的手段。

青蛙

迷宮裡是個弱肉強食的地方。

弱者立刻就會被強者殺死吃掉。

因為牠們身上有毒，在下層有一定機率被其他魔物放過，但其實牠們還有其他生存手段。

弱小的青蛙能在上層大量繁殖的理由，是因為牠們是雜食性生物。

那些傢伙什麼都吃。

甚至連迷宮本身都不放過。

青蛙擁有「酸攻擊」技能，這個技能似乎讓牠們得到驚人的消化能力。

牠們可以面不改色地吃掉那些隨處可見的岩石。

雖然我很懷疑岩石到底有沒有營養，但這種問題永遠想不出個所以然，於是我決定放棄。

既然牠們真的有吃，那應該有營養才對。嗯。

不過，牠們似乎不是很喜歡吃岩石，如果不是肚子很餓就不會吃。

就算是這樣，牠們還是跟只吃魔物的我不一樣，不需要煩惱沒食物吃。

地上到處都有岩塊與石頭，要不然也能把牆壁挖下來吃。

正因為如此，就算數量多到不行，牠們也不用擔心會餓死。

不管數量怎麼增加，也不會出現爭搶食物的情況。

牠們就是這樣增加族群數量，設法讓盡量多一點青蛙得以存活吧。

不可思議的是，這些傢伙明明是青蛙，剛出生的時候卻好像不是蝌蚪。

因為迷宮裡沒有池塘或河流，我也不曾見過疑似青蛙孩子的蝌蚪。

難道牠們一生下來就是青蛙了嗎？

因為是異世界的魔物，即使外表很像，也依然是跟青蛙不一樣的生物，就算生態完全不同也不奇怪，但我還是覺得無法釋懷。

這裡明明沒有進化前的蝌蚪，卻有進化後的青蛙。

我在下層發現的青蛙體型非常巨大。

大到甚至足以將蛇一口吞下的地步。

有句俗語是「被蛇盯上的青蛙」，但那種巨蛙應該連蛇都能打跑吧。

我原本的種族蜘蛛怪也一樣，就算剛開始的時候很弱，進化後就會變強的魔物還挺多的。

那麼柔弱的青蛙居然變得如此厲害。我真是太感動了！

可是，即使是那種巨蛙，在下層也只是普通厲害而已。

遠遠比不上地龍或老媽那種不合常理的強者。

雖然很令人悲傷，但青蛙終究只是青蛙。

也有可能只是我不知道，其實還有更強大的超巨大青蛙，但就算真的有那種傢伙，應該也只會出現在我從未去過的最下層吧。

不過，我覺得再怎樣也不會有那種傢伙存在。

肯定不會有人跟我一樣這麼了解青蛙的生態。

畢竟這是我觀察上層、中層和下層的所有青蛙後得到的情報。

我還做過名為捕食的解剖實驗，就算說我唯一對青蛙不了解的地方，就只有牠們剛出生時的樣子也不為過！

如果想要達成所有成就，還得調查看看最下層是否真的有青蛙棲息才行，但我不打算做到那種地步。

就算我要自稱是青蛙博士也沒問題。

天之聲（暫定）小姐，妳可以給我青蛙博士的稱號了吧？

沒有這個稱號嗎？這樣啊……

憧憬的召喚術

有個名叫召喚的技能。

一如其名，那是能從其他地方召喚出某種東西的技能。

所謂的某種東西，就是與技能主人訂下契約的生物。

簡單來說，就是召喚獸。

召喚這個技能本身，就是「調教」這個用來使喚魔物或動物的技能進化版。

感覺就像是從馴魔師轉職成召喚士吧。

總之，就是一種使喚魔物去戰鬥的技能。

我是這麼想的。

如果是在這座艾爾羅大迷宮裡面，應該不會找不到可以使喚的魔物吧？

這裡不愧是全世界最大的迷宮，魔物非常多。

我不曾離開這裡，所以純屬臆測，但這裡的魔物人口密度肯定很高。

如果我能逐一收服這些魔物，不就能組成一支魔物軍團了嗎？

我在跟火竜對決時就想過了，數量的暴力確實可怕。

因為我曾經親身體驗，所以絕對錯不了。

量比質更重要。

雖然在遇到龍那種等級的強者時，數量優勢也會變得毫無意義，但在對付實力低於那種等級的敵人時，依然十分具有威脅性。

我過去都是單槍匹馬一路奮戰過來，所以很清楚獨自戰鬥的極限所在。

兩個人肯定比一個人來得強。

如果有個能夠託付自己背後的搭檔，生存率也會提升。

只要用技能牢牢控制住對方，也不用擔心對方造反。

更重要的是，我很喜歡那種育成模擬遊戲。

正確來說，其實只要是血尿遊戲都好。

培育魔物使喚牠們去戰鬥，感覺起來就很有趣。

一旦魔物的等級提升，應該也會像我一樣進化，就算剛開始的時候很弱，只要有耐心地慢慢培養，總有一天也會變成最強。

讓人熱血沸騰呢。
啊，可是絕對不能讓牠們變得比我更強。
雖然最後目標是組建一支魔物大軍，但剛開始的時候還是專心培養一隻就好。
要說的話我算魔法型角色，所以最好是能擔任前衛的魔物呢。
我也曾經有過這樣的妄想。
看到睿智大人的技能列表後，我的未來藍圖就應聲崩潰了。
因為我要取得「調教」這個技能，居然得花上高達一萬的技能點數！
火竜擁有的「統率」技能也是一樣。
看來我似乎沒有領導別人的才能。
不管是前世還是今生，我確實都是在邊緣人的道路上一路狂奔。
別說是率領別人了，我甚至不會跟別人扯上關係。
難怪我無法取得那些技能。
哈哈哈～
唉……
使喚青蛙幫我跑腿的計畫泡湯了。

中層最凶惡的敵人到底是哪種魔物？
海馬——中層裡到處都有的弱小魔物。
雖然數量很多，但只要做好對策，想要擊敗牠們並不是很困難。
遠遠算不上是最凶惡的敵人。
鯰魚——八成是由海馬進化而成的魔物。
不愧是進化後的型態，鯰魚比海馬強多了。
雖然變強了，但鯰魚的基本戰法跟海馬差不多，而且這傢伙其實算是中層的搞笑角色，所以沒什麼威脅性。
遠遠算不上是最凶惡的敵人。
鰻魚——八成是由鯰魚進一步進化而成的魔物。
實力相當強悍。
鰻魚的基本戰法也跟海馬差不多，就是躲在岩漿裡吐火球攻擊，但因為能力值夠高，讓這招變得很難對付。
明明做的事情跟海馬和鯰魚一樣，卻已經是完全不同的攻擊了。
就強敵這層意義來說，這傢伙在中層裡確實算是鶴立雞群。
但只論實力的話，我曾經在下層見過更可怕的傢伙。
像是地龍或地龍或地龍之類的！

中層最凶惡的敵人

想到這點，我就覺得要把鰻魚稱作最凶惡的敵人，實力有些不夠。

我口中的最凶惡，就是無法擊敗的意思。

而那傢伙確實是我無法擊敗的魔物。

中層讓我覺得最凶惡的魔物，就叫做艾爾羅火犬獸。

那種魔物看起來像是隻紅色的狗，樣子跟秋田犬很像。

水汪汪的大眼睛也頗為可愛。

但牠的能力相當可怕。

首先，因為牠是隻狗，鼻子很靈光。

牠能靠氣味察覺到我，讓我無法偷襲。

在無法使用蜘蛛絲的中層，就連偷襲也無法。

光是這樣，就不得不說牠是我的天敵了。

可是，問題還不是只有這樣。

這種狗只要發現敵人，就會在自己身上點火。

變成一隻烈火焚身的狗狗。

對怕火的我來說，想要對付一隻直接化為火焰的狗，實在太費力了。

正確來說，我能對付牠的手段，就只剩下毒合成了。

如果想要獲勝，我只能設法把蜘蛛猛毒灑到牠身上。

因為我無法碰觸牠，一旦碰到就會被燒死。

換作是愛狗人士的話，可能會一邊化為火球一邊被牠萌死吧。
然後，更重要的是，因為這傢伙是狗，通常都是集體行動。
數量的暴力實在可怕。
對獲勝手段只有毒合成的我來說，好幾隻狗一起襲擊過來，簡直就是惡夢。
真的會死人。
幸好牠們的能力值並不是很強。
個體的實力比鯰魚弱上許多。
所以我還有辦法對付。
嗯？你說明明是最凶惡的敵人，我怎麼又說有辦法對付？
哎呀，別急，我口中的最凶惡敵人，其實指的是這種狗之中極為少數的個體啊。
在那種個體面前，實力強弱根本不重要。
不管實力是強還是弱，都無法擊敗那種個體。
等待著我的陷阱就是如此可怕。
「汪嗚嗚。」
這樣各位明白了嗎？
這種惹人憐愛的叫聲。
還有筆直注視著我的水汪汪大眼睛。
明明隨便撞我個一下就會死，卻讓人不由得遲遲無法下手。

沒錯，那就是幼犬。

這傢伙怎麼會跟寵物一樣可愛呢！

雖然成犬也算滿可愛的，但幼犬想也知道犯規了吧！

明明就是個魔物！

我可是可怕的蜘蛛耶，喂！

根本就是差別待遇！

如果要重生的話，我也想變成小狗啊！

可愛就是正義！

煩死人了！混帳！

居然……居然要我殺死這麼可愛的生物，光是閃過這個念頭，罪惡感就湧上……並沒有。

對了，我好像擁有「無情」這個稱號。

這個稱號有著能讓人失去罪惡感的微妙效果。

天啊……

想不到這個讓我覺得很微妙的稱號效果，居然會在這種時候派上用場。

事前做好對策果然很重要。

換作是你的話，有辦法擊敗這個中層最凶惡的敵人嗎？

「汪嗚嗚。」

中層探索記

我是個冒險者。

打從剛出道就持續探索艾爾羅大迷宮，現在已可以自行在迷宮裡行走，不需要領路人了。

雖然這話不該由我自己來說，但我八成是最熟悉艾爾羅大迷宮的冒險者了吧。

可是，艾爾羅大迷宮非常廣大，如果踏上未知的道路，就算是我也會立刻迷路。

這也是沒辦法的事。

因為即使是資深領路人，也沒辦法掌握所有道路。

不但如此，艾爾羅大迷宮的全貌至今依然尚未揭曉。

艾爾羅大迷宮可分為幾個階層，我們平常探索的只是上層。而這個上層已經是我們能夠探索的極限了。

雖然有發現通往中層的入口，但那裡是充滿岩漿的灼熱地獄。

實在不是人類有辦法踏足的地方。

至於比中層還要深的下層領域，只要從名為縱穴的巨大洞穴往下爬就能抵達了。

可是，下去後還能回來的人類很少。

根據那些成功回來的少數人的證詞，下層充滿了強大的魔物。

據說下層底下還有一個棲息著更可怕魔物的最下層，但沒人知道這個傳聞是真是假。

不管是中層還是下層，都不是人類有辦法踏足的地方。

畢竟就連上層的地圖都還沒完全完成。

艾爾羅大迷宮就是一個如此遼闊的可怕地方。

至於我為何要說明這種事情，其實是因為我變成中層探索部隊的一員了。

因為是國家指名要我參加，只是一介冒險者的我沒有權力拒絕。

國家到底是出於什麼意圖，做出探索中層這種蠻橫的舉動，我無從得知。

我當然反對這次的探索行動，不斷向上面解釋艾爾羅大迷宮的可怕之處。

但國家聽不進我的勸告，讓我不得不硬著頭皮執行這個無謀的中層探索計畫。

首先，我們部隊所做的第一件事，就是強化火抗性的技能等級。

如果要在中層存活，那是必不可少的技能，所以也是理所當然。

然後，我們在擁有空間魔法效果的收納包裡裝滿水和食物，身上穿著抗熱裝備，做好萬全準備才出發。

雖然探索部隊裡的其他人都認為，只要我們細心做好準備，就能成功攻略中層，但我這個熟知艾爾羅大迷宮的人，卻覺得這次的行動不可能成功。

就結論來說，這場探索行動以失敗告終。

就我們有平安回來這點來說，或許可以算是成功，但我們帶回來的情報，就只有中層不可能攻略這個事實。

這樣應該無法算是成功吧？

首先，我們在上層就受到了挫折。

對不熟悉艾爾羅大迷宮的人來說，就連要在上層探索都很困難，所以我向上面報告，希望至少給部隊一段適應期，先讓大家在上層探索幾次。

因為除了像我這樣的冒險者以外，探索部隊裡還有許多國家的騎士與學者，這些不曾踏進艾爾羅大迷宮的人。

但國家只用一句「浪費時間」，就輕易拒絕了我的要求。

結果半數成員都在上層就脫隊了。

他們並沒有死，只是因為跟不上部隊才只能折返。

我明明早就告誡過他們了。

艾爾羅大迷宮裡沒有晝夜之分，永遠是一片漆黑。

如果沒有先適應這種黑暗，精神一定會受不了。

因為我們得在這種黑暗中生活並且旅行好幾天。

無法適應的人將會脫隊，是顯而易見的事情。

結果成功抵達中層的人，幾乎都是以我為首，曾經來過艾爾羅大迷宮的人。

就只有被國家選為探索隊隊長的騎士，是唯一沒來過艾爾羅大迷宮，卻還能正常行動的人。

即使處在這種狀況下，我們依然果斷地踏進中層。

那裡簡單來說就是地獄。

跟上層完全相反，是不分晝夜都充滿光明的耀眼世界。
烘烤身體的炎熱會無時不刻向人襲來。
不時來襲的魔物，幾乎都是躲在岩漿裡發動遠距離攻擊。
我們不可能踏進岩漿裡戰鬥，讓以近身戰鬥為主的戰鬥班成員幾乎失去功用。
不幸中的大幸，是這裡的魔物實力跟上層差不多。
我們只有遇到危險度Ｄ級左右的魔物。
不，或許該說是只能遇到才對。
結果我們的探索行動沒有持續太久。
不但部隊人數只剩下一半，光是待在這個灼熱地獄裡，還會逐漸失去體力，就算想要睡覺，也會因為炫目的岩漿光芒而睡不好，還需要大量的水來補充身體失去的水分。
大家的體力與精神都達到了極限，食物與水的消耗量也超過預期。
這些事情讓我們做出判斷，很快就從中層折返了。
繪製地圖的工作當然也幾乎毫無進展。
我們可說是切身體會到中層的可怕。
就連那些可怕的體驗，說不定也只是中層可怕之處的片鱗半爪。
畢竟我們只成功探索了一點點地方。
中層真正的可怕之處，或許就存在於我們沒能踏進的地方。

節錄自冒險者艾菲恩的手記

蜘蛛到底是什麼？

我最近逐漸搞不懂自己的存在意義了。
我就老實說吧。
最近的我是不是變得不像蜘蛛了？
蜘蛛這種生物，不就是要築巢埋伏，用毒牙解決掉落網的獵物嗎？
我一直以為蜘蛛就是這樣的生物。
可是，最近的我完全不是這樣。
我會靠著速度閃避敵人的攻擊。
像是砲台一樣發射魔法。
要是敵人接近，就用鐮刀迎戰，要不然就是繼續用魔法硬拚。
嗯，蜘蛛要素去哪兒了？
我完全就是一座高機動型移動魔法砲台嘛。非常感謝。
還是只有外表像蜘蛛的生物？
不，既然我是魔物，那也確實算是生物沒錯。
自從主要武器變成魔法以後，我就變得非常不像蜘蛛了。

而我在無法使用絲的中層學會魔法這件事，也讓這種情況變得更加嚴重。

在那之前，我確實都是用絲這個蜘蛛的招牌武器努力奮戰。

而且還依賴到沒有絲就什麼都辦不到的程度。

可是，當我被逼得無法使用絲，開始摸索不依賴絲的戰法時，就開始變得不像蜘蛛了呢。

雖然我剛開始時是依賴毒這項武器，還不算是偏離蜘蛛的樣子，但學會魔法後就走歪了。

尤其學會了從影魔法衍生出來的黑暗魔法後，因為那種魔法太過好用，我很快就用上癮了。

因為真的很好用啊，這也怪不得我。

把好用的東西拿來用，到底何錯之有！

事實上，用蜘蛛絲困住對手，同時用魔法從遠距離單方面攻擊這個戰法，已經變成我的黃金勝利方程式了。

因為我還是有用到蜘蛛絲，勉勉強強還算是非常微妙地保留著一點點的蜘蛛要素。

嗯，希望大家不要吐嘈，說早在會使用魔法的時候，我就已經不像是蜘蛛了。

相對的，雖然邪眼系技能在對付弱小敵人時很管用，但在對付強敵時卻沒什麼用。

我還能利用自己有八顆眼睛這個優勢，同時發動好幾種邪眼。

這是利用蜘蛛的身體構造使出的怪招，所以肯定很有蜘蛛的風格。

嗯，我知道。

早在會使用邪眼時，我就已經不像是蜘蛛了。

應該說，不管是魔法還是邪眼，早在出現這些奇幻要素時，蜘蛛風格就已經蕩然無存了吧。

如果我只用蜘蛛絲與毒的話，那還沒有脫離蜘蛛的形象，但自從開始使用魔法和邪眼後，就不是那麼一回事了。

可是，在我心中並沒有不使用那些招式這個選項。

畢竟我身處在不率先練就好用招式就無法存活的環境下。

對此我一點都不後悔。

即使這麼做的結果會讓我逐漸變得不像蜘蛛。

更何況這裡本來就是奇幻世界，而我也是代表著奇幻世界的魔物不是嗎？

既然如此，那我就算讓自己化身為奇幻也沒問題吧！

我變得不像蜘蛛是必然會發生的事情啦！

我現在正從蜘蛛轉職成能獨當一面的魔物！

既然是個魔物，不管是使用魔法還是邪眼，都不是什麼不可思議的事情！

所以我要維持現在這樣！

我試著如此替自己辯解。

事實上，我已經非常不像蜘蛛了。

雖然我依然會使用蜘蛛絲與毒，但武器已經比剛出生那時還要多，並非我唯一的武器了。

啊！我應該逆向思考才對！

其實我是進化後的蜘蛛！

最先進的蜘蛛就應該像我這樣才對！

蜘蛛到底是什麼？

換句話說，我是蜘蛛界的時尚領袖。

不是我不像蜘蛛，是其他蜘蛛都落伍了。

不得了。

我竟然在不知不覺間成了蜘蛛界的時代先驅！

真不愧是我。

只要讓其他蜘蛛也跟我一樣學會魔法或邪眼，不就什麼問題都沒有了嗎？

這樣肯定就不會再有人說我不像蜘蛛了。

畢竟我才是蜘蛛中的蜘蛛！

只要成為最進步的蜘蛛界先驅，我就會是蜘蛛中的蜘蛛！

其他蜘蛛肯定都會崇拜我，偷偷開始模仿我的作風！

不過，想追上我的腳步可不是件簡單的事，你們就好好努力吧。

哇哈哈哈哈！

不過，我不會允許那種事情發生啦。

因為我非～常清楚自己有多麼難纏。

我可不希望有其他跟我一樣難纏的敵人出現。

蜘蛛界的時尚領袖有我一個就夠了。

我可不會讓這種蜘蛛變成一種流行喔！

蜘蛛VS蟬

說到夏天，大家會想到什麼呢？

祭典。

我同意。

祭典果然很棒呢。

尤其是攤販和攤販和攤販之類的。

炒麵和棉花糖有種魔性的魅力，即使明知那種祭典攤販賣的食物都比較貴，還是會讓人忍不住購買呢。

除此之外，我還想到了許多東西，像是海水浴或爬山避暑這類活動。

可是，夏天也不是只會讓人想到好事。

說到夏天，就讓人想到炎熱。

還有某個會讓體感溫度變得更高的傢伙。

「唧——唧唧唧！」

沒錯，就是蟬。

蟬鳴聲是夏季的代表之一。

那是一種光是聽到其叫聲，就會讓體感溫度變得更高，最能代表夏天的蟲子。

我一邊聽著蟬鳴聲一邊這麼想著。

原來異世界夏天也到來了啊～

我是蜘蛛。

還沒有名字。

我試著剽竊某部知名小說的開頭來做自我介紹，但很遺憾這可不是在開玩笑，而是貨真價實的事實呢～

我遇上了異世界轉生這種不可思議的事情，還不可思議地轉生成魔物，而且還是蜘蛛魔物。

我轉生來到的這個世界，是個有著等級與技能這些概念的非正統派奇幻世界呢。

所以當然存在著魔物。

而轉生成魔物的我，則是一隻蜘蛛。

我實在很想向讓我轉生的神明抗議。

可是，不管我再怎麼抗議，也無法改變自己變成蜘蛛這個事實。

重點不是以什麼身分出生。

而是該用什麼方式活下去！

我只是想說說看這種帥氣的台詞。

而且實際變成蜘蛛以後，我發現這樣其實也不錯。

至少比變成我眼前的怪物來得好。

「唧——唧唧唧！」

這個發出讓人耳朵疼痛的噪音的傢伙，是一隻巨大的蟬。

嗯。

畢竟這裡是非正統派的奇幻世界啊。

當然也會有蟬的魔物存在。

蜘蛛與蟬。

捕食者與被捕食者。

如果要說哪邊比較好，那當然是當個蜘蛛比較好不是嗎？

我可不想被吃掉！

我想站在捕食者那邊！

然後，當捕食者與被捕食者相遇時，會發生什麼事情呢？

想也知道，那就是狩獵的時間要開始了！

別看我這樣，其實我還挺強的。

畢竟我成功活著逃出那個無比遼闊，而且到處都暗藏殺機的艾爾羅大迷宮了！

什麼？那種話要等到稱霸整座迷宮後才能說？

別說傻話了。

正常的生物根本不可能稱霸那座迷宮吧？

正常的我光是要逃出來，就已經竭盡全力了。

我可不允許有人對「正常」這點提出質疑。

「唧——唧唧唧！」
可是，我該怎麼擊敗這隻蟬呢？
話說回來，這傢伙真的是蟬嗎？
巨蟬就停在樹上。
也許是因為光靠一棵樹無法支撐牠巨大的身軀，牠才會用腳分別抓住好幾棵樹停在上面。
牠的身軀像甲蟲一樣黑得發亮，翅膀則像玻璃一樣反射著七彩的光芒。
……蟬？
「唧——唧唧唧！」
雖然牠的外表不像蟬，但畢竟一直在唧唧叫啊。
我就當作牠是隻蟬吧。
每當那隻巨蟬發出叫聲時，試圖接近牠的鳥型魔物就會被擊飛出去。
那些鳥跟我一樣想要狩獵那隻巨蟬，卻反過來被擊退了。
想不到鳥居然會打輸一隻蟬……
可是，那或許是無可奈何的事情。
試著鑑定了蟬的能力值後，我就明白其中的理由了。

〈唧唧蟲　LV10〉

能力值　HP：1600／1600（綠）（詳細）

MP：1235／1599（藍）（詳細）
SP：1543／1543（黃）（詳細）
：897／1566（紅）（詳細）
平均攻擊能力：1629（詳細）
平均防禦能力：1577（詳細）
平均魔法能力：1601（詳細）
平均抵抗能力：1574（詳細）
平均速度能力：1556（詳細）

技能

「堅甲殼LV1」「HP自動恢復LV1」「SP消耗大減緩LV10」「音攻擊LV1」
「魔力感知LV4」「魔力操縱LV4」「土魔法LV4」「風魔法LV1」「飛翔LV1」

技能點數：30000

沒有稱號

〉

唧唧蟲這個名字是在搞笑嗎？

話說回來，牠的能力值也太強了吧！

平均能力值差不多是一千六左右。

要說這種數值到底有多強，那就是雖然遜於我過去在艾爾羅大迷宮裡對決過的上位竜，卻比中位竜還要強。

換句話說，這傢伙的實力足以匹敵上位竜。

那可是跟上位竜一樣強的蟬……蟬？

順帶一提，剛才衝向蟬卻被打跑的鳥型魔物，所有能力值都不到一百。

真虧你們有勇氣衝過去挑戰那隻蟬啊！

想也知道不可能打贏吧。

到底是什麼原因驅使牠們那麼拚命？

是那個嗎？

鳥類的尊嚴？

我們不能輸給區區蟲子之類的嗎？

「唧——唧唧唧！」

不，我覺得牠們只是因為那叫聲太吵而感到惱火罷了。

要是有人在自己的地盤發出那種爆炸聲，會想要抱怨幾句也很正常。

順帶一提，我口中的爆炸聲，並不是形容音量大到像爆炸一樣的意思。

而是聲音真的會爆炸的意思。

每當那種巨蟬唧唧叫的時候，就會朝向四面八方釋放出聲音的衝擊波，把接近的東西毫不留情全部轟飛。

簡直就是音爆彈。

嗯。

有人可能會覺得光靠聲音不可能發出那種衝擊波，但這裡可是有著技能這種東西，很難算是正統派的奇幻世界。

那是巨蟬的技能「音攻擊」的效果。

雖然技能等級很低，但強大的能力值似乎彌補了不足之處。

每當那隻巨蟬唧唧叫的時候，周圍就會轟隆轟隆地爆炸。

而且那傢伙還一直叫個不停。

也就是說，爆炸也從未停止。

從巨蟬休息的樹平安無事這點看來，那招應該可以在某種程度上操控攻擊方向，但就算知道這件事，也還是無法隨便接近會往四面八方斷斷續續發出衝擊波的傢伙。

這傢伙明明是蟬，卻變成一座難以攻陷的堡壘了。

我記得蟬不是一種只有在夏天很吵這個缺點，除此之外幾乎無害的蟲子嗎？

真不愧是異世界。

在弱肉強食的異世界，連蟬都會出現超乎預期的進化。

「唧——唧唧唧！」

又有一隻鳥型魔物遭到蟬的毒手了。

要是就這樣置之不理，這一帶的鳥型魔物只怕會全滅！

雖然好像不是什麼大問題，但我總覺得生態系可能會因此垮掉。

好啦，那我該怎麼對付這傢伙呢？

老實說，如果只是要擊敗那隻蟬，其實並不是很困難。

因為我擁有邪眼和魔法這些遠距離攻擊手段。

就算不踏進那種聲音衝擊波的有效範圍，我也能用遠距離攻擊解決掉牠。

……蜘蛛是這樣的生物嗎？

嗯，算了，反正這裡是非正統派的奇幻世界嘛。

蜘蛛也會出現像我這種超乎預期的進化。

應該說，要是沒有進化成這樣，我也沒辦法在那座艾爾羅大迷宮裡存活！

可是，這裡已經不是艾爾羅大迷宮了。

就算我不那麼繃緊神經，也有辦法活下去。

因為這個緣故，我想要回歸初心，只靠蜘蛛的初始武器絲與毒，去挑戰那隻巨蟬。

問我為什麼要自找麻煩？

那是因為我最近都在狂用邪眼與魔法，讓我變得不像是蜘蛛了啊！

為了找回身為蜘蛛的自我認同，我想用蜘蛛的戰法打贏牠。

如果對手是不全力以赴就沒機會打贏的強敵，那當然是另當別論啦。

那隻巨蟬的實力還比不過我曾經擊敗的上位竜。

而我甚至連比上位竜更強的龍都曾經擊敗。

那種巨蟬只能算是小菜一碟啦。

所以我才能玩這種遊戲。

可是——！

雖說這只是一場遊戲，但也不能掉以輕心。

即使是能輕易戰勝的對手，但也是在互相廝殺。

千萬不能疏忽大意。

所以，除了有給自己設限之外，我還是會全力以赴。

為此，我得先了解對手。

我擁有「鑑定」這個可以看到對手能力值的技能。

如果用鑑定得到的情報去做判斷，那隻巨蟬算是頗為強悍。

考慮到出現在這一帶的魔物平均能力值都在一百左右，就能知道那隻巨蟬有多麼強大了。

到底為什麼會突然出現那種傢伙？反倒是這點令人覺得莫名其妙。

不過，我很快就發現那種巨蟬是從哪裡出現的了。

因為那隻巨蟬附近開了一個異常巨大的洞。

而一個巨大的蟬殼就掉在那個大洞的旁邊。

就算只找到這些情況證據，犯人的真實身分也已經非常明顯。

真相就是，那隻巨蟬原本是以幼蟲型態住在地下，結果跑出來進化成成蟲型態了。

根據我一知半解的知識，蟬的幼蟲期不是非常長嗎？

而成蟲期卻很短。

雖然不曉得這點在這個異世界是不是也一樣，但如果牠的幼蟲期很長，那會長成那麼大隻也就可以理解了。

這也可以解釋牠為何有部分技能的等級特別高，其他技能的等級卻特別低。

「ＳＰ消耗大減緩」這個技能具有壓低代表飢餓度的ＳＰ消耗量的效果。

換句話說，就是能讓人在某種程度上不吃不喝的技能。

就只有這個技能的等級特別高，其他技能的等級都很低。

由此就能看出那傢伙的生態。

牠一直都靜靜地躲在地下。

一旦快要餓死，就利用土魔法在土壤中移動，得到食物後就再次靜靜待著。

然後，時機成熟，牠就會像這樣跑到外面變成蟬。

這是唯一有可能的答案。

魔物也有自己的歷史。

光從能力值就能看出這麼多東西。

我覺得「鑑定」真的是相當犯規的技能。

可是，就算知道這些事情，也不見得就能改變現況。

「唧——唧唧唧！」

只要不想辦法讓那種爆炸聲停下來，我就無法隨便接近。

哼……

可是，我早就想到對策了。
首先，那種爆炸聲也不是從頭到尾都會引發爆炸。
在發出第一聲唧的時候是不會爆炸的！
前面的「唧——」是在蓄力，後面的「唧唧唧」才會連續引爆三次。
這就是蟬的攻擊模式。
換句話說，我必須在發出「唧——」聲時衝過去，在「唧唧唧」的三連爆開始前打斷那種叫聲，然後迅速退開。
呵呵呵……
沒問題。
這個計畫可行！
再來只需要看準時機了。
「唧——唧唧唧！」
很好，先等這次結束。
「唧——」
就是現在！
我抓在爆炸停止的瞬間空檔，朝向巨蟬猛衝過去。
我的能力值是以魔法相關能力值為最高，第二高的則是速度。
就算只有短暫的空檔，憑我的速度還是足以抓住！

我撲到巨蟬毫無防備的背上，一口咬了下去！

好硬！

牙齒姑且算是有刺進去，卻沒能整根刺進去。

巨蟬原本的防禦力就很高，還有「堅甲殼」這個能提升防禦力的技能，導致憑我的攻擊力無法咬進去。

「唧唧唧！」

啊，糟了！

咕哇！

蟬的三連爆攻擊向我襲來。

咬住牠的牙齒鬆脫開來，我整個人都被擊飛出去。

咕喔喔……

我受到傷害了。

這點程度的傷害殺不死我，但我原本是想毫髮無傷地一口氣分出勝負，卻還是挨了一擊。

我的自尊有點受傷了。

可惡！不可原諒！

「唧——唧唧唧！」

巨蟬得意洋洋地重新開始鳴叫。

那副模樣讓我十分不爽。

靠牙齒是不行的。
如果要突破那種強大的防禦力，憑我的攻擊力不夠。
我的能力值其實非常不平衡。
魔法相關能力與速度異常高。
甚至遠遠強過我剛才提到的龍。
可是，相較之下其他能力值卻異常低。
即使如此也比那隻蟬還要強，但如果要一擊對牠造成重大傷害，我還是不太有把握。
一擊必殺是不可能的。
既然如此，那我只能先設法讓那種爆炸聲停下來，然後不斷累積傷害了。
「唧——唧唧唧！」
我看準時機。
「唧——」
就是現在！
我再次朝向蟬的背後猛衝。
巨蟬像是在嘲笑我一樣，動了一下發出聲音的肚子。
就是那裡！
我朝向牠的腹部射出蜘蛛絲。
絲像是擁有自我意識般動了起來，把蟬的腹部纏住了。

肚子動不了後，那種爆炸聲便停止了。
哈哈哈！
知道本小姐的厲害了吧！
不會發出爆炸聲的蟬，只不過是個既巨大又堅硬的靶子罷了！
……蟬？
算了。
這樣蟬就失去有效的攻擊手段了。
再來就任我宰割了。
好啦～那我該怎麼料理……什麼！
「嗡嗡嗡嗡嗡嗡嗡嗡！」
也許是因為發不出爆炸聲而感到慌張，蟬激烈地拍動翅膀飛到空中。
等……等一下！
我跟牠還被絲綁在一起耶！
纏住蟬的腹部的絲還握在我手上。
而且那條絲的尾端就是我的屁股。
要是蟬在這種狀態下飛起來，會發生什麼事情？
咿呀啊——！
結果我就被吊在空中，踏上天空之旅了。

蟬的巨大身軀在空中緩緩飛行。
即使能力值很高，帶畢竟牠的「飛翔」技能還只有等級一啊。
牠好像沒辦法飛得太快。
因為牠才剛從幼蟲進化成成蟲，「飛翔」技能應該也是當時取得的，所以等級不高也是可以理解的事情。
等等，這傢伙居然在飛起來的時候尿尿——！
哇，我好像被噴到一些了！
這傢伙竟敢對我做出這種事！
我生氣了！
我要宰了牠！
雖然我從一開始就是這個打算，但我不會再手下留情了！
蟬拚命到處亂飛，想從我身邊逃離，但只要絲依然把我們綁在一起，牠就不可能逃得掉。
我把絲拉向自己，逐漸向蟬逼近。
也許是被我的樣子嚇到，蟬瘋狂地蛇行亂飛。
好～晃～啊～！
如果是容易暈車或暈船的人，應該馬上就頭昏了吧。
不過，因為我有「異常狀態無效」這個技能，所以這不算什麼啦！
話說回來，暈車或暈船也算是一種異常狀態嗎？

我有些疑惑。

算了，反正我沒暈就好。

來吧來吧，我要上了！

我沿著絲爬行，最後總算爬到蟬的背後了。

蟬更加激烈地在空中翻筋斗，但這種程度還不足以擺脫掉我。

我趴在蟬的背上，找尋甲殼與甲殼之間的縫隙。

然後，我把牙齒刺進找到的隙縫中。

既然甲殼很堅硬，那我只要攻擊柔軟的部位就行了。

如果攻擊甲殼縫隙這個弱點，我的牙齒也能夠刺進去。

然後，我將毒液灌注到牙齒刺進去的地方。

用毒液緩緩削弱敵人，實在是很有蜘蛛風格的戰法。

雖然我是這麼想的，但我的毒相當強力，在灌注進去的瞬間，蟬就失去力氣往下墜落了。

要是一起摔下去，我可能會被蟬的巨大身體壓扁，我在接近地面時把絲切斷，逃離開來。

然後華麗地應聲著地。

蟬仰躺在地上，身體不斷痙攣。

哼，我贏了。

不過，想要沉浸在勝利的餘韻之中，現在還太早了點。

因為蟬的ＨＰ還沒有耗盡。

我躡手躡腳地走過去一看，結果蟬便使盡最後的力氣拍動翅膀，激烈地動來動去。
啊——這不就是假死蟬嗎？
我在日本也遇過這種事情呢～
就是原本以為蟬已經死了，就掉以輕心隨便接近，結果蟬又突然動了起來。
即使到了異世界，假死蟬也依然健在。
明明已經快要死掉了，我還說成健在，是不是有點奇怪？
沒多久後，毒完全跑遍蟬的身體，這次牠真的力竭而亡了。
呼……真是場既漫長又艱難的死鬥。
早知道就別給自己設下不能用邪眼與魔法這樣的限制了。
這樣我就能成功躲過被尿尿噴到的慘劇了！
事到如今，就算後悔也來不及了。
我算是學到了一個教訓。
此外，我還學到了另一件事。
那就是即使蟬很大一隻，能吃的部位也還是很少。
畢竟牠體內有著許多空洞，堅硬的甲殼也不能吃。
我明明費了那麼大的力氣才打贏……
以後要是又看到蟬了，最好還是放著別管。
我又學到了一個教訓。

蜘蛛絲大餐

那是令人震撼的光景。

說不定這是我轉生到這個世界後，最令我震撼的事情。

這副光景就是如此具有震撼力。

因為，因為——蜘蛛竟然在吃自己的絲！

那是我正在跟老媽與魔王玩捉迷藏時發生的事情。

當時我正一邊躲避老媽與魔王的追擊，一邊慢慢殺掉老媽在艾爾羅大迷宮裡的部下。

而我居然偶然撞見上級蜘蛛怪在吃自己放出的絲！

那傢伙像是在吃下酒菜一樣，把應該是要用來抓住我的蛛網的絲吃掉了。

咦？原來那東西能吃嗎？

我整個人都愣住了。

因為那可是蜘蛛絲耶。

是牠自己射出的絲喔。

是從自己屁股擠出來的東西喔！

雖然這樣說不是很好聽，但那不就是排泄物嗎？

我根本不可能會想過要吃那種東西吧！
為什麼會想要吃那種東西啊！
牠有被逼到那種地步嗎？
嚴重到要是不吃那種東西就會餓死？
不～不可能～
那是自己拉出來的東西，就算吃下去應該也不會吃壞肚子啦～
該怎麼說呢？就是心情上無法接受吧。
與其吃那種東西，我寧可吃田螺蟲。
呃……不，果然還是算了，嗯。
簡直就是究極的二選一！
就跟大〇口味的咖哩與咖哩口味的大〇同等級的究極難題！
我兩邊都選不下去！
傷腦筋……
可是，既然親眼看到別人在吃絲，果然還是讓我有些在意。
蜘蛛絲吃起來到底是什麼味道呢？
如果稍微增加點黏性，應該有辦法製造出類似麻糬的口感。
想到這點，我就覺得好像會不錯吃。
不不不。

就算是這樣，也不能把從自己屁股擠出來的東西放進嘴裡吧？

雖然我現在是蜘蛛，吃的又是蜘蛛絲，就畫面上還算沒問題，但換成人類的話又會如何？

想也知道不行吧！

人類的尊嚴將會蕩然無存！

某些狂熱分子可以接受這種行為，但至少我一點都不想吃！

本小姐堅決拒絕！

就算是我這個愛吃鬼，也會有不想吃的東西！

不管難不難吃，只要是自己解決掉的獵物，我都會基於自然界的規則與禮貌負責吃掉。

但那是可以只因為好奇就吃吃看的東西嗎？

不是！不是！絕對不是——！

果然還是不行吧。

如果真的快要餓死，又只有那種東西能吃的話就算了，只因為好奇就吃自己的絲，果然還是很糟糕的行為吧。

只要別說是蜘蛛絲，改說成排泄物，就能明白那有多麼糟糕了。

在討論味道好壞以前，在倫理上就已經出局了。

不能做的事情就是不能做。

那正是蜘蛛該有的品格。

啊，可是那隻上級蜘蛛怪若無其事地吃著絲，與其說是蜘蛛的品格，不如說是我的品格。

嗯。我不吃。我不會吃喔～

我明明暗自不斷告訴自己「我不會吃」，為什麼眼前會剛好有一根長度適中的絲呢？

那種長度、粗細與形狀，乍看之下像是棉花糖，剛好可以一口吞下。

到底是為什麼呢～？

我不吃喔～我才不會吃呢。

啊……可是可是，那根絲看起來真的就跟棉花糖一樣好吃！

我才不吃……我不吃……不吃……吃……

我嚼我嚼。

嗯，一點味道都沒有。

這算是原味吧。

因為完全沒味道，沒有好吃難吃的問題，但這東西讓人非常沒有在吃東西的感覺。

該怎麼說呢，像是在嚼沒有味道的口香糖一樣吧。

雖然蜘蛛絲可以吞進肚子這點跟口香糖不一樣，但吃起來的心情是差不多的。

我不明白為什麼要吃這種東西。

吃這個能補充營養嗎？

試著鑑定之後，我發現ＳＰ姑且算是有恢復。

可是，因為放出蜘蛛絲也要消耗ＳＰ，感覺只是把放出蜘蛛絲用掉的ＳＰ補回去而已。

我有種白費力氣的感覺。這種事我再也不會做了。

蜘蛛絲大餐

吃自己排泄出去的東西果然是錯誤的行為。

嗯，我重新體認到這個不用多想也能明白的道理了。

體能檢測

我進化成女郎蜘蛛了！

我變成夢寐以求的女郎蜘蛛，在蜘蛛型下半身上長出了人型上半身，但還得仔細測試一下新身體才行。

畢竟我的體型已經變得跟過去完全不一樣了。

就算想要像過去那樣行動，說不定也無法如願。

明明如此，我卻在毫無練習的情況下，跟波狄瑪斯那樣的強敵打了一場。

當時真的很危險。

因為這個緣故，我今天想要來檢測一下女郎蜘蛛的體能。

不過，畢竟我在對付波狄瑪斯時也毫無問題，應該沒問題才對。

為了保險起見，我得讓身體記住全力戰鬥時的各種動作。

首先就來試試看百米短跑吧。

各就各位……預備，起跑！

我以不是「起跑」，而是「發射」的感覺衝出去，瞬間就衝過了目測一百公尺的距離。
嗯，我現在很清楚自己的速度能力值有多麼誇張了。
此外，腰也有點痛。
人型上半身因為風壓而往後仰，結果讓腰閃到了。
感覺就像是搭乘沒有背墊的雲霄飛車，然後車子突然全速衝出去一樣。
喔……好痛……
我沒想到會這樣。
跟波狄瑪斯戰鬥的時候，明明就沒有發生這種狀況。
啊，不對，等一下。
我記得跟波狄瑪斯戰鬥的時候，我的能力值因為那種神祕結界而下降了。
原來如此，因為我當時的速度還在常識範圍以內，所以身體才承受得住。
可是，一旦我全速移動，就會變成這樣。
傷腦筋……
這可是個大問題。
難道我以後每次全速移動，都得忍受腰痛的折磨嗎？
再跑一次試試看吧。
剛才是因為我太大意，才會變成那樣。
這次我要先做好心理準備再跑。

體能檢測

怒吼吧！我的腹肌與背肌！

順帶一提，前世的我幾乎沒有腹肌與背肌！

伏地挺身？

當然是連一下都做不到，有意見嗎？

總之，我這次試著讓人型上半身使力挺住，然後才拔腿奔跑。

雖然人型上半身撞到風壓形成的無形牆壁，卻沒像剛才那樣往後仰，成功地撐到終點。

嗯嗯，看來只要有使力撐住身體，就不會有問題。

可是，用女郎蜘蛛半人半蜘蛛的身體奔跑，感覺跟我還是蜘蛛或人類時都不一樣。

還好我有進行測試～

要是我在毫無準備的情況下全速移動，說不定會害死自己。

跟波狄瑪斯戰鬥的時候，只是碰巧沒出事罷了。

真的是很危險耶。

嚇死人了。

話說回來，光是直線奔跑就這麼嚴重了。

要是我加入閃電式奔跑、左右迴轉或一百八十度轉身這些跑法的話，又會發生什麼事情？

這些動作也得做過測試才行。

於是，我把這些跑法全都試了一遍。

結果該說如我所料嗎，要是沒有先做好心理準備，人型上半身就會左右亂甩釀成慘劇。

比起用自己的腳在奔跑，感覺可能比較接近騎機車吧。

雖然我沒有騎過機車，這只是我的想像就是了。

感覺就像是騎著名為蜘蛛型下半身的交通工具。

我試著慢慢掌握不同於蜘蛛與人類，女郎蜘蛛特有的奔跑感覺。

感覺不錯。

我大致抓到訣竅了。

這樣就算在實戰之中，我應該也能全速移動了。

我還順便練習在奔跑的同時揮舞前腳的鐮刀攻擊。

又做了用人型上半身揮拳的練習。

可是，我的拳頭感覺好像軟弱無力。

嗯……這是因為我沒用到下盤的力量吧。

根據我豐富的動漫與遊戲知識，下盤的力量對出拳威力來說似乎很重要。

光靠手臂的力量，就算揮出拳頭，也不會有太大的威力。

拜能力值所賜，我的拳頭似乎有著不小的威力，但果然還是有點軟弱無力呢～

一看就知道是外行人的拳頭。

可是，如果要用女郎蜘蛛的身體揮出腰馬合一的拳頭，到底該怎麼做呢？

……就只有這件事，是動漫與遊戲的知識也沒有教的。

嗯～看來只能自行研究，找出利用下盤力量的方法了。

體能檢測

憑女郎蜘蛛的身體，就算做出跟人類一樣的動作，果然還是會有差異。
畢竟就連跑步都差那麼多了。
這次測試有所收穫，但我也明白想靈活運用女郎蜘蛛的身體，並非一朝一夕就能辦到了。

吐息

「神龍力」一如其名，是個能使用龍的部分能力的技能。
發動時會消耗ＭＰ與ＳＰ，發動技能期間不但會提升能力值，還能減弱敵人魔法的效果。
也就是有著類似於龍的鱗系技能的魔法阻礙效果低配版的能力。
因為這個技能的緣故，我原本就強得誇張的魔法防禦力，又變得更誇張了。
不過，這件事不是重點。
神龍力還有其他效果。
那就是可以施展吐息攻擊。
吐息——就是從嘴裡噴出火焰之類的，也是龍最具代表性的攻擊手段。
從地龍亞拉巴過去曾經用吐息轟掉我家這件事，就能得知那種攻擊的威力。
不過，靠著神龍力施展的吐息，終究只是龍吐息的低配版罷了。
只是，吐息的威力也會受到個人能力值的影響，憑我現在的能力值，應該能吐出威力比一般的龍還要強的吐息。

而用這招使出的吐息的屬性，好像固定都是使用者最擅長的屬性。

以我的情況來說，就是黑暗屬性。

就視覺上來說，感覺就像是吐出某種黑色的波動。

我以前並不會在意這種事。

不，我現在也不會在意這種事。

但前提是用蜘蛛的嘴巴吐出吐息。

沒錯，吐息是從嘴巴吐出來的。

而身為女郎蜘蛛的我有兩個嘴巴。

也就是人類的嘴巴和蜘蛛的嘴巴。

如果用蜘蛛的嘴巴吐出吐息，感覺還不會很奇怪。

蜘蛛型下半身的外表原本就像是怪物，就算張嘴吐出黑色的吐息，也不會太奇怪。

只不過，如果用人類的嘴巴吐出來的話，結果又是如何？

首先，如果要吐出吐息，就必須張大嘴巴。

早在這個時候，就一點都不美觀了。

可是，如果想要認真施展吐息，就得承受極大的反作用力，所以就必須穩住身體。

如果是蜘蛛型下半身的話，只要用八隻腳站穩就行了。

可是，為了穩住身體，長在上面的人型身體就得擺出奇怪的姿勢。

吐息

感覺就像是坐在沒有靠背的椅子上，只能靠上半身的力量讓腦袋不會被扯向後方一樣。
實在不太美觀。

也就是說，我得用那種不是很美觀的姿勢，張大嘴巴吐出吐息。

一如字面意義，把吐息吐出來。

用吐的喔。

如果是蜘蛛型下半身的話就算了。

怪物吐出吐息的模樣，反倒讓人覺得很帥氣。

可是，如果讓人類做出那種事，又會是什麼情況？

感覺就會突然變得很遜！

只要回想一下那款知名格鬥遊戲裡某個手腳會伸長的角色，就能明白那到底有多遜了吧？

〇珈之火！〇珈烈焰！

那就是本小姐吐出吐息的樣子！

不美觀！真的非常不美觀！

我剛開始的時候還很興奮，覺得有兩張嘴巴就能使出雙重吐息，但實際嘗試以後，那個畫面實在是難看到了極點！

因為我不是看著鏡子嘗試，所以沒有從客觀的角度看到那副光景，但就算沒有親眼目睹，我也知道一件事情。

那就是這招千萬不能使用。

因為這個緣故，我決定今後要禁止用人類的嘴巴吐出吐息。
就算是我，在生物分類學上還是貨真價實的女人。
心中還是存在著些許美感。
基於這種美感，我無法接受自己用人類嘴巴吐出吐息的模樣。
在非得使出這招不可的情況下還是會用，但我原本就擁有許多吐息之外的攻擊手段。
如果處在只有嘴巴能動的狀況下，這招也不是不能成為一個選項，但只要腦袋完好無缺，我就能夠發動魔法。
沒必要特地選擇使用吐息。
雖然雙重吐息的威力還算強大，但就算是這招，我也還有其他攻擊手段可以代替。
嗯，看來我幾乎沒機會用到這招。
不過，那也只是幾乎沒機會，不代表完全沒機會，才是最令我煩惱的事情。
像是可以用來當成令人意想不到的奇招之類的。
到時候就得讓對手看到我不美觀的模樣，但那也是沒辦法的事情。
反正只要確實殺掉對方，就沒有目擊者了。
這招太危險了。
一旦用了，就非得確實殺掉目擊者不可。
禁忌的殺招。
人類嘴巴發出的吐息。

吐息

這招真是太可怕了。

味覺

我在進化成女郎蜘蛛後才知道，看來我的味覺似乎有些奇怪。

我會這麼說，是因為蜘蛛型下半身與人型上半身的味覺並不一樣。

如果把蜘蛛型態以前若無其事吃下去的魔物生肉給人型上半身吃，會覺得很難吃。

不對，嗯，其實就算是給蜘蛛型下半身吃，難吃的東西還是很難吃。

如果是用蜘蛛型下半身吃，我還能忍受，但人型上半身就沒辦法了。

雖然某種程度上的難吃我還不至於無法忍受，但若是有毒魔物那種特別難吃的肉就不行了。

我會覺得反胃。

應該說我是真的吐了。

我在熟悉的艾爾羅大迷宮抓到了青蛙。

我用人類的嘴巴吃下那傢伙，結果就吐了。

呃，畢竟吃下那種東西，會吐是正常的。

首先，味道太苦了。

有毒的魔物吃起來大致上都是苦的，而那種苦味會隨著毒性強度增強。

青蛙在有毒魔物中算是最弱的，毒性並不是很強，所以吃起來也沒有很苦。
明明如此，我的人類舌頭卻感覺到強烈的苦味。
而且很臭。
仔細想想，這也理所當然，畢竟那可是青蛙的生肉啊。
當然會有那種兩棲類特有的臭味。
而且滑溜溜的。
畢竟那可是青蛙嘛。
肉質比較滑溜也是沒辦法的事。
結論就是非常難吃。
想到自己過去居然可以若無其事地吃這種東西，我就大受打擊。
可是，忍不住把肉吐出來後，我又重新用蜘蛛嘴巴吃吃看，然後不可思議的事情就發生了。
我可以正常地把肉吃下去。
雖然還是很難吃，但不至於吃不下去。
從這件事情便可得知，人型上半身與蜘蛛型下半身的味覺有所不同，相較於味覺與人類相同的人型上半身，蜘蛛型下半身的味覺可能跟蜘蛛的一樣。
話雖如此，我並不曉得蜘蛛有沒有味覺，所以這只是猜測啦。
既然連魔物的生肉都能吃，那蜘蛛型下半身的味覺應該能忍受某種程度上的難吃食物吧。
……要是把連蜘蛛型下半身都覺得超級難吃的田螺蟲，拿給人型上半身吃，又會怎麼樣呢？

味覺

不行。

那麼做實在太危險了。

我不能為了滿足一點點的好奇心，讓生命受到威脅。

算了，難吃的東西根本沒必要吃。

我現在跟以前不一樣，沒必要特地去吃難吃的魔物了！

誰都不准吐嘈我剛才吃青蛙的事情。

反過來說，要是讓人型上半身吃蜘蛛型下半身覺得好吃的食物，又會怎麼樣呢？

比如說中層的鯰魚。

那是我蜘蛛生中頭一次覺得美味的食物，但不可思議的是，人型上半身吃起來卻不是那麼回事。

不，這麼說還算太過客氣，其實並不是很好吃。

可是，一旦讓蜘蛛型下半身吃，又會覺得很好吃。

人型上半身與蜘蛛型下半身的味覺居然相差那麼多，讓我感到很驚訝。

明明兩邊都是我的身體。

基本上，只要是給人類吃的料理，用人型上半身吃都會覺得好吃。

雖然給蜘蛛型下半身吃也會覺得好吃，但要是有用調味料之類的，總是會覺得口味太重。

因為我吃慣沒有經過任何調味的魔物肉了。

感覺大概就像是給吃慣素食的人吃垃圾食物一樣吧？

好像又有些不太一樣。

總之，只要給人型上半身吃人類食物，給蜘蛛型下半身吃魔物食物就沒問題了。

但只有一種東西算是例外，兩邊都會覺得好吃。

那就是甜食。

不管是人型上半身還是蜘蛛型下半身，都會覺得甜食好吃。

這個世界的甜食就是水果。

這裡沒有巧克力之類的東西。

只要找看看或許能夠找到，但我在被當成土地神供奉時，收到的甜食中並沒有那種東西。

全都是水果。

每種水果都很好吃。

果然是因為這裡是不一樣的世界吧，沒有我熟悉的蘋果或橘子那類東西，但這樣反而讓我在享用時更期待那些水果的滋味。

老實說，如果只論水果的好吃程度，這個世界說不定勝過地球。

地球上的水果都做過品種改良，應該也相當好吃才對，但這裡的水果完全不會遜色。

這或許是唯一讓我覺得轉生到這個世界也不錯的事情吧。

害我忍不住吃個不停。

……有點擔心會得到糖尿病。

還是稍微小心點吧。

味覺

馬場翁老師的一問一答訪談　其1

這是向《轉生成蜘蛛又怎樣！》的**作者馬場翁老師**
請教關於作品的問題，以及**創作祕辛**的單元。
首先就來請教一下這部作品的主軸，
也就是關於**主角與創作理念**的問題吧。

我是在先想好世界觀與設定這些框架後，才開始構思故事的流程。

責任編輯（以下簡稱責編）：第一個要問的問題，果然還是這個吧！請問您為何要讓蜘蛛當主角？

馬場翁老師（以下簡稱馬場）：經常有人問這個問題，但其實我對蜘蛛並沒有特別的感情呢。只是因為剛開始下筆那天的晚上偶然夢到蜘蛛，我就決定用蜘蛛當主角了。

責編：請問故事的結局是剛開始寫時就決定好了嗎？

馬場：早就決定好了。整個故事的大綱都是從結局逆推回去寫成的呢。我是先想好結局，再放進通往這個結局所需要的故事元素，最後才決定故事的開頭。我是在先想好世界觀與設定這些框架後，才開始構思故事的流程。

責編：如果是先完成世界觀與設定，應該也能寫成群像劇或使用第三人稱寫法，請問您刻意使用第一人稱寫法是有什麼意圖嗎？

馬場：因為我想透過使用第一人稱寫法，讓讀者也能跟主角一起解開隱藏在世界觀裡的謎團。我覺得讓讀者站在跟主角一樣的角度慢慢得到情報，可能會讓故事更有真實感。不過，只從蜘蛛子（「我」）的角度實在很難展現出所有世界觀與設定，於是便有了俊視角的故事。畢竟蜘蛛子剛開始時一直在昏暗的迷宮裡跟魔物戰鬥……實在沒辦法展現出世界觀的謎團與設定呢……

責編：啊，也就是說，全班同學都轉生這個設定不是一開始就想好，而是為了幫助蜘蛛子推進故事才有的嗎？

馬場：沒錯。我是想好世界觀與故事的結局↓決定從蜘蛛子的視點來呈現故事↓遇到沒有其他視點就無法完整說明故事的問題，結果↓全班同學都轉生吧～大概是這樣的走向。

關於魔物與人物的名字

責編：這個故事裡有許多獨特的魔物名字與人物名字，請問您是以什麼樣的基準來命名的？

馬場：魔物基本上都是用讀音來決定名字的呢。我會在網路上搜尋腦海中浮現的名字，只要其他作品不曾用過就拿來使用。至於人物的名字，我真的只是隨便取的。

關於主角「我」

責編：主角「我」的個性非常積極又不服輸，是個會讓人忍不住想要聲援的角色，請問您在創造這個角色的時候，有參考實際存在的人物或其他作品的角色嗎？

馬場：沒有呢。為了可以順著興致一口氣寫下去，也為了讓自己好寫，女主角就變成那種角色了。因為如果主角不維持那種調性，世界觀與故事橋段就會顯得太過黑暗，讓人讀起來很難受……出生的瞬間就身在蜘蛛窩，被迫參加非生即死的生存遊戲，而且連自己都變成蜘蛛了……這種處境不是相當嚴峻嗎？如果蜘蛛子不是那種個性，故事就會變得非常嚴肅且沉重。

責編：我覺得主角不光是個性樂觀，還非常受人喜愛，是個讓人想要支持的角色。即使她會做出一些相當過分的事情，或是令人覺得「真薄情！」還是無損於讀者對她的好感。

馬場：我想這是因為她是個有話直說的角色吧。因為她一直都在自言自語，直接說出自己的心聲，這種讓人容易理解的地方才好吧。就算有讀者不認同這個主角的想法，也能明確看到主角推導出那種想法的過程，進而接受。所以，即使讀者與主角的想法不同，也不會因為不知道「這傢伙為什麼會做出這種事」而感到壓力，或許是這點起到好的作用了吧。

關於執筆過程

責編：故事初期一直都是「我」在迷宮裡戰鬥的故事，請問「這場面寫起來最愉快」和「最有寫的價值」的橋段是哪些地方？

馬場：如果只論戰鬥橋段的話，寫起來最有價值的應該是亞拉巴戰吧。因為那一戰就像是迷宮裡戰鬥的集大成。其實除了跟亞拉巴那一戰，其他戰鬥幾乎都是遭遇戰，蜘蛛子主動挑戰的敵人就只有亞拉巴而已呢。

責編：真的是這樣呢！她好像總是被敵人襲擊，吃了許多苦頭。

馬場：所以，就主動挑戰敵人這點來說，那是很有意義的一戰。因為即使後來走出迷宮，她基本上也都是被動迎戰呢～

責編：不是被老媽追殺，就是被魔王找到，轟得屍骨無存……

馬場：再不然就是被波狄（波狄瑪斯）找麻煩……（笑）

責編：那除了戰鬥以外的橋段呢？

馬場：主角跟平行意識們互相吐嘈搞笑的橋段寫起來很開心呢。明明只有自己一個人卻順勢吐嘈的感覺。

責編：從那時候開始，主角的腦內就變得很熱鬧了呢。對了，請問您為何想要創造出那些平行意識？

馬場：算是順勢而為……的結果吧？我很一般地想到了讓人可以同時思考不同事情的技能，後來想到這個技能進化後不知會如何，就想到「要是讓主角的意識變多……不是會很有趣嗎？」，之後想到讓主角一人分飾兩角，感覺會很超現實！結果最後就增加到了一人分飾四角的地步。

責編：這讓故事變得很熱鬧又很歡笑，但寫起來應該很不容易呢（笑）。

責編：反過來說，請問主角在迷宮裡時有「很難寫」的橋段嗎？

馬場：好像沒有特別難寫的……不過，絕大多數的戰鬥橋段都不是很好寫呢。

責編：那請問有讓您覺得特別難寫，重寫了好幾次的戰鬥橋段嗎？

馬場：主角在迷宮裡的戰鬥，我基本上都不曾重寫。

責編：咦！真厲害！請問這是因為您有懷著明確的想法，要讓主角在戰鬥中達成某種目的嗎？

馬場：正好相反呢。其實主角在迷宮裡的每一場戰鬥，都沒有特定的目的，全都是順勢寫出來的呢。也許就是因為這樣才有臨場感吧。

責編：這表示您是懷著跟蜘蛛子一樣的心情，一邊思考該如何攻略迷宮一邊執筆嗎？

馬場：正是如此。就是因為我採用這種寫法，感到傷腦筋的……是寫對決猿猴那一戰吧。我居然寫出這種敵人，該讓主角怎麼打贏這一戰？這點讓我相當煩惱。

責編：未免太沒計畫性了（笑）！請問您是懷著「再這樣下去，主角會死掉啦～！」這種想法在寫的嗎？

馬場：沒錯沒錯，這一段寫起來就是「糟糕！再這樣打下去，蜘蛛子穩死無疑！我得想個辦法救救她！我得幫她找出一條活路！」這種感覺。在niconico靜畫的評論中，有「這傢伙總是一隻腳踩在鬼門關裡耶」這樣的評論，連我自己都覺得說得很對呢（笑）。

情有獨鍾的魔物

責編：在迷宮裡的魔物之中，請問您最情有獨鍾的魔物是哪一隻？

馬場：果然還是亞拉巴吧。

責編：這麼說來，請問您為何會給亞拉巴那種死法？在力爭上游系的故事裡，當逐漸累積實力的主角戰勝最終頭目時，通常會把故事寫得比較痛快，但亞拉巴戰卻不是這樣呢。

馬場：這也是因為我想傳遞出「打贏不等於勝利」這樣的訊息。

責編：您說打贏不等於勝利是什麼意思呢？

馬場：因為想贏過亞拉巴完全是蜘蛛子的私情，那一戰中完全不包含亞拉巴的私情呢。雖然蜘蛛子靠著戰勝亞拉巴克服了自己的心魔，但如果站在客觀的角度去看那場勝利，就不免讓人思考其中到底有何意義。此外，就算蜘蛛子在那時很普通地擊敗並超越了亞拉巴這個心魔，那難道亞拉巴只是一道用來讓蜘蛛子感到開心的阻礙嗎？這點讓我有些掛念。事實並非如此，亞拉巴應該也有牠自己的生存之道。所以，我不想讓亞拉巴變成是用來讓蜘蛛子留下美好回憶的一道阻礙或裝置。

責編：現在回過頭來看，要是讓主角在那時很普通地打贏亞拉巴，感覺或許會少了些什麼。

馬場：正因為有過跟亞拉巴那一戰，才有之後的蜘蛛子。我也想把那一戰，寫成對蜘蛛子而言「有意義的一戰」。我曾經想過，蜘蛛子出了迷宮，在跟各種強敵戰鬥的過程中，亞拉巴的存在會不會變得黯然失色。可是，正因為有過跟亞拉巴那一戰，才會造就現在的蜘蛛子。亞拉巴那種類似武士的生存之道，確實地影響了蜘蛛子的思考方式，正因如此亞拉巴才會變成一個令人印象深刻的角色吧。

關於那些類似遊戲的設定

責編：故事裡有非常多種技能與稱號，請問您是如何加以管理的呢？

馬場：基本上那些東西剛開始時都是靈光一現的點子。要是有這種技能，應該會很有趣～這個技能還有這種效果～我很喜歡思考這些東西。結果技能與稱號就不斷增加……增加到某種程度以後，我就開始創造上位的技能與稱號……最後變得自己都管理不來（笑）。

責編：我想也是（笑）。

馬場：讓蜘蛛子成神的理由，也可以說是為了廢除掉能力值說明（笑）！雖然剛開始時我寫得很開心啦……寫到一半就變成「主角不小心又升級了！計算公式是……！」，讓我弄得一個頭兩個大。技能與能力值還是不要設定太過仔細（笑）。對於那些寫小說時打算仔細設定技能與能力值的作者，我想告訴他們：「等一下等一下，那會變得很不得了喔！」

責編：「我」在故事裡也曾經說過，那是個跟遊戲很像的世界……這個故事裡有許多類似遊戲的設定呢。請問您在創作技能之類的設定時，有參考或受到某些作品的影響嗎？

馬場：比起遊戲，影響我更多的其實是「成為小說家吧」上的小說。當然，我也有受到遊戲的影響喔。像SP就是參考自魔物獵人系列的耐力值設定。

責編：原來是這樣啊！因為您說過喜歡玩遊戲，我還以為會是參考遊戲呢。

馬場：我剛開始寫這部作品時，「成為小說家吧」上就是流行這種有能力值設定的異世界轉生故事呢。像《關於我轉生變成史萊姆這檔事》就是這類故事。

責編：那您就是受到當時流行的「成為小說家吧」小說的影響，才會決定寫一部有能力值設定的異世界轉生故事對吧？

馬場：我閱讀這些能力值類型小說時最在意的問題，就是「這種故事該如何結束？」，也就是「最終頭目到底是誰？」。當時有許多小說的最終頭目都是神，故事內容也是讓主角用提升到極致的能力值與技能去挑戰神。可是，這讓我想到一個問題，那就是技能與能力值說起來就是神明管理的東西吧。這讓我有了「用神明創造的東西挑戰神明，會有勝算嗎？」這樣的疑惑，也讓我對「神明到底為什麼要創造出能力值與技能？」感到不可思議，而這或許正是《轉生成蜘蛛又怎樣！》這個故事的起點。

關於登場種族的特徵

責編：在閱讀這部作品時，魔族沒有外表上的特徵（外表跟人族一樣）這件事，令我覺得很意外，請問這其中有什麼理由嗎？

馬場：因為故事設定上的理由，讓我不能賦予魔族外表上的特徵呢。關於這個問題，小說裡將會有詳細的解釋，敬請大家期待！

責編：讓妖精擔任壞人這點也非常新鮮。妖精通常都是被描寫成熱愛大自然，個性清廉潔白的美麗種族。請問您選擇讓妖精當壞人是有理由的嗎？畢竟就算不讓妖精當壞人，改讓矮人當壞人也行。

馬場：比起種族上的因素，倒不說是因為妖精經常被描寫成主角的同伴，才讓我做出這個決定。因此，這其中並沒有刻意要把妖精寫成壞人的意圖，而是因為我想讓讀者想不到壞人是誰，才決定讓妖精當壞人。真要說的話，就是因為妖精以同伴身分出場的故事太多了，我才想要寫出讓大家討厭的妖精。

責編：這就是所謂的逆向操作對吧？

馬場：《轉生成蜘蛛又怎樣！》這部作品中有許多逆向操作的表現手法，這部分是我刻意為之的結果。與其說這是我為了與其他作品做出區別，倒不如說是我覺得有意外性的故事比較有趣，這種喜歡唱反調的想法作祟的結果。

責編：確實如此，這部作品中有許多會讓人「咦！是這樣嗎！」大吃一驚的敘述詭計與設定。

馬場：我覺得「鑑定」這個故事初期的逆向操作，也算是相當成功。照理來說，「鑑定」明明應該是個外掛技能才對，但鑑定結果卻只有「石頭」或「牆壁」，根本是個沒用的技能。

責編：那真的很讓人大受打擊呢～我可以真切地感受到蜘蛛子當下的絕望（笑）。

關於廢棄不用的設定

責編：雖然之後就會介紹到，但您連其他轉生者的設定都做得非常詳盡呢。請問您有其實想這麼呈現出來，最後卻不得不廢棄的角色、設定或故事嗎？

馬場：我最覺得「對這個人做了不好的事了呢」的角色是悠莉。我原本是打算把俊的隊伍，寫成一個「我不要這種後宮隊伍」呢。隊伍成員就是感覺隱瞞了些什麼的老師（菲莉梅絲）、病嬌妹妹（蘇）、性轉的前世摯友（卡迪雅）和變成狂教徒的前世同學（悠莉）。

責編：這真的是個很糟糕的團隊呢。

馬場：因為俊那邊的故事變得比想像中嚴肅，讓我沒機會描寫「我不要這種後宮隊伍！」的場面。其實原本還有一個反而是「我不要這種全是男人的隊伍！」備案。像是歐利薩老師和帕爾頓這些在學校篇有出現名字的角色，其實都是俊團隊的候補成員呢。比如說，讓歐利薩老師順勢變成俊的同伴，一邊說著「為什麼事情會變成這樣……」一邊跟著他去冒險，或是讓帕爾頓一邊眼睛閃閃發亮地說著「一切都是為了修雷因大人！」一邊努力奮戰（可是經常被幹掉），然後再讓巴斯卡先生和哈林斯加入，組成一個只有男人！這樣的團隊，但最後還是因為缺乏亮點而放棄了。

責編：畢竟其中有兩人只是普通的大叔啊（笑）。

馬場：是啊，一個是熱血大叔（巴斯卡先生），另一個則是個性軟弱又毫無幹勁的大叔（歐利薩老師）。此外，我沒想到卡迪雅的正妻力場會變得這麼強大，這點也是我失算的地方。起初，我只把她設定成負責在一旁想著「他捲進麻煩事情裡了呢，真辛苦啊」地看著俊這個摯友的角色，結果她居然在不知不覺中愛上俊了呢～而且是比我想的還要積極發動攻勢的類型。這應該算是角色自己動起來的結果吧～哎呀哎呀？妳真積極耶。大概是這種感覺（笑）。

責編：那也有卡迪雅之外的女生搶下正妻位置的劇情發展嗎？

馬場：如果卡迪雅的正妻力場沒有變得那麼強大，我原本是打算讓悠莉成為跟俊關係最密切的人。就算還不到正妻的地步，也應該會有更多可以展現個性與女性魅力的機會。像是眼中轉著圈圈說出「加入神言教吧！（♡）」這樣逼迫人之類的。因為她在好好發揮出那種積極性以前，就被迫淡出故事，所以一直讓我覺得很對不起她。就是因為出場機會太少，我才會覺得自己沒能好好展現出「這傢伙有夠糟糕」之處呢。不管是表現機會不夠多這點，還是被踢出主要女角群這點，都是一個讓我覺得對不起她的角色。

非常感謝您的回答。這些關於故事設定的問題，越問就令人感到「原來如此」、「有這種意圖嗎！」等等新發現也越多，讓人想要繼續問下去，不過……接下來，我們想試著問一些「如果」的問題！

責編：馬場老師，如果您跟「我」一樣轉生成蜘蛛，在出生的瞬間就被一大群蜘蛛包圍，您會有什麼樣的反應？又會做出什麼樣的行動呢？

馬場：我應該沒辦法做出反應吧！沒辦法啦！我應該會在搞不清楚狀況的情況下被吃掉，直接變成ＹＯＵ　ＤＥＡＤ吧。毫無疑問，我只會立刻死翹翹。

責編：如果能轉生成本作世界裡的其中一位登場人物，請問您想成為誰呢？就算是魔物也行喔。

馬場：呃～我誰也不想當呢～如果轉生了的話……我希望能當個路人。因為大家的遭遇都相當悽慘嘛。

責編：我覺得轉生成草間同學是個不錯的選擇呢。

馬場：草間同學確實身處在最輕鬆的立場呢。畢竟其他人要不是過著充滿波折的人生，就是被軟禁在妖精之里。

責編：如果能取得本作中的一個技能，您想要哪個技能？

馬場：煩惱了許久，我應該會選擇睡眠無效吧。因為我是那種不睡很久就無法活動的人，所以希望能想辦法睡少一些，把時間拿去做事情呢～

責編：這是社畜的想法吧（笑）！

後續內容請見Ｐ１４０

基本上那些東西剛開始時都是靈光一現的點子。

Kumo desuga, nanika?

轉生成蜘蛛又怎樣！

Kumo desuga,nanika?
Extra

學校

Academy

Extra

俊

（修雷因・薩剛・亞納雷德）

Schlain Zagan Analeit

轉生者，前世的姓名是山田俊輔。亞納雷德王國的第四王子。母親為側妃之一，因產後恢復狀況不好而病死。同母哥哥是第二王子勇者尤利烏斯。因為這種複雜的身世，沒能接受身為王族的教育，但他靠著前世的記憶與自己努力鍛鍊的結果，成為眾人口中的天才。因為這個緣故，讓他在本人不知情的情況下被捲入王位爭奪戰。可是，他將被扯進連王位爭奪戰也只能算是小事的世界巨大洪流之中。

「總有一天，我要變強到足以保護尤利烏斯大哥的背後。那就是我的目標。」

▶Personal Data

前世的姓名	山田俊輔　讀音 Yamada Shunsuke
擅長的戰技	雙手劍、水魔法、光魔法
喜歡的事物	尤利烏斯大哥、鍛鍊技能
討厭的事物	以命相搏、犯罪
固有技能	天之加護

受到天之加護的庇祐。在各種狀況下都很容易得到自己想要的結果。

俊（轉生前的樣子）
我希望能把那種平凡的
感覺畫得比轉生後還要重

髮旋
像這樣分成三層的感覺
披風
中間較長的那種
俊
男生學生服
側面
護脛與其他
配件
從這裡開始彎曲
俊
我有點抓不到感覺
模仿尤利烏斯＋
稚氣未脫的感覺
披風底下
劍背帶
四片

卡迪雅

（卡娜迪雅・賽莉・亞納巴魯多）

Karnatia Seri Anabald

轉生者，前世的姓名是大島叶多。亞納雷德王國的大貴族——亞納巴魯多公爵家的獨生女。面對知道她前世是男生的其他轉生者時，會用男生的語氣說話，但平時都是用大小姐的口氣說話。從前世就很擅長偽裝自己。可是，轉生後以女生身分度日的過程中，連她都開始搞不懂哪邊才是真正的自己。自從她發現身為女生的自己喜歡上俊以後，使用男生語氣說話的她，就成了虛假的一面。

▶Personal Data

前世的姓名	大島叶多　讀音 Ooshima Kanata
擅長的戰技	細劍、火魔法
喜歡的事物	俊、挑選飾品
討厭的事物	由古、俊以外的男人的目光
固有技能	轉換

可以把技能還原成點數的技能。

也就是可以讓人重新取得技能。只不過，由於把技能轉換回點數的還原率並非百分之百，所以越是使用這個技能，就會損失越多點數。明白這點的卡迪雅一次都不曾使用過這個技能。

「是嗎？原來俊是這樣看待我的啊……」

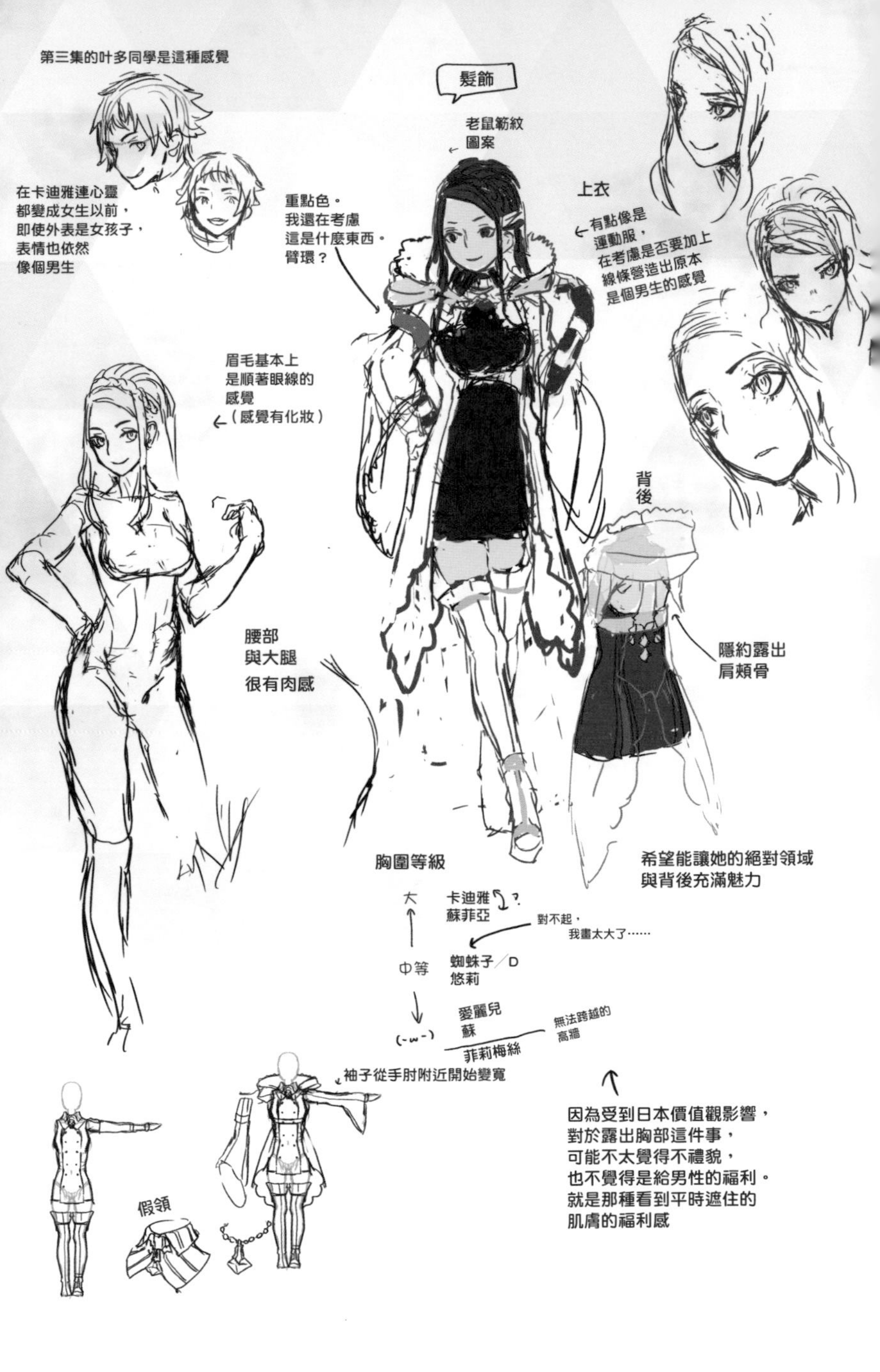
第三集的叶多同學是這種感覺
在卡迪雅連心靈
都變成女生以前，
即使外表是女孩子，
表情也依然
像個男生
髮飾
老鼠紡紋
圖案
重點色。
我還在考慮
這是什麼東西。
臂環？
上衣
有點像是
運動服，
在考慮是否要加上
線條營造出原本
是個男生的感覺
眉毛基本上
是順著眼線的
感覺
（感覺有化妝）
背
後
腰部
與大腿
很有肉感
隱約露出
肩頰骨
希望能讓她的絕對領域
與背後充滿魅力
胸圍等級
大
中等
(-ω-)
卡迪雅
蘇菲亞
對不起，
我畫太大了……
蜘蛛子／D
悠莉
愛麗兒
蘇
菲莉梅絲
無法跨越的
高牆
袖子從手肘附近開始變寬
假領
因為受到日本價值觀影響，
對於露出胸部這件事，
可能不太覺得不禮貌，
也不覺得是給男性的福利。
就是那種看到平時遮住的
肌膚的福利感

菲

（菲倫）

Feirune

轉生者，前世的姓名是漆原美麗。不知為何轉生成地竜而不是人類。這顆在艾爾羅大迷宮誕生的地竜蛋，被冒險者搬出迷宮，最後被輾轉送到俊身邊，在那裡成功孵化。原本應該透過母竜傳送的魔力完成孵化，但因為少了母竜提供的魔力，讓她比其他轉生者還要晚誕生。以後的使魔身分跟他一起行動。

▶Personal Data

前世的姓名	漆原美麗	讀音	Shinohara Mirei
擅長的戰技	啃咬、吐息		
喜歡的事物	一切有趣的事物		
討厭的事物	一切無趣的事物		

小常識

菲倫這個名字是來自俊前世玩過的線上遊戲的地圖名稱。

固有技能 地竜

這個技能並非專屬技能那類，而是地竜種必定擁有的技能。

因為魔物的成長速度較快，所以算是有取得平衡吧？這八成是某個邪神對她的報復。

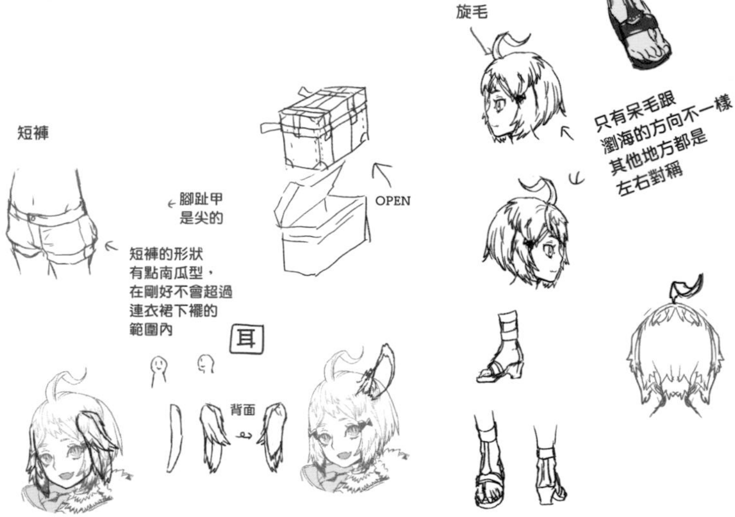

菲（進化前）

屁股（遠近感加強）
可以從這一帶的差異
來辨別公母
肚子與
背上的圓點
其實是
鱗片
五指
耳朵內側

看起來像頭髮的
毛茸茸下垂耳朵
白色縱長型
瞳孔
手腳指甲
泳裝修正版
長著
毛茸茸的
毛
長在身上
各處的
環狀鱗片
翅膀的
圖案跟
竜型態時
一樣

由古

(由古·邦恩·連克山杜)

Hugo Baint Renxandt

「這裡就像是只為我存在的世界不是嗎？」

轉生者，前世的姓名是夏目健吾。連克山杜帝國的王子。父親是連克山杜帝國的國王，也是現任劍帝。可是，擁有絕大影響力的前任劍帝突然失蹤，導致帝國出現權力失衡的情況，受到極大的影響。由於由古身邊充滿想把他變成傀儡的貴族，使他個性變得扭曲，在不知不覺中出現逃避現實的傾向，開始擺出目中無人的態度。

▶Personal Data

前世的姓名	夏目健吾
讀音	Natsume Kengo
擅長的戰技	洗腦、雙手劍
喜歡的事物	欺凌弱者
討厭的事物	不聽話的傢伙

固有技能 帝王

能夠提升技能的效果。此外，還能透過壓迫感賦予對手外道屬性（恐懼）的效果。

但這其實不是專屬技能，而是壓迫系技能的最上位技能。話雖如此，此技能的效果也不會遜於其他專屬技能。

我希望能畫出比轉生後
還要開朗的感覺，
有些粗暴的風雲人物感
我想用身高差距與髮型的感覺，
表現出他跟
前世之間的關聯

使壞時的
手勢
平時都
交叉雙臂
給人有點刻意
扮演暴君角色
並樂在其中的
感覺
似乎很喜歡
誇張的
姿勢
某種強大魔物的
毛皮
想要展現自己
（給人一種
非常渴望認同的
感覺）
毛茸茸的
披風
用鎖鏈或
繩子串起
魔物的背骨
當圍巾使用
外型
頭髮外側
上層的形狀
大概是
這種感覺
以作品
・三國志
・水滸傳
之類的畫冊中
出現的服裝為範本
眼
以褐色為基調，
下方是金色的
感覺
眉毛
偏短
鴨子嘴（？）
髮型
左右對稱
這層頭髮
給人像是用頭環
抬起來的感覺
背面

菲莉梅絲

（菲莉梅絲．帕菲納斯）

Filimøs Harrifenas

「不可以用外號稱呼老師喔。」

轉生者，前世的姓名是岡崎香奈美。妖精族族長的女兒。轉生前是名教師，也是轉生者之中唯一的成年人。因為身為教師的責任感，以及專屬技能「學生名冊」，讓她為了保護身為轉生者的前世學生們而展開行動。可是，身為她幫手的妖精族族長，同時也是她今世父親的波狄瑪斯，正是這個世界的禍源這件事，成了令她陷入不幸的開端。

▶Personal Data

前世的姓名	岡崎香奈美
讀音	Okazaki Kanami
擅長的戰技	風魔法、弓箭
喜歡的事物	一個人倚靠著樹木放空自我的時間
討厭的事物	前世學生們懷有敵意的眼神

固有技能 學生名冊

可以粗略得知其他轉生者的目前狀況、過去與未來。

由於名冊上顯示的眾人未來都很悲慘，讓老師主動拜託波狄瑪斯幫忙保護轉生者。

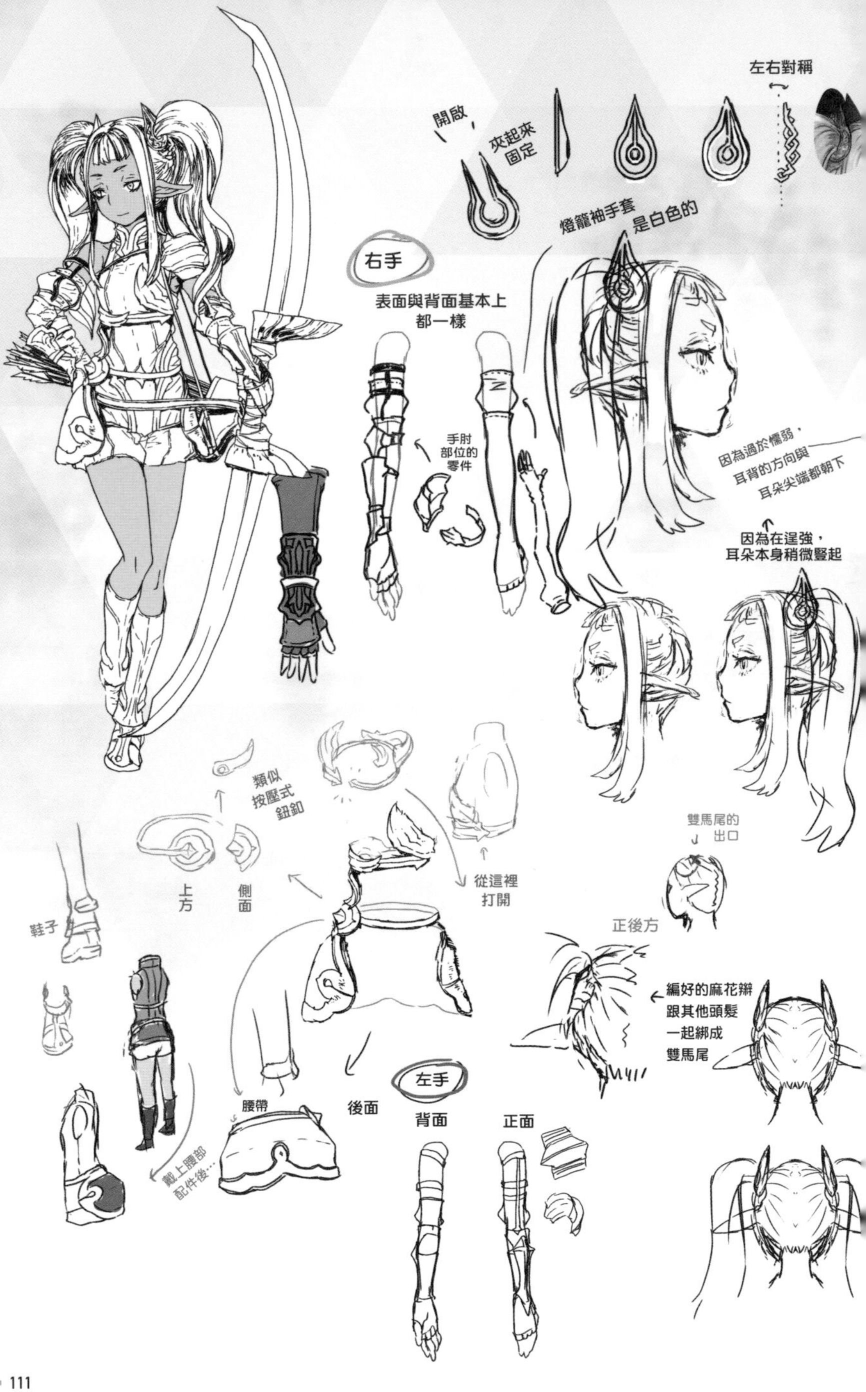
左右對稱
開啟
夾起來
固定
燈籠袖手套
是白色的
右手
表面與背面基本上
都一樣
手肘
部位的
零件
因為過於懦弱，
耳背的方向與
耳朵尖端都朝下
因為在逞強，
耳朵本身稍微豎起
類似
按壓式
鈕釦
上方
側面
從這裡
打開
雙馬尾的
出口
正後方
鞋子
編好的麻花辮
跟其他頭髮
一起綁成
雙馬尾
腰帶
後面
左手
背面
正面
戴上腰部
配件後…

悠莉

（悠莉恩・烏倫）

Yurin Ullen

轉生者，前世的姓名是長谷部結花。在聖亞雷烏斯教國的教會兼孤兒院長大。出生沒多久就被親生父母拋棄。為了擺脫那段痛苦的過去，她沉迷於神言教的教義，在日以繼夜努力修行的過程中當上聖女候選人。實力遠遠強過其他聖女候選人，據說甚至超越現任聖女亞娜，讓她在聖女候選人之中有著特殊待遇。

▶Personal Data

前世的姓名	長谷部結花	讀音	Hasebe Yuika
擅長的戰技	光魔法、治療魔法		
喜歡的事物	聽神明的聲音		
討厭的事物	讓自己閒下來		

固有技能　作夢少女

可以把幾個自己睡覺時作的夢儲存下來，讓夢境變成小規模的異空間迷宮出現在現實世界。如果沒能成功攻略那座迷宮，進到迷宮裡的人就無法出去。

視用法而定，這會是一個危險的技能。然而，因為媒介是夢境，連施術者本人都無法操控，也不曉得會是什麼樣的迷宮。若施術者本人進到迷宮裡面，最糟的情況連施術者都會被迷宮殺掉。悠莉反過來利用這種特性，把迷宮當成自己修練的地方。

「我今天技能提升等級，聽到神明大人的聲音了！
神明大人的聲音真是莊嚴。
我今天肯定會過得非常幸福。」

有禁忌的人都該殺掉！
只要聊到神明大人瞳孔就會放大
頭髮內側的顏色不管有沒有都OK。（為了與膚色做出區別，還是有上色）

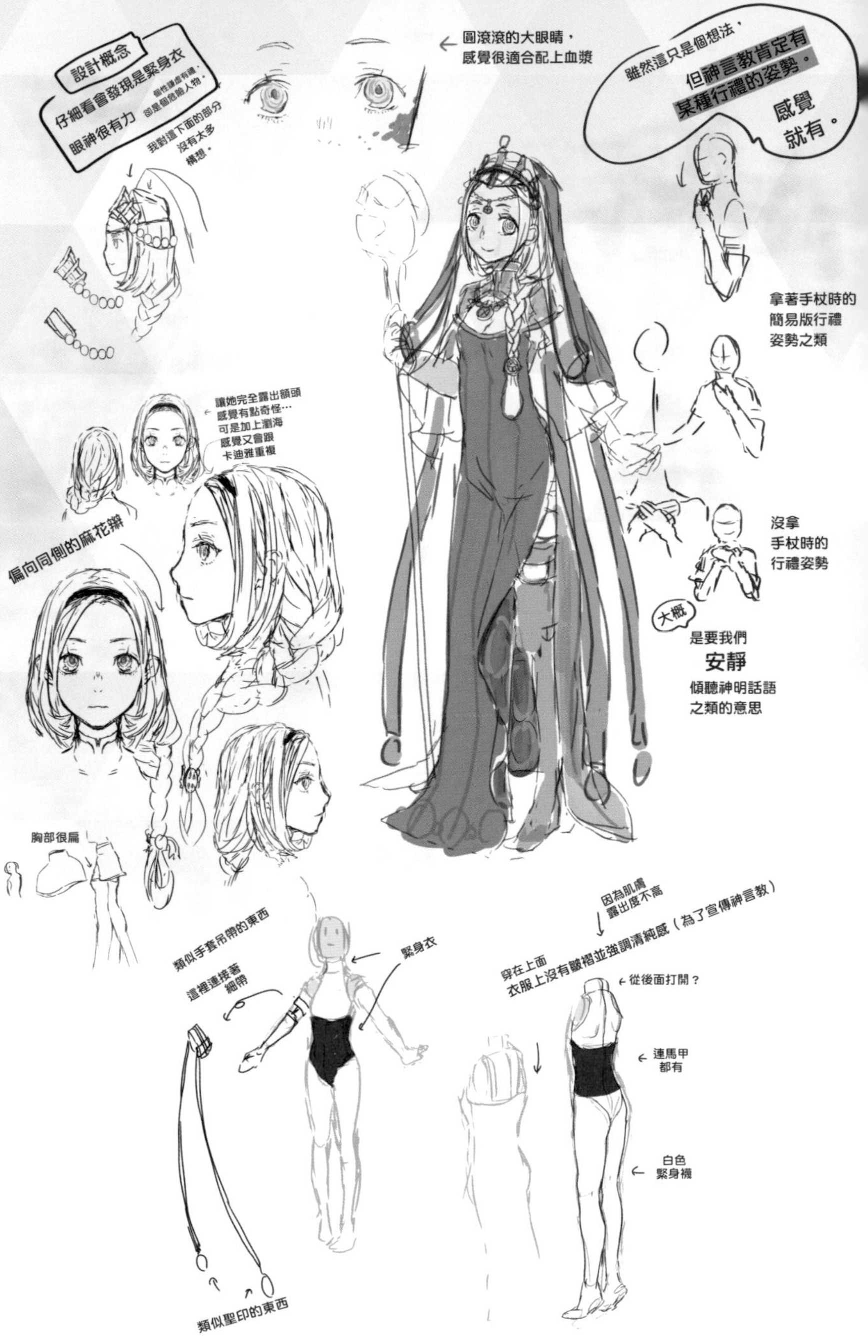
設計概念
仔細看會發現是緊身衣
眼神很有力
個性謙虛有禮，
卻是個危險人物。
我對這下面的部分
沒有太多
構想。
圓滾滾的大眼睛，
感覺很適合配上血漿
雖然這只是個想法，
但神言教肯定有
某種行禮的姿勢。
感覺
就有。
拿著手杖時的
簡易版行禮
姿勢之類
沒拿
手杖時的
行禮姿勢
大概
是要我們
安靜
傾聽神明話語
之類的意思
讓她完全露出額頭
感覺有點奇怪…
可是加上瀏海
感覺又會跟
卡迪雅重複
偏向同側的麻花辮
胸部很扁
類似手套吊帶的東西
這裡連接著
細帶
緊身衣
類似聖印的東西
因為肌膚
露出度不高
穿在上面
衣服上沒有皺褶並強調清純感（為了宣傳神言教）
從後面打開？
連馬甲
都有
白色
緊身襪

蘇

（蘇蕾西亞）

Suresia

「我不會把哥哥交給任何人。」

亞納雷德王國的第二公主。她是正妃的女兒，同母哥哥是第一王子薩利斯。她是幾乎跟俊同時出生的異母妹妹，兩人小時候一起長大。一直在旁邊看著人稱天才的俊，從小就對俊心懷憧憬，甚至發展成超越兄妹之情的崇拜與戀情。這讓她變成一個需要小心對待的病嬌兄控。明明不是轉生者，卻擁有直逼俊和卡迪雅的實力，貨真價實的天才。

▶Personal Data

擅長的戰技	水魔法、咒怨魔法
喜歡的事物	俊哥哥
討厭的事物	接近哥哥的一切 與哥哥作對的一切

假領好像
比較孩子氣？
背後
假領或是披肩？
看起來不性感，
比較孩子氣的
那種
註定不會
得到回報的感覺和
莫名是個行動派，
因此，
「病嬌的人魚公主」
「有點受到束縛的感覺」
我想就是這個角色的
設計概念

緞帶是
偏暗的
灰色
後面
是一條
螺旋馬尾
胸部
平的
介於黑色與灰色
之間的褲襪
偏短的
靴子
腳跟
後方裙襬較長，
人魚裙
瀏海
緊貼在
眉毛
上面
鞋尖是尖的
瀏海
是從上方
梳下來的
感覺像是
從後面
套上去
平時是慵懶的
半瞇眼
有點
三白眼的
感覺
像是項圈的
項鍊
鎖鏈
大致上是
左右對稱
像是魚鰭的
樹葉狀
飾品

ILLUSTRATION ——逐漸變質的情感——

粉紅虎

「俊，我把魔物圖鑑拿來了。我們一起看吧。」

「謝謝妳，卡迪雅。」

卡迪雅拿來一本奢華的全彩魔物圖鑑。我坐在中間，卡迪雅坐在右邊，蘇坐在左邊，順帶一提，菲坐在我頭上，四個人一起看著這本書。

其實我希望菲別坐在頭上，而是坐在肩膀上，但左右兩邊的卡迪雅和蘇，都把下巴靠在我的肩膀上看過來，所以菲應該也只能坐在我頭上了吧。

「這本圖鑑裡，記載著棲息在比起帝國，更靠近魔族領地的密林中的魔物。」

卡迪雅得意地向我們說明這本圖鑑。

雖然我和蘇是王族，卻很少得到屬於自己的東西。

就這層意義來說，卡迪雅過得遠比我們還要好。

因此，卡迪雅像這樣帶來的以書本為主的東西，對我們來說都是很棒的刺激。

在翻到某一頁時，我忍不住停下手來。

「粉紅色？」

「嗯，是粉紅色呢。」

粉紅虎

我和蘇的聲音中充滿疑惑。

因為蘇也在場，我頭上的菲沒有發出念話，但她似乎也覺得有些傻眼。

那是一種名叫迅虎的魔物。

那種魔物的外型酷似老虎，特徵也幾乎跟老虎一樣。

牠有著巨大的身軀，卻兼具迅速且靈活的身手，能夠無聲無息地在密林裡接近獵物展開突襲。

其危險度是C級，據說某些個體的危險度甚至高達B級。

不過，這些都不是重點。

老虎這種生物本來就很危險。

既然是魔物的話，那就更不用說了。

可是，為什麼這傢伙的身體會是這麼誇張的粉紅色呢？

實在無法理解。

「地球上的老虎也有著黃色與黑色條紋的皮毛，就算有粉紅色的老虎，也不是什麼奇怪的事情吧？」

卡迪雅用日語小聲敷衍我，但真的可以就這麼接受這種說法嗎？

難不成在迅虎棲息的密林中，也都是粉紅色的樹木嗎？

可是，我看圖鑑裡的其他魔物都不是這樣，就只有迅虎是粉紅色的。

「圖鑑上也沒說明為什麼是粉紅色的呢。」

這本圖鑑相當詳細地記載著各種魔物的戰鬥能力與對付方式，卻沒有太多關於魔物生態的說明。

這應該是因為與其研究那種事情，還不如研究該怎麼擊敗那些魔物更好吧。

結果我們還是無從得知迅虎有著粉紅色身體的理由。

我一邊對魔物的意外性感到心情複雜，一邊繼續翻閱圖鑑。

苦命公爵千金的過去與現在

學校裡的課程結束後，我回到自己在宿舍裡的房間。

我把東西隨手一丟，然後就直接躺在床上。

偶爾讓自己放鬆一下應該無所謂吧。

就算我現在的行為很不得體，反正也沒有被別人看見。

我發自心底為自己住在單人房感到慶幸。

今天也很累人。

我壓抑著想要直接睡著的慾望，慢吞吞地爬了起來。

因為我不想讓制服變皺，而且就這樣睡著絕對會讓肌膚變差，還會讓頭髮亂翹。

想到這裡，我不由得苦笑。

我覺得自己真的變了。
前世的我是個男人，從來不曾在意過肌膚好壞的問題。
然而，我現在卻很自然地在意起那種問題。
身為男人時的記憶與想法並沒有消失，但既然身體變成女人，感覺與想法無論如何都會傾向女性那邊，也是無可奈何的事情。
更何況，我還是出生在歷史悠久的公爵家。
打從應該還不懂事的小時候開始，我就一直接受著嚴格的淑女教育。
長谷部同學會說我看起來完全就是個女生，或許也沒辦法。
「唉……」
我忍不住嘆了口氣。
為什麼只有我變性了？
不，因為還有菲這個案例，讓我覺得自己不算是最慘的。
就算性別改變了，但我至少還是人類，應該比轉生成外表像是蜥蜴的地竜的菲還要幸運。
就運氣這層意義來說，我還是出生為地位僅次於王族的公爵家女兒，所以應該算是過著相當棒的生活了。
畢竟還有像悠莉那樣是個棄嬰的轉生者。
想到這裡，我就覺得性別改變只算是微不足道的小事。
可是，就算腦袋可以理解，我還是無法接受這件事。

因為只要換個想法，公爵千金這樣的身分，也只不過是一種枷鎖。

我今天會這麼悶悶不樂，是因為被男人追求了。

對方是別國的王子。

雖說是王子，但也只是小國的次子，地位不算太高。

就算引發國際問題，也不會造成太大的影響，所以我很乾脆地拒絕對方了。

問題在於，這種事情已經不是第一次發生了。

雖然自己這麼說不太好，但我是個相當出色的美少女。

前世身為男人的我都這麼說了，所以絕對不會有錯。

而且我還有著公爵千金這個頭銜，以及雖然略遜於俊，卻遠遠強過同年紀人的能力值。

只要無視於個性上的問題，應該沒有比我更好的對象了吧。

因為早就預料到會這樣，我一直在努力扮演一個討厭的女人。

我盡可能冷淡地對待男人，同時極力避免跟女人扯上關係。

把自己的朋友圈縮到最小，盡量跟俊他們混在一起。

即使如此，還是會有男人像這樣跑來追求我。

真是的，都是因為有我從旁阻礙，才很少有女生跑去追求俊，但應該不是完全沒有才對。

要是那種事情真的發生，蘇不可能默不作聲，所以我那麼做有一半是為了保護那些想追求俊的女生，卻被人說成是獨占王子的壞女人。

雖然這是我想要的結果，但被人討厭果然會讓人在精神上不太好受。

俊那傢伙完全不曉得我的用心良苦，總是一副無憂無慮的樣子。

啊～真火大。

要是有女生成功避開我和蘇的阻礙，認真向他告白的話，他到底有何打算？

那傢伙應該不會被現場的氣氛牽著走，就這樣開始跟對方交往了吧？

我試著想像那個畫面，胸口就感到一陣刺痛。

怎麼回事？

……算了，就算想這些也沒用。

戀愛這種事真是麻煩死了。

如果對方為的只有我的頭銜，就更不用說了。

「明明不是真心喜歡還告白，我覺得是件對對方很失禮的事情。」

有人曾經對我這麼說過。

那是我在前世唯一一次向人告白後，對方告訴我的話。

對方算是我們學校的校花，我也只是心懷僥倖地向她告白。

雖然我果然被拒絕了，但對方後來說出的這句話，深深刺進了我的心。

我確實只是懷著跟風的心態向她告白。

那一天，我的心態不但被她看穿，還被她狠狠甩掉，冷眼相待。

我現在好像能稍微體會她的心情了。

不過，就算可以體會她的心情，也不代表能改變些什麼啦。

既然我身為貴族，應該遲早都得結婚吧。
而且對方還會是跟我的意願無關，一點都不喜歡的男人。
雖說我轉生成一個女人，既然前世是個男人，我根本沒有自信能愛上男人。
結果我還是只能跟一個完全不愛的人結婚。
我肯定會在不知道何謂愛情的情況下結束一生。
只能祈求對方至少是個誠實的男人了。

懷念的味道

開學典禮結束後不久，我們就被老師叫過去了。
因為希望這是場只有轉生者的聚會，我們沒有告訴蘇這件事，偷偷跑出宿舍。
當我和菲抵達集合地點時，其他人都已經到了。
「看來所有人都到齊了。」
「岡姊，妳專程叫我們過來，是要做什麼？」
面對夏目——由古的問題，老師露出笑容，拿出某個東西。
「你們看看這個！」
那是某種黑色塊狀物體。

那個裝在袋子裡的黏稠物體，散發著詭異的黑色光澤。

「老師，那是什麼？」

卡迪雅有些反感地問道。

該怎麼說呢，那東西看起來就很詭異。

可是老師是一臉開心地拿出來，應該不是什麼奇怪的東西才對。

「其實呢……這個東西是味噌喔！」

妳說什麼！

我重新把視線移回那個神祕物體，也就是老師口中的味噌上。

其他人也都跟我一樣，目光緊緊盯著味噌。

這也理所當然。

這裡是不同於日本的異世界，完全找不到日本常見的食材。

雖然能找到類似的蔬菜，但也只是類似，並沒有完全相同的東西。

而且因為長年與魔族交戰，這個世界的文明並不是很發達。

因此，農業必然也不是很進步，蔬菜與穀物的種類也不是很多。

因為這個緣故，這個世界的飲食老實說不怎麼美味。

雖然還不到難吃的地步，但比不上聚集著世界各種美食的日本，也是不爭的事實。

而味噌就在這時出現在我們面前。

那是跟米和醬油一樣重要，無法與日本人切割開來的調味料。

大家會一直盯著看，也是沒辦法的事情。

「話雖如此，但也不是真正的味噌啦，只是類似味噌的某種食物。」

嗯，這也理所當然吧。

畢竟這個世界不可能會有大豆。

就算真的有大豆，也不見得就能做出味噌。

我不曉得味噌的詳細製造方法，但應該相當費工夫才對。

「這是我在世界各地旅行時偶然找到的食物喔，是在一個小村子裡製造出來的東西。因為只有那個村子裡的人會吃，所以生產量也不多。這是我硬向對方要來的。」

原來如此，怪不得我們以前一直弄不到這種東西。

「事情就是這樣，老師煮了味噌湯喔。」

說完，老師從身後拿出一個鍋子。

雖然不曉得她說「事情就是這樣」是什麼意思，但我非常感謝老師的這份好意。

跟拿出鍋子時一樣，老師從背後拿出碗，把味噌湯倒了進去。

配料是一種類似白蘿蔔的蔬菜。

這種蔬菜看起來像是茶色的紅蘿蔔，但吃起來很像白蘿蔔。

「我家的味噌湯都是放海帶與蘿蔔呢。」

悠莉小聲地這麼說。

「我家的味噌湯配料每天都不一樣，不過我最喜歡的是油炸豆皮。」

『我家不太常煮味噌湯。』

「我家也跟卡迪雅家一樣，什麼食材都會放，但是一定會有蔥呢。」

不管配料是什麼，蔥都是一定要有的。

『夏目，那你家呢？』

「豬肉味噌湯吧。」

眾人聽完都點了點頭。

豬肉味噌湯也不錯呢。

把碗分給大家後，筷子也交到每個人手上了。

我也很久沒拿過筷子了。

「大家開動吧。」

在老師說出這句話的同時，我喝了口味噌湯。

這湯喝起來有種顆粒感。

感覺像是味噌沒有完全溶解一樣，喝起來有沙沙的感覺。

而且味道也很濃厚。

味噌的存在感太強，讓人甚至喝不出高湯的味道。

老實說，這跟我在日本喝過的味噌湯完全不一樣。

這果然不是味噌，只是類似味噌的東西。

可是，其中確實有著些許我快要遺忘的故鄉味道。

「嗚……嗚嗚嗚……」

抬頭一看，悠莉正一邊哭泣一邊慢慢喝著味噌湯。

彷彿在細細品嚐這道絕對算不上好喝的味噌湯。

也許是受到悠莉哭出來的影響，卡迪雅也發出吸鼻水的聲音。

就連平時應該會咒罵幾句的由古，也只在這時候安靜地品嚐味噌湯。

「多謝款待。」

於是，鍋裡的味噌湯被我們喝得一乾二淨。

幸運色狼

我擁有天之加護這個技能。

那是號稱可以讓人在各種情況下容易得到自己想要的結果，效果很方便的技能。

老實說，我平常的日常生活中，很少感覺到這個技能帶來的好處。

因為這樣的效果，讓實際功效很不明顯。

就算我真的有得到好處，也很難發現是因為這個技能的效果。

說不定在遇到有生命危險的情況時，這個技能就會展現真正的價值。

不過，我至今都是靠著自己的實力解決危機，所以不太能感受到這點。

說不定在我差點被由古殺掉的時候，老師之所以能及時趕到，就是這個技能的功勞。
因為這個緣故，這個技能在我心目中的評價，就只是能讓運氣稍微變好。
只不過，有種現象讓我無論如何都無法不懷疑是這個技能的效果。
應該說，只想得到是這個原因。
雖然很突然，但有個叫做「幸運色狼」的詞彙。
一如其名，那是用來形容一個人幸運遇上情色事件的詞彙。
就是經常發生在愛情喜劇男主角身上的那種事情。
我也是個男人，前世當然看過那種漫畫，也曾經羨慕那些男主角的遭遇。
我當時覺得那些終究只是虛構故事中發生的事情，不認為自己有機會真的遇到那種場面。
請注意，我是說「當時覺得」，這是過去式的說法。
今世的我經常遇到那種幸運色狼事件。
有時，我會遇上風的惡作劇，不小心看到女孩子的裙底風光。
或是突然下雨，讓我看到女孩子被雨淋濕，衣服變得透膚的模樣。
不然就是走進教室時，撞見不知為何正在換衣服的女孩子。
再不然就是突然有女孩子在眼前跌倒，我伸手抱住對方，結果不小心摸到人家的胸部。
除此之外，我還遇過各式各樣的幸運色狼事件，次數多到族繁不及備載的地步。
照理來說不可能會有這種事。
前世明明一次都不曾遇上，今世卻接連不斷地遇上這種事。

其中也有一些女生是故意要色誘我的。
我好歹也是大國的王子，也會有女生想要接近我。
因為大多都被卡迪雅擋掉了，我很少接觸到那種女生就是了。
不過，如果是那種主動發動攻勢的女生就算了，但絕大多數的幸運色狼事件都是真正的意外。
我並不是刻意為之，對方也不打算讓我看到那種醜態。
幸運色狼這種事情，只能存在於搞笑故事之中。
我就老實說吧。
實際遇上那種事情時，會讓人非常尷尬。
如果能像漫畫那樣，被發飆的女孩子揍一拳就解決，不知該有多好。
畢竟對方不可能出手揍我這個大國的王子……
如果揍我就會犯下對皇室不敬罪，所以那些女孩子只能忍氣吞聲。
其中也有像由古那樣，地位不遜於我國的大國王族，但那種女生非常稀少，絕大多數都是地位低於我的女生。
別說是揍我了，就算想要抱怨幾句，對於身為王族且非刻意為之的我，她們也沒辦法說什麼。
看到那些女生露出快要哭出來的表情默默跑掉，就令我感到無地自容。
我懷疑會發生這些幸運色狼事件，都是因為天之加護的緣故。

因為發生頻率太高了，而且發生後也沒有傳出關於我的負面傳聞，總是能和平收場。

即使我沒有惡意，但那種事情發生了那麼多次，應該總是會有一些不好的傳聞才對，但卻完全沒有那樣的傳聞。

要是有人在我不知道的地方說「修雷因王子是個色鬼」，我應該會大受打擊，但既然完全不曾聽說那種傳聞，應該沒人那麼說才對。我希望是這樣。

儘管有著這麼多可疑之處……應該說幾乎等於肯定的證據，也還是沒人認定我是色鬼，就是因為天之加護有著容易讓人得到想要的結果的效果。

換句話說，如果這就是天之加護的效果，就表示我是發自心底渴望遇上幸運色狼事件，才會讓那些女生成為被害者。

我心中充滿了罪惡感——

雖不到那種地步，但幸運色狼事件也沒有停止發生。

男人的慾望還真是罪孽深重。在感到胃痛的同時，我深深體認到這個事實。

想到要是被蘇或卡迪雅知道這件事，我就覺得害怕。

她們應該不會因此討厭我，但大概有好一陣子會冷眼看我吧。

以蘇的情況來說，那些負面感情應該不會指向我，而是指向那些女生，是另一種意義上的可怕。

卡迪雅前世也是男生，肯定可以理解我的心情！我是這麼希望啦……

悠莉應該會向我灌輸神言教的教誨吧。

老師應該會很一般地生氣吧。她應該會氣呼呼地教訓我。

順帶一提，菲早已知道這件事了。

因為她進化前總是坐在我的肩膀上，跟我在一起的時間最長，所以自然會跟我一起撞見那種場面。

我永遠忘不了她當時那種輕蔑的眼神……

如果不能在傳出負面傳聞，或是我身旁的人都知道這件事以前，設法改善這種幸運色狼體質，我未來肯定會身敗名裂。

儘管努力消除心中的邪念，我今天也依然擺脫不了幸運色狼事件。

哥布林

「俊，你在看什麼？」

「是卡迪雅啊……這是魔物圖鑑。」

「喔，那是記載著魔物的生態與持有技能的圖鑑對吧？」

「沒錯沒錯。我想調查一下棲息在這次上課的遠征地點的魔物。」

「你還真是用功。我們下次要去的地方會出現的魔物，就是這一頁和這一頁，還有這一頁上記載的。」

「卡迪雅，妳也都記起來了不是嗎？妳應該比我還要早就調查過了吧？用功的人是妳才對吧。」

「應該說，我本來就喜歡看這種圖鑑類的書。跟這次遠征無關，我以前就讀過這本圖鑑了。」

「這麼說來，妳那邊好像還有一本技能百科對吧？」

「是啊。魔物圖鑑也一樣，你不覺得看那種書很有趣嗎？」

「我懂妳的心情。」

「可是啊，有時候還是會看到些覺得不該是這樣的事情呢。」

「比如說？」

「哥布林。」

「確實如此……」

「為什麼這個世界的哥布林危險度會高得異常啊！這樣不對吧！哥布林應該是讓菜鳥冒險者小試身手的小嘍囉魔物才對吧！」

「就是說啊。在我們的常識中，哥布林明明沒有那麼強大呢。」

「如果只是實力強大，那我還能勉強接受。」

「妳能接受啊……」

「不是還有哥布林王嗎？哥布林雖然很弱，數量又很多，但偶爾還是會出現實力強大的進化個體不是嗎？所以就算有實力很強的哥布林，我還是可以接受。」

「一旦哥布林突然展現出有紀律的集體行動，就代表有哥布林王在率領群體，已經是故事的老哏了。」

「對吧？所以實力強大不是問題。可是，為什麼這個世界的哥布林還有那種類似武士道的精神啊！」

「畢竟哥布林給人腦袋很差的印象嘛。」

「這本圖鑑上的介紹到底是怎麼回事！居然說哥布林是打從出生的瞬間，就獻身於武道的頭號魔物武士！」

「這絕對不是拿來介紹哥布林的說明吧。」

「你明白我在看冒險小說，結果發現主角生涯的宿敵是隻哥布林時的心情嗎！」

「啊～妳說的那本小說，我可能也看過。」

「雖然故事內容很有趣，但那可是哥布林耶！雖然角色超級帥氣，但那可是哥布林耶！」

「那傢伙確實超級帥的呢。」

「哥布林最終敗給了主角。可是，他即使戰死也沒有倒下。主角累得跪下，哥布林死了依舊站著。那種彷彿贏家與輸家逆轉般的光景，確實是帥到不行。最後決戰也非常熱血。可是，那傢伙可是哥布林耶！」

「順便告訴妳，據說那本小說是真實故事改編的。」

「咦？真的假的？」

「是真的。據說那是某位冒險者跟哥布林展開死鬥時的故事。」

「這個世界的哥布林到底是怎樣啊！」

「可是，我覺得牠們其實跟我們知道的哥布林沒有太大差別。」

「根本完全不一樣吧！」

「因為繁殖能力強大，所以族群數量眾多。雖然成長速度快，但要是沒有進化，壽命就會很短。能力值偏低，也沒有特殊技能。如何？只要把種族特徵一項一項列舉出來，就會發現差別並不大。」

「可是大前提就不一樣了吧。」

「是啊，應該是差在精神上吧。我們印象中的哥布林都是頭腦很差，但這個世界的哥布林都是武士，懷著無可撼動的信念過活。這部分的差距就很大了吧。」

「於是，連冒險者都感到畏懼的戰鬥集團就此誕生了。」

「哥布林的個體並不是很強。雖然能力值不強，卻會集體展開聯手攻擊。因為戰鬥經驗豐富，儘管能力值不強，卻有著出色的戰技。」

「竟然靠著戰技與聯手作戰來克服能力值不強這個弱點，難不成這些傢伙是故事裡的主角嗎？」

「事實上，據說在某個國家的騎士團教誨中，就有哥布林道這種東西。」

「那到底是什麼道啊？算了，我總覺得好像可以理解。」

「就是要人像哥布林那樣面對人生，像哥布林那樣磨練自己，像哥布林那樣品格高尚。」

「不管怎麼想，那都不是哥布林吧？」

「可是，這個世界的哥布林就是這樣。」
「絕對有哪裡出了問題！」
「接受現實吧。我們知道的哥布林終究只是虛構的生物。」
「我就是無法接受！」
「話說回來，這次的遠征地點附近，好像就有哥布林的集落……」
「你不要亂插旗啦。」
「我開玩笑的。雖說距離很近，但還是有段距離，而且當地的冒險者隨時都有保持警戒，所以哥布林不會跑來我們上課的地方。」
「你這樣就叫做插旗啦！」
「放心啦。卡迪雅，妳就是太愛操心了。」

這時的卡迪雅根本想不到，後來他們去遠征的時候，真的會有一隻哥布林跟俊展開死鬥。

女生必備的技能

在這個世界轉生成女生後，已經過了相當長的歲月。

我已逐漸忘記還是男生時的感覺了。

剛開始的時候，我經常因為男女之間的差別感到困惑，但以女生的身分活過跟前世差不多長的歲月後，還是會慢慢適應。

菲從小就在我身邊這件事，影響特別大。

畢竟再怎麼說，菲原本是個女生，可以在各種事情上給我建議。

在我進到青春期，身體正式慢慢變成女人以前，菲告訴了我一些事情，讓我做好心理準備，對我很有幫助。

可是，因為這個世界與原本的世界有些不太一樣，讓我無法在這方面仰賴菲的知識。

兩個世界的文明差距相當大，就女性需要的各種道具來說，這個世界無論如何都比不過原來的世界。

就算菲推薦好用的化妝品給我，這個世界沒有也是白搭。

我只能用這個世界有的東西來代替。

當菲看到我煩惱不已的模樣，用事不關己的口氣說「真慘耶～」時，我還稍微起了殺意。

有些東西只有那個世界有，這個世界沒有。同樣的，也有些東西是只有這個世界有，那個世界沒有。

那就是技能。

其中又有個女孩子絕對必須取得的技能。

那就是「無臭」。

一如其名，那是用來消除身上氣味的技能。

我話說在前面，這可不是女生在意體味那種等級的問題。

不，雖然也有為了這方面的目的，但還有比那更嚴重的問題。

那是對女生來說甚至關係到死活的嚴重問題。

這個世界存在著許多種技能。

而即使是在日常生活中，人們也會逐漸鍛鍊這些技能，有不少技能都會隨著歲月增長自然練就。

其中有個可說是女性公敵的技能。

那個技能名叫「嗅覺強化」。

一如其名，那是可以強化嗅覺的技能。

光是聽到這樣，可能會覺得這個技能沒什麼了不起。

但這是個天大的錯誤。

這個技能太可怕了。

問我為什麼？

因為練成這個技能的人，可以看穿我們女生下半身的狀況。

你能明白那有多麼恐怖嗎？

只要鍛鍊嗅覺強化這個技能，就能透過對方身上的味道，察覺各種事情。

不但能知道對方去過廁所，還能知道對方的生理期來了。

如果是被善良的紳士發現，那還不算太糟糕。
但前世是男兒身的我敢斷言，完美無缺的紳士只是一種幻想。
反倒是糟糕的紳士到處都是。
就算對方不是紳士，光是被人發現那種事情，我們女生就不可能受得了。
根本就是羞恥PLAY。
應該說，光是想到男生正在聞我身上的味道，我就覺得噁心。
因為這個緣故，取得無臭這個技能，已經幾乎算是女生的義務了。
在男生和女生分開上的保健課中，甚至有教取得這個技能的課程。
反倒是沒有無臭這個技能的女生會被人冷眼相待。
感覺就像是被人當成痴女一樣。
只要是有能力就讀學校的女生，每個人都無一例外擁有無臭這個技能。
就算是市井小民，只要不是有著什麼天大的問題，也找不到沒有這個技能的女生。
這個技能就是如此重要。
因為這個緣故，這個世界的女生都過著消除自身氣味的生活。
因此香水類的東西都不是很發達。
順帶一提，雖然沒有女生那麼嚴重，但男生也是擁有無臭這個技能比較好。
就算是男生，應該也不想在上完廁所後被人嫌臭吧？
如果只是小學生在找人麻煩那種說法，倒是還算可愛，但在這個世界可是真的會被人聞到味道。

嗅覺強化的麻煩之處，就在於光是正常生活也會自然取得。

因為就連用鼻子呼吸，也算是在聞氣味，儘管量非常少，也還是會取得熟練度。

同樣的，人們也會自然取得聽覺強化這個技能，可以透過心跳聲得知對方的心情。

雖然沒有味道那麼糟糕，但貴族社會有很多人都擁有無聲這個技能，避免被人聽到自己的心跳聲。

如果使出高難度的技巧，還能故意讓對方聽到自己的心跳聲，讓對方察覺自己的心情。

這招主要是用來偷偷告白。

如果在同時關閉無臭這個技能，似乎也很有效。

據說可以透過汗水的味道，讓對方得知自己的心意。

嗅覺強化肯定可以聞出荷爾蒙之類的味道吧。

我在俊面前試過一次，但他只若無其事地告訴我「妳忘記開啟技能了喔」。

這個遲鈍的傢伙。

尤利烏斯當主角的
第十一集讓我相當傷腦筋。

馬場翁老師的一問一答訪談　其2

接著就來問問關於角色的問題吧。

責編：請問您最情有獨鍾的角色是誰？

馬場：主角。因為我寫她的時間最久，又是一直以主角的視點在寫這個故事，與其說是情有獨鍾，不如說是我最喜歡的角色。

責編：請問最好寫的角色是誰？

馬場：也是主角呢。

責編：請問最難寫的角色是誰？

馬場：還挺多的。如果要說特別難寫的……就是尤利烏斯和達斯汀了吧。尤利烏斯難在必須寫得很帥氣。他是俊崇拜的人，所以必須寫成一個非常帥氣的英雄，帥到足以令從日本轉生過來的男高中生崇拜才行。這個角色的格局太高了，該怎麼寫才能讓他顯得帥氣這件事，讓我絞盡腦汁。因此，尤利烏斯當主角的第十一集讓我相當傷腦筋。正因尤利烏斯是能在一整集裡擔任主角的角色，他的死應該會對那個世界的人們帶來極大的震撼。不過，該怎麼描寫一個能造成那種巨大震撼的超級英雄、勇者中的勇者，其實相當困難。

責編：那達斯汀又為何難寫呢？

馬場：因為達斯汀太聰明了啊（笑）！思考一個聰明人的想法與行為真是太累人了。而且因為達斯汀總是想太多了，頭腦又聰明……我實在不該創造出一個比作者還要聰明的角色呢。我總覺得達斯汀應該會想出更好的計策，行動時一般人只看得到眼前的一步，他可能會看到十步或百步以上，所以該讓他如何行動這件事，讓我傷透了腦筋。雖然這個角色早已做好覺悟，心境很容易描寫，行動方針與實際行動卻很難決定。

責編：請問您最想當朋友的角色是誰？

馬場：這個問題不是很好回答……不過我覺得跟轉生前的夏目同學做朋友，應該會很開心才對。雖然他可能會有點煩人就是了。畢竟轉生後的由古煩人程度整個爆發啊……在沒有登場的角色之中，我覺得若有櫻崎同學這樣的朋友很不錯。因為他很擅長察言觀色。

責編：請問您最想跟哪個角色結婚？

馬場：不管跟誰結婚，感覺都有問題吧……（笑）不管人際關係之類的問題，只考慮性格的話……果然是老師吧。因為她是故事裡最有常識的人。其他人都暗藏著某種致命的缺點（笑），就沒有致命缺點這點來說，草間同學應該也算是沒有致命缺點吧。想到這點，我就覺得草間同學在故事裡受到的待遇很不錯呢。他沒過得太辛苦，也不是需要面對嚴肅問題的角色……

後續內容請見P208

Kumo desuga, nanika?

轉生成蜘蛛又怎樣！

Kumo desuga,nanika?
Extra

妖 精 族 與 神 言 教

Elf & the Word of God relision

Extra

神言教與女神教

Yuri

神言教也是我出生長大的聖亞雷烏斯教國的國教。我們要鍊就更多技能，聽到更多神明的聲音！這就是神言教的教義喔！就由我來告訴大家關於神言教的事情吧。

何謂神言教

以「聖亞雷烏斯教國」為大本營的最大宗教。位居神言教頂點的教皇，可說是人族中最具權力的人。神言教會支援勇者的活動，還會培育負責協助勇者的聖女，對全世界有著絕大的影響力。教義是「為了聽到更多神言之神的聲音，努力提升技能吧」。

教皇

現任教皇是達斯汀六十一世。他是第五十七代的教皇。就算教皇換人了，「達斯汀」這個名字也不會改變。

Yuri

所謂的神明的聲音，就是技能升級時會聽到的「技能〇〇升級到LV〇」這樣的聲音喔！

Yuri

雖然我非常非～常不情願，但接下來我要告訴大家這個世界的一大宗教「女神教」的事情。女神教可是邪教，所以我超級討厭！

何謂女神教

女神教是勢力僅次於神言教的宗教，也是沙利艾拉國的國教。教義是「把技能獻給女神」，信仰的對象是女神莎麗兒。奉獻技能的方法，是使用「消除技能」這個技能。女神教的信徒認為，只要積極地把鍛鍊得來或是學會的技能消除掉，就能把力量獻給女神。

Yuri

竟然有人想要把神明賜予的技能消除掉，實在無法想像！太可惡了！

教義的意義

「奉獻技能」有著兩種意義。第一種是「透過消除技能把技能奉獻出去，為女神服務」，另一種則是「只要奉獻出技能，就能踏上通往神明之路」……好像是這樣，但我不是很清楚後者到底是什麼意思。

女神莎麗兒

一般人幾乎不知道，但莎麗兒其實是這個世界的管理者。知道這個事實的妖精族與少數人族，因為擔心女神教徒把技能獻給女神的行為，會不斷地賦予管理者力量，為了消滅掉女神教，而在過去掀起了一場大戰。

妖精族

Filimøs

在此就由我來告訴大家，關於奇幻故事裡的常客，大家都嚮往的「妖精」的事情吧～！

Filimøs

前世的我也很嬌小～現在這種體型反倒讓我覺得很剛好呢～

Filimøs

擁有先進的技術，也是讓妖精自以為高高在上的原因之一吧～大家一定要平等地與別人好好相處喔～

何謂妖精

妖精是壽命長達數百年的長壽種族。因為身體成長的速度緩慢，外表看來比人族年輕。即使在身體還小時鍛鍊物理攻擊技能，也會因為身體尚未完全發育，而無法順利提升技能，因為這個理由，很多妖精都會把鍛鍊的重點擺在魔法技能上。當妖精的身體發育成熟時，只靠魔法就已經夠強大了，所以很容易讓妖精的戰鬥風格偏向魔法。

妖精有著強烈的妖精至上主義思想，看不起人族與魔族。對待半妖精的態度特別不好。所有權力都握在族長波狄瑪斯手上。

武器

如同前面所說，因為很多妖精的戰鬥風格偏向魔法，所以物理武器會用弓箭或短刀等來輔助。可是，妖精族的主要武器其實是類似機器人的機械兵器與槍械。只有妖精族暗中保有古代失傳的技術，並將其作為戰力。因為波狄瑪斯的研究成果，妖精族還擁有能讓魔法與技能失效的結界，如果不是相當有實力的強者，百分之百會戰敗。

村子的位置

妖精之里位在卡薩納喀拉大陸。村子外圍覆蓋著強力的結界，任何攻擊與魔法都打不進去。如果要進到村子，只能從隱藏在各地的轉移陣進去，但只有妖精知道那些轉移陣的位置，村子裡的轉移陣也有強悍的衛兵負責看守，所以外人想進去非常困難。

生活模式

妖精會利用大自然蓋房子，跟森林一起生活。結界裡不會有魔物出現，生活非常和平。妖精之里占地廣大，從村子的一頭徒步走到另一頭，需要花上整整一天的時間。

轉生者

村子裡收容著菲莉梅絲帶回來的轉生者們。

可是，他們的生活區域跟妖精完全分開，有個只有轉生者居住的生活區域。儘管對無法離開這件事感到不滿，他們仍能在這種生活中找到樂趣，過著和平的生活。

Filimøs

前陣子我久違地去看看他們過得如何，結果發現女生們都用火熱的眼神看著男生們～……可是，那種火熱好像跟戀愛有點不太一樣耶～

達斯汀六十一世

Dustin the 61st

神言教第五十七代教皇。擁有能在死後繼承記憶重新轉生的技能「節制」。他靠著「節制」的力量，一直保持著從系統建構以前直到現代的記憶。有別於其他轉生者，他是在同一個世界裡反覆轉生。為了拯救人族、為了拯救世界，他一直在漫長的歲月中持續行動。神言教只不過是為了協助他的行動而被創立出來的宗教。

▶Personal Data

擅長的戰技	不眠不休地工作
喜歡的事物	一個人躲起來喝的酒
討厭的事物	波狄瑪斯、自己

「如果想要救活多數人，
就只能殺死少數人的話，
那我會毫不猶豫地下手。」

莎麗兒

Sariel

天使。她獻出自己的身體，化身為系統的中樞。她就是神言教宣稱的神言之神，同時也是女神教所說的女神。為了拯救世界免於崩壞，她承受著折磨，讓系統得以延續。在將身體獻給系統以前，她跟邱列和愛麗兒有過一段交情，對他們兩人造成了深刻的影響。

▶Personal Data

擅長的戰技	廣範圍殲滅術式
喜歡的事物	無
討厭的事物	無

波狄瑪斯

（波狄瑪斯・帕菲納斯）

Potimas Harrifenas

妖精之里的族長。從系統建構以前一直活到現代，是逼迫世界到快崩壞的元凶。因為這個緣故，愛麗兒與達斯汀一直將他視為眼中釘，隨時在找機會殺掉他。儘管如此，他還是一直活到現在，也證明了其實力。是個為達目的不擇手段的卑鄙小人。為了達成他那唯一一個目的，至今依然在暗中展開行動。

「嗯，我就承認你有資格與我為敵吧。
我的名字是波狄瑪斯・帕菲納斯，給我謹記在心吧。
不過，你不需要報上自己的名字。
反正你馬上就要被我殺掉了。」

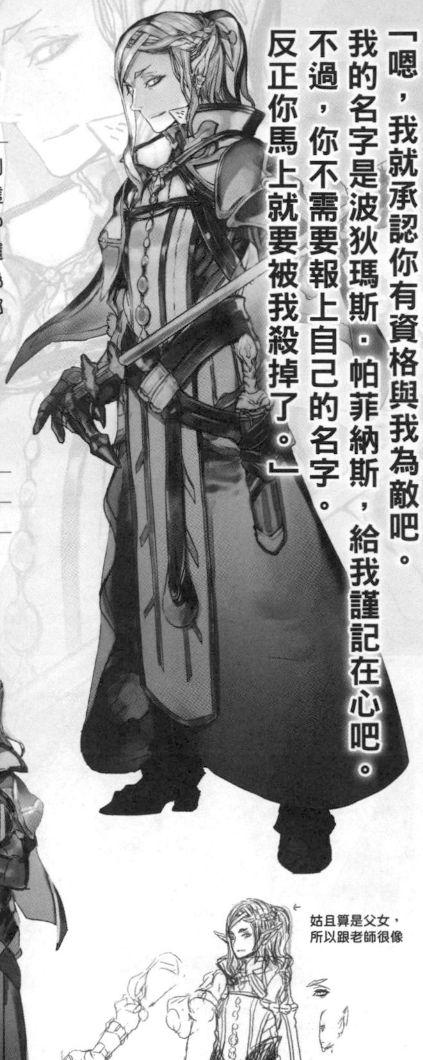

▶Personal Data

擅長的戰技▶抗魔術結界、運用機械兵器

喜歡的事物▶自己

討厭的事物▶死亡、所有煩人的事物

光榮使者

Gloria

妖精的祕密兵器。
妖精族暗中持有使用古代先進技術打造而成的機械兵器，作為遇到緊急狀況時的祕密戰力。

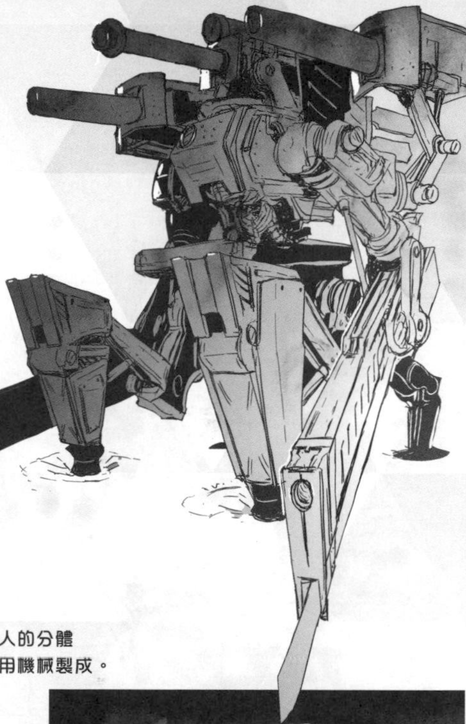

◀波狄瑪斯本人的分體
也大多都是用機械製成。

ILLUSTRATION

——年幼的菲莉梅絲與波狄瑪斯——

Kumo desuga, nanika?

轉生成蜘蛛又怎樣！

Kumo desuga,nanika?
Extra

魔族軍

The Demon Army

Extra

愛麗兒

Ariel the Origin Taratect

魔王。所有蜘蛛型魔物的統治者。從系統建構以前一直存活至今。擁有全世界最強大的能力值。技能數量也是全世界最多。毫無疑問是系統中戰鬥能力最強的人。儘管擁有如此強大的力量，卻沉寂了很長一段時間。可是，當她領悟到自己的死期時，終於決定展開行動，成為了魔王。她憑著強大的力量硬是支配魔族，逼迫魔族與人族開戰。一切都是為了拯救世界。

▶Personal Data

擅長的戰技	幾乎都辦得到
喜歡的事物	莎麗兒、孤兒院的眾人、回憶
討厭的事物	波狄瑪斯、人類

「好啦！我該去拯救世界了！」

在鞋底
加個圖案
也不錯
頭飾
藏在後面
頭髮底下。
金屬圈？
呆毛
白色？
頭飾
←140～
150左右
比其他角色
還要
嬌小的
感覺
←披風
背面
不管有沒有
呆毛都可
八條
披風固定帶
跟衣領是
分開的
其實有加
這個配件

白織

Shiraori

轉生者，前世只是隻無名的蜘蛛。誕生於艾爾羅大迷宮，是女王蜘蛛怪數不清的孩子裡的其中之一。經過無數場戰役，從最弱小的魔物成長為超越系統框架的神。與D見面以後，她才得知自己是D的替身，原本只是隻微不足道的普通蜘蛛。跟以愛麗兒為首的人們建立起交情後，她決定為了拯救世界展開行動，成為不惜犧牲多數人生命也要拯救世界的邪神。因為全身上下都是一片雪白，被稱為「白」。

「不會吧？我終於變成神了嗎！」

▶Personal Data

擅長的戰技▶ 蜘蛛絲、空間魔術

喜歡的事物▶ 吃東西

討厭的事物▶ 遇到「會死～！」的狀況、D

固有技能▶ 韋馱天

能讓速度變快。不是專屬技能，而是最上位的速度能力值成長技能。

↖ 八片裙襬

↑ 皮帶或鞋子（？）是類似頭髮的某種東西

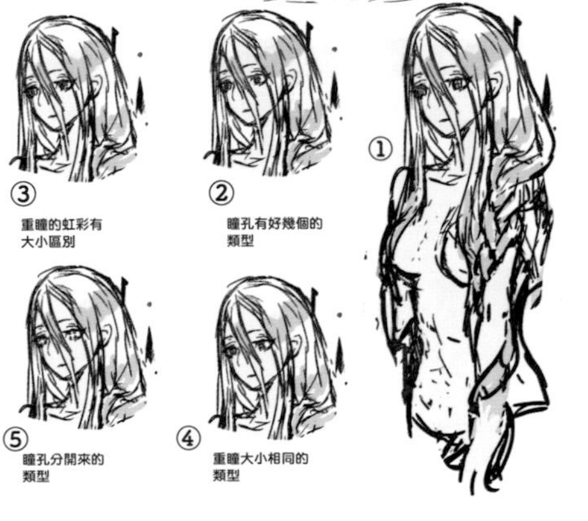

單側麻花辮

蘇菲亞

(蘇菲亞・蓋倫)

Sophia Keren

轉生者，前世的姓名是根岸彰子。沙利艾拉國蓋倫家領地領主的獨生女。生來就擁有吸血鬼這個技能的吸血鬼真祖。因為神言教發動的戰爭而失去故鄉，還因為趁機作亂的波狄瑪斯而失去雙親。之後被愛麗兒收留，從此加入魔族的陣營。對梅拉佐菲這個僕人有著非比尋常的執著。「嫉妒」的擁有者。

「那是因為這傢伙竟然把我當成空氣。那種事情可以原諒嗎？不，不能原諒。」

▶Personal Data

前世的姓名	根岸彰子　讀音 Negishi Shouko
擅長的戰技	吸血鬼特有能力、冰魔法、水魔法、酸攻擊
喜歡的事物	梅拉佐菲
討厭的事物	波狄瑪斯、別人的幸福

固有技能 吸血鬼

能讓人變成吸血鬼。

這是一旦變成吸血鬼就必定會得到的技能，其實不是專屬技能。只不過，因為在故事開始的時候，蘇菲亞以外的吸血鬼早就被獵殺光了，所以實際上可說是專屬技能。換句話說，一旦發現吸血鬼，就必定是跟蘇菲亞有關的人物。

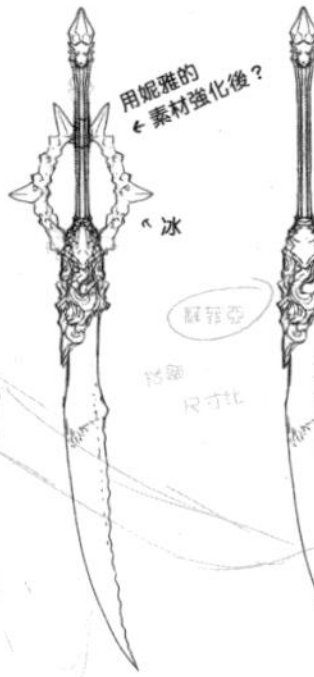

服裝設計案
設計概念：女僕×克里諾林裙襯
因為她都叫小白主人
吸血鬼的感覺
單側披風
整個露出
克里諾林
裙襯
偏白色的配色
我想讓她的配色
正好跟拉斯相反
蘇菲亞人設
下垂眼＋慵懶系
她是那種用表情逞強的類型

拉斯

Wrath

轉生者，前世的姓名是笹島京也。誕生於魔之山脈的哥布林村子。以哥布林的身分誕生，以哥布林的身分度過幼年時期。可是，村子被布利姆斯率領的帝國軍毀滅，他本人也變成布利姆斯的奴隸，讓他得到了憤怒這個技能。他殺死布利姆斯，化身為在憤怒的驅使下奪走許多人命的惡鬼。恢復理智以後，他正視自己犯下的罪過，成為意圖拯救世界的愛麗兒等人的同伴。

「我不想讓自己親手堆起的屍山變得白費。」

▶Personal Data

前世的姓名	笹島京也	讀音	Sasajima Kyouya
擅長的戰技	魔劍		
喜歡的事物	合理的事		
討厭的事物	不合理的事		
固有技能	武器鍊成		

可以消耗MP創造出武器的技能。創造出來的武器品質與耗費的MP量成正比。甚至可以透過消耗更多MP來賦予武器特殊效果。這恐怕是整部作品中最管用的專屬技能。

衣領與袖口都加了毛皮

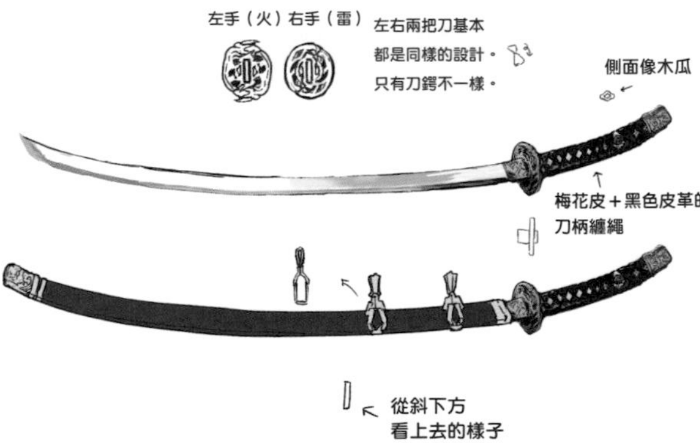

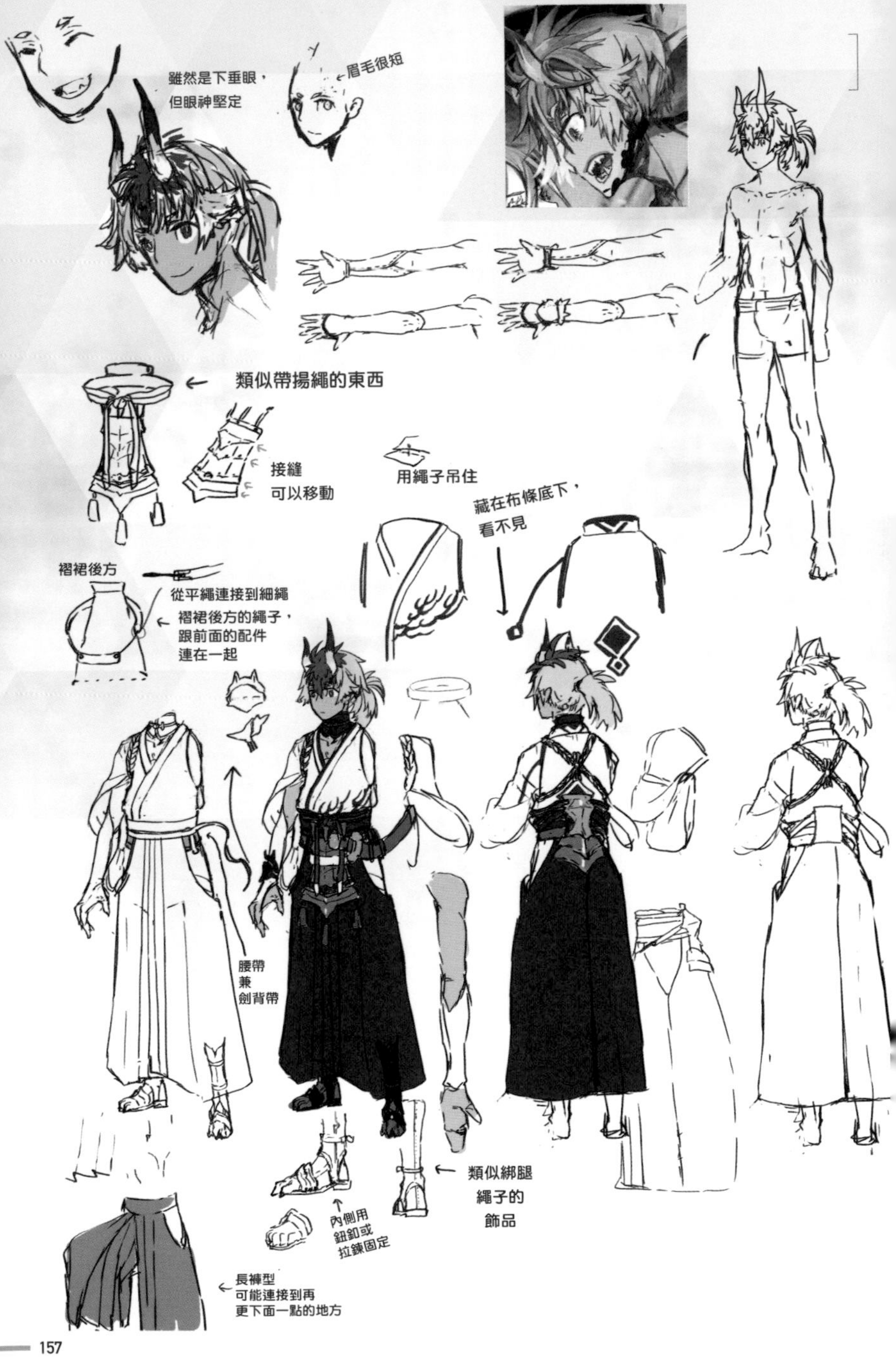
雖然是下垂眼，
但眼神堅定
眉毛很短
類似帶揚繩的東西
接縫
可以移動
用繩子吊住
藏在布條底下，
看不見
褶裙後方
從平繩連接到細繩
褶裙後方的繩子，
跟前面的配件
連在一起
腰帶
兼
劍背帶
類似綁腿
繩子的
飾品
內側用
鈕釦或
拉鍊固定
長褲型
可能連接到再
更下面一點的地方

梅拉佐菲

Merazophis

蓋倫家的管家。原本是服侍蘇菲亞父母的僕人，但兩人已過世，才會變成蘇菲亞的僕人。他在當時被蘇菲亞吸血，成為了吸血鬼。戰勝失去重要主人的悲傷，以及變成吸血鬼的痛苦後，他下定決心要保護好蘇菲亞。原本只是個普通人類，沒有異於常人的才華，在不斷進行地獄般的特訓後，他成功得到了忍耐這個技能。

▶Personal Data

擅長的戰技	吸血鬼特有能力、長期戰
喜歡的事物	老爺、夫人、大小姐
討厭的事物	弱小的自己

「為了保護大小姐，我必須變得更強。」

操偶蜘蛛怪四姊妹

Puppet Taratect Sisters

操偶蜘蛛怪。看似少女的軀殼只是人偶，本體是小型的蜘蛛型魔物，躲在人偶裡面進行操控。儘管身為蜘蛛型魔物，卻能透過人偶使用武器，是直屬於愛麗兒的眷屬，也是她的王牌。因為跟「我」之間的對決，數量減少了許多，如今只剩下艾兒、莎兒、莉兒和菲兒。艾兒雖然很可靠，卻喜歡耍小聰明。莎兒只會聽令行事。莉兒讓人完全搞不懂。菲兒則是活潑好動。

▶Personal Data

擅長的戰技	蜘蛛絲、單手劍	喜歡的事物	打扮自己
討厭的事物	沒有出場機會		

ILLUSTRATION ——操偶蜘蛛怪四姊妹的惡作劇——

ILLUSTRATION —吸血鬼蘇菲亞—

斷捨離

「這是……看來有必要整理一下呢。」

看到在荒野中堆積如山的東西，我忍不住發出感嘆。

「愛麗兒，那傢伙存放在空納裡的東西，全都在這裡了。應該沒有遺漏才對，但如果那傢伙醒了，還是讓她確認一下吧。」

「嗯，謝謝你。」

我向總算忙完的邱列道謝。

是我拜託邱列回收小白存放在異空間裡的各種物資。

這是因為邱列告訴我，說小白已經完成神化，變得無法使用技能了。

既然無法使用技能，就表示小白存放在異空間裡的東西會變得拿不出來。

在小白負責保管的東西之中，有許多旅行的必備物品與食材。

要是邱列沒有答應我的要求幫忙回收，那可是會相當頭痛。

可是，回收的東西比我想像中的還要多。

我姑且算是擁有空間魔法這個技能，但等級還不足以使用空納。

如果要把眼前這些堆積如山的東西搬走，應該得用上好幾輛馬車。

為了搬走最低限度的東西，買馬車是沒辦法的事，但我希望盡量只用一輛就搞定。

「沒辦法，看來只能丟掉一些東西了。」

事情就是這樣，我要舉辦整理大會！

「各位！為了處理掉這座小山，我們把需要跟不需要的東西整理出來吧！」

我決定在小白還沒清醒的這段期間進行整理。

我派梅拉佐菲去附近的城鎮，購買必要的物資，由留下的成員負責整理。

首先，我們優先把食物分類。

小白存放在空納裡而可以保存很久的東西，一旦拿到外面來，很快就會壞掉。

只能從看起來很快就會壞掉的東西先吃掉了。

再來就是旅行必備的各種道具。

無論如何都不能丟掉的東西，當然要留下來。

目前為止，一切都進行得很順利。

問題在於剩下的東西。

「蘇菲亞，那些東西都是有必要的嗎？」

「咦？這不是當然的嗎？」

蘇菲亞一臉理所當然地把書本和武器這類既占空間又重的東西，分類為需要的東西。

因為書本對教育有幫助，只要她想要我就會買，而為了方便她選擇將來要用的主要武器，我買了各種武器給她。

這一切的前提是小白能用空納把這些東西帶著走，既然這個前提消失了，那我當然希望盡量捨棄掉占空間的東西。

更何況，那些書都已經看過一遍了，武器通常也只會試用一次。

蘇菲亞留下這些東西只是為了鑑賞，不是為了實用。

然而，她居然好意思說這些東西需要留下？

貴族大人就是這點不討人喜歡。

「菲兒，那一大堆洋裝都是有必要的嗎？」

面對我的問題，菲兒露出「這傢伙在說什麼傻話」的表情，不解地歪著頭。

菲兒把許多洋裝都分類為必要的東西。

那些都是她跟小白一起花費許多閒暇時間完成的作品。

光是那些衣服就足以塞滿一輛小型馬車的貨架，全都被她歸類為需要留下的東西。

如果那些是所有人的衣服就算了，但那只是一人份的。

這顯然超過容許的數量。

「莉兒，那些神祕的物體是什麼？」

我看向堆積在莉兒面前的各種神祕物體……嗯，這些東西到底是什麼？

我真的不懂。

總之，這種東西還是丟了吧。

「艾兒，就算妳把東西偷藏起來也不行喔。」

我事先警告想要獨自把沒用的東西偷偷藏起來帶走的艾兒。
艾兒露出事跡敗露的表情，悄悄地別過視線。
「莎兒就……嗯，妳不用管這邊了，去照顧小白吧。要是她醒來了就跟我們說一聲。」
莎兒分不出需要和不需要的東西，整個人都愣住了，所以我讓她去做其他事情。
可是，真傷腦筋……
結果這些傢伙完全不會整理東西。
沒辦法，看來只能來硬的了。
「斷捨離……斷捨離是有必要的事情。」
「什麼！難道妳要把這些東西全都丟掉嗎！」
我把蘇菲亞等人歸類出來的有用東西，又進一步進行歸類。
蘇菲亞的書和武器就拿去賣掉吧。
書是貴重物品，可以賣到很高的價錢，武器算是必需品，也能賣到不錯的價錢。
絕大多數的洋裝也要賣掉。
那些都是用最高級的神織絲製成的衣服，原本應該會是天價才對，但因為都是些童裝，市場需求較少，只能便宜賣掉了。
至於莉兒的那些神祕物體……嗯，還是丟掉吧。
無視於幼女們的哭喊，我不斷地進行分類。
有時候也必須狠下心來，讓她們知道不行的事情就是不行。

神鐮刀

魔劍──
不覺得這實在是個會讓人燃起中二魂的美好詞彙嗎？
其實這個世界也存在著魔劍這種東西。
只要是擁有特殊效果的武器，全都統稱為魔劍。
而魔劍大致可分為兩種。
第一種是透過技能的力量，賦加上特殊效果的魔劍。
透過技能附加與魔法附加這類技能，附加上永續特殊效果的武器，全都叫做魔劍。
只不過，想要學會技能附加與魔法附加這兩個技能非常困難。
因此會用的人並不多，用這種方法製成的魔劍也不多。
說到魔劍，人們會想到的通常是另一種。
只要是使用強大魔物身上的素材製成的武器，有時會展現出類似那隻魔物生前能力的效果。
那正是另一種魔劍。
如果依照這種方法分類，我也算是擁有魔劍。
那就是跟我一心同體的大鐮刀。

神鐮刀

這把大鐮刀是用我在女郎蜘蛛型態時的下半身，也就是蜘蛛身體的前腳鐮刀為素材製成的。
換句話說，那把大鐮刀所使用的素材，就是我這個強大的魔物。
魔物似乎都有被設定危險度，只要使用C級以上的魔物當成素材，就開始有機會製造出魔劍，而只要使用A級以上的魔物當成素材，就幾乎都會變成魔劍。
順帶一提，我的危險度似乎是超越這些階級的神話級。
使用我身體製成的大鐮刀，當然不可能不變成魔劍。
結果，那把大鐮刀變得比我想的還要可怕。
因為上面還附加了腐蝕屬性與黑暗屬性啊。
有別於白色的武器外觀，武器屬性之前可說相當嚇人呢。
至於為什麼用過去式的說法，是因為在我神化的時候，這把大鐮刀也被捲入其中，現在已經完全變質了。
現在的大鐮刀無法鑑定。
換句話說，這把大鐮刀跟我一樣，都是系統範圍外的東西。
所謂的魔劍，都是靠著系統的力量，才得以發揮其特殊效果。
因此，跳脫出系統範圍的魔劍會失去其特殊效果，變成普通的武器。
原本應該是這樣才對啦～
可是，我手上這把大鐮刀不但發出白色的光芒，上面還纏繞著與其優雅造型完全相反的漆黑色詭異靈氣。

嗯，這明顯就不是普通武器呢！

雖然一眼就能看出這把大鐮刀不是普通武器，但我也不曉得它到底有著什麼樣的能力。

如果是系統範圍內的魔劍，只要鑑定就能得知附加的能力，但既然已經跳脫出系統，就算鑑定了也無法得知效果。

也許有人會覺得，只要實際使用看看就能知道效果，但事情可沒有那麼簡單啊～

因為神化後的我，甚至連自己的力量都不知道該怎麼使用。

雖說跟我一心同體，但我也沒辦法在這種狀態下，發揮出跟我分離的這把大鐮刀的力量。

我姑且有試著拿來揮舞，但什麼事情都沒發生。

不管我有沒有認真揮都一樣。

就只會消耗我的體力而已。真教人難過。

不過，只有當我拿起來時這把大鐮刀才會散發出靈氣，所以其中肯定隱藏著某種力量才對。

順帶一提，我曾經想過讓其他人試用看看，但所有人都拚命拒絕。

「不要，好像會受到詛咒。」

「『危險感知』告訴我那把大鐮刀很危險。要是拿來揮舞，感覺真的會出人命。」

吸血子不願答應，魔王也一臉嚴肅地這麼說，那我實在沒辦法勉強她們。

當我跟人偶蜘蛛們對上視線的瞬間，她們也同時開始使勁搖頭。

梅拉反倒是露出做好必死覺悟的表情，讓我決定放棄。

嗯，畢竟，這把大鐮刀確實散發出好像會詛咒人的可怕靈氣嘛。

要是讓梅拉試用這把大鐮刀，結果他真的死掉，後果可不會只有良心受到苛責這麼簡單。

可是，我還是很想知道這把大鐮刀有著什麼樣的能力。

因此，在我剛好有空，體力上也沒問題的時候，我經常試著揮舞這把大鐮刀。

結果我還是不曉得這把大鐮刀的效果，只知道它擁有某種力量。

原因是我見識到了這把大鐮刀的部分力量。

就在我揮舞這把大鐮刀，結果一個沒站穩差點跌倒的時候，還有大鐮刀脫手飛出去的時候。

當我差點跌倒的時候，我彷彿被人拉住一樣沒有摔成，要不然就是快要撞到我的障礙物莫名其妙消失了。

嗯，我差點摔倒的次數，可不是只有一兩次！

千萬別小看我運動細胞差勁的程度！

當大鐮刀脫手飛出去的時候，就算我什麼都不做，它也會自己跑回來。

有時候會像迴力鏢那樣飛回來，有時候則是像發動轉移術一樣自動回到我手邊。

嗯，我讓大鐮刀脫手飛出去的次數，可不是只有一兩次！

就結論來說，我很明白這把大鐮刀擁有特殊的力量。

只不過，我無法任意發動這股力量，也不清楚它到底擁有什麼樣的能力。

雖然主要都是在我遇到危險時發動，但每次發動的能力都不太一樣，讓我一頭霧水。

此外，一旦離開我手邊，這把大鐮刀似乎會自己跑回來呢。

我曾經想過要是把這把大鐮刀丟在某個地方會有什麼後果，結果就在我有了這個念頭的瞬間，它就像是生氣一樣，散發出更多的靈氣，讓我打消了這個念頭。

開玩笑的啦。我怎麼可能會丟下自己的另一半不管呢。哈哈哈！

刷牙

牙齒就是吸血鬼的生命。

腦海中不知為何浮現出這句有如牙膏廣告標語般的話。

至於我突然想到這種事的原因，可能是因為我受到了一點背叛。

事情的起因，是我向白問了一個從以前就很在意的問題。

『喂，妳都不刷牙的嗎？』

就是這個問題。

就我所知，白從來不刷牙。

可是，從來不曾有人問她這個問題。

因為這個世界根本沒有刷牙這樣的概念。

可能因為我是吸血鬼，所以很早就長出乳牙了。

我當時就很在意刷牙這件事，但沒有人幫我刷牙。

後來我試著向梅拉佐菲詢問刷牙的事情，結果只得到「那是什麼？」這個答案。

這個世界不存在刷牙這樣的習慣。

不但如此，而且好像連蛀牙這回事都不存在。

我前世時曾經在電視節目上聽說過，蛀牙的成因是口腔裡的牙斑菌釋放出毒素，但據說有非常少數的人口中沒有牙斑菌。

而這種人就不會蛀牙。

看來這個世界似乎沒有牙斑菌，也沒人會得到蛀牙。

因為不會蛀牙，自然也就不需要刷牙。

所以才沒有刷牙這樣的習慣。

可是，我前世每天都會刷牙，沒刷牙總覺得渾身不對勁。

不過，因為沒有牙刷這種東西，我想刷也刷不了。

為了稍作補償，我至少會在飯後漱口。

反正在學會水魔法後，我就能自己製造出漱口水了。

結果，看到我這麼做以後，梅拉佐菲也開始學我漱口了。

「原來大小姐以前居住的世界有這種習慣。維護牙齒健康這想法我以前完全沒有過呢。」

他經常佩服地這麼說。

對不需要擔心牙齒健康的這個世界的居民來說，這種習慣應該很新鮮吧。

而且就算牙齒出了問題，也能用治療魔法完全復原。

魔法真的很方便呢。

既然人們不會蛀牙，就算牙齒斷了或是破損也能治好，那刷牙這種麻煩的習慣會消失也是沒辦法的事。

可是，我早已習慣刷牙，要是沒刷就會覺得渾身不對勁呢。

就算跟原本就住在這個世界的梅拉佐菲或愛麗兒小姐說這種話，他們也無法體會我的心情。

因此，我向唯一有可能理解這種心情的白提起這件事。

還是蜘蛛型魔物的時候就算了，但我覺得進化成女郎蜘蛛的白應該也會在意這個問題。

可是，跟我預期的完全相反，白露出發自心底感到不可思議的表情，不解地歪著頭。

她沒有回話很正常，但我不明白她為何會感到不可思議，於是也跟著不解歪頭。

「我從來不曾刷牙。」

結果她愣了好一陣子，才給我這樣的回答。

『嗯，我想也是。因為我也沒看妳刷過。可是，妳前世應該每天都會刷吧？所以要是沒刷，應該也會覺得渾身不對勁吧？我也是每次吃完飯都會覺得很怪，實在不喜歡那種感覺呢。』

因為白難得做出回答，讓我決定繼續聊下去。

她通常都會無視我，讓對話就此中斷，所以我可能有些高興到忘乎所以了吧。

這也是因為終於可以跟人分享這種不對勁的感覺，讓我覺得很開心。

然而，白卻擺出陷入某種煩惱般的姿勢，然後對我搖了搖頭。

『什麼？妳聽不懂嗎？難道妳沒刷牙都不會覺得不舒服嗎？』

我原本還以為她能理解，結果卻得到這種反應。

刷牙

這可是讓我相當失望。

『雖然這個世界的人確實不會蛀牙，但因為這樣就完全不刷牙還是很髒吧？竟然放著卡在牙縫間的食物殘渣不管，簡直教人難以置信。感覺口氣好像會變臭，所以我很討厭這樣。』

雖說不會蛀牙，但食物的殘渣有時候還是會留在口中。

所以，其實不光只是漱口，我還是希望可以刷牙呢。

我懷著這種想法如此抱怨，但白還是只會搖頭。

『什麼意思？難道妳覺得不刷牙比較好嗎？』

白的反應讓我開始不爽，所以我的口氣也變差了。

聽到我這麼問，白這次揮了揮手。

「我不是這個意思。」

『不然是什麼意思？』

面對我的問題，白像是不知道該做何回答般陷入沉默。

就在我感到傻眼，以為又要變成平時那種對話模式的瞬間，白下定決心開口了。

「我前世也不曾刷過牙。因為我是不會蛀牙的體質。」

聽到這句話後，我八成露出了完全愣住的愚蠢表情吧。

沒錯，即使是在地球上，也有非常少數的人沒有牙斑菌，所以不會得到蛀牙。

想不到白竟然就是那種人。

我還以為總算可以跟別人分享關於前世習慣的想法，想不到白竟然比較接近這個世界的居

民，不覺得這樣太過分了嗎？
那一天，遭到背叛的我，比平時還要更用心地漱口。

獵菇行動

「小白，跟我一起去打獵吧。」
魔王以莫名的態度跑來找我去打獵。
她偶爾會像這樣邀請我去打獵。
每當這種時候，我們的目標總是只有當地才有的美味魔物。
因此，我也不會吝於接受她的提議。
雖然不會拒絕，但魔王看起來跟平常不太一樣。
不管是態度，還是給人的氛圍都有些奇怪。
她平常邀請我時明明都是一副要去玩耍般的態度，但這次卻莫名認真，卯足了幹勁。
「小白，今天的獵物比過去的強多了。妳要做好心理準備喔。」
什麼？
目標竟然是連魔王都說是強敵的魔物？
就我所知，比魔王還要強大的傢伙，就只有管理者這種不合常理的存在。

換句話說，魔王擁有在這個世界幾乎等於最強的實力。

而那種魔物居然能被魔王稱作強敵……

到底是什麼樣的怪物？

我戰戰兢兢地跟著魔王出發，最後來到一座山。

那座山長滿綠色的草木，散發出一種悠閒的氛圍。

早在這一瞬間，事情就不太對勁了。

也許有人會覺得這樣哪裡奇怪了，但這個世界可是充滿著魔物。

而山可說是魔物的寶庫。

山裡經常充滿著魔物們留下的蹤跡，絕對不可能散發出悠閒的氛圍。

「呵呵呵，看來妳也注意到了呢。這座山很奇怪吧？」

魔王露出無畏的笑容，定睛注視著那座山。

「這座山裡棲息著某種魔物，每年到了這段時期就會大量繁殖，一起展開行動。因為那種魔物太過危險，其他魔物都會被幹掉，所以這座山裡平時並沒有魔物。」

我一邊聽魔王解釋，一邊跟著走進山裡。

然後，令人不寒而慄的感覺突然向我襲來。

「來了。」

地面開始搖晃。

四周的土壤突然隆起，魔物從地下現身了！

那魔物是……綠色的香菇？

「這是一種別名『綠色惡魔』，受人畏懼的香菇型魔物。每年秋天的這個時期都會大量繁殖，一起出現在地面上，襲擊入侵山裡的生物。」

在魔王為我解釋的期間，香菇依然接連不斷地冒出地面。

然後，那些香菇迅速朝向我們滑了過來。

那傢伙到底是怎麼移動的？

「這些綠色惡魔的可怕之處，就在於牠們的執著與殺傷力。一旦鎖定獵物，就會追殺到對方死掉為止。而這種香菇的攻擊手段就是碰觸。順便告訴妳，只要被這些傢伙碰到就會死。」

咦？這是什麼意思？

「正確來說，是只要被這些傢伙碰到就會受到一千點的固定數值傷害，普通人光是被碰到一下幾乎都會當場斃命。此外，這種固定數值傷害無法靠任何抗性減輕，實在非常可怕啊。」

這未免太可怕了吧。

光是被碰到就會受到一千點傷害，真的有夠恐怖。

而且那種危險的香菇還有一大堆。

也難怪魔王會覺得牠們是強敵。

「不過，就算敵人如此強大，我們也非得挑戰不可！因為這些傢伙超級好吃！」

這種事情要早點告訴我啊！

面對逐漸進逼的大量香菇，我和魔王上前迎戰了。

然後，香菇全餐現在正擺在我們面前。

香菇湯、涼拌香菇、香菇沙拉、炒香菇……

還有保證好吃的烤香菇。

我覺得香菇最奢侈的吃法，就是直接火烤並且淋上醬油。

這裡沒有醬油真是太可惜了。

據說每當日本人去到異世界時，都會先去尋找米和醬油，我現在非常能體會那種心情。

我覺得醬油果然是多種調味料當中最強的。

不過，就算想著這裡沒有的東西也無濟於事。

趕快來實際試吃這頓香菇全餐吧！

我把不管怎麼想顏色都不正常的鮮豔綠色香菇放進嘴裡。

雖然顏色看起來有毒，但蔬菜也是這種鮮豔綠色。

根本沒有香菇不能是綠色的理由。

就算真的有毒，對我也不可能管用。

我咀嚼著切成小塊的香菇。

柔軟中帶有適度嚼勁的香菇特有口感。

還有在咬下的瞬間滿溢出來的香菇滋味。

雖然有些人不喜歡這種香菇的滋味，但我很喜歡。

好吃～
顏色看起來像是有毒，但並非如此。
如果食物中有毒吃起來就會很苦，但我沒有吃到那種苦味，嘴裡充滿著很有深度的滋味。
吃起來有點像是松茸。雖然我沒吃過松茸就是了。
「如何？我就說很好吃吧。」
負責準備食材兼料理的魔王得意地說。
真的很好吃。她怎麼不辭掉魔王，改行去當廚師算了？
於是，我們把豐盛的香菇料理全都吃光了。
可是，我們獵到的香菇還剩很多。
畢竟每個香菇都跟人的腦袋差不多大。
這不是一次就能吃完的量。
從這天以後，我們有好一陣子都只吃香菇料理，即使如此也沒吃膩地把香菇全部吃完了。
這就是好食材與好廚藝相輔相成的結果。

邊買邊吃

所謂的邊買邊吃，是一種充滿夢想與希望的活動！

邊買，邊吃。

就跟字面上的意思一樣，這個詞彙真是太棒了。

我過去從來不曾踏進城鎮。

因為我是蜘蛛。

即使進化成女郎蜘蛛，下半身也還是貨真價實的蜘蛛啊。

想也知道，要是有那種傢伙走進城鎮，一定會引起大騷動！

因為這個緣故，每當魔王或吸血子等人去城鎮裡購物的時候，我都只能躲在城鎮外面等大家回來。

難得有機會轉生到異世界，卻沒機會到城鎮裡觀光。

算了，反正只要使用萬里眼，我就能觀看城鎮裡的景象，也能做到類似觀光的事情。

可是～！那樣也只是用～看～的～！

就算發現看起來很好吃的食物，也沒辦法實際品嚐！

什麼？你說反正魔王會親手做飯給我吃，就算沒吃到也沒差？

嘖嘖嘖……

天真！那種想法真是太天真了！

每次去逛祭典的時候，不是都會非常想吃那些攤販賣的東西嗎？

大家都明白那些東西特別貴，自己做來吃比較便宜。

就算明知如此，大家還是會去買來吃，這就是攤販的特殊魔力。

而這兩件事就心理層面來說是一樣的。

難得有機會吃異世界的料理，當然會想要實際一邊在城鎮裡觀光一邊品嚐啊！

現場氣氛這種情境層面的東西，也是一種貨真價實的調味料喔！

只能在遠方默默想像魔王和吸血子一邊談天說笑一邊買東西吃的模樣……又有誰能體會我的那種心情！

可是，我已經不再需要體會那種悔恨的心情了！

如今我已經完成神化，外表變得跟人類一樣，可以光明正大地踏進城鎮了！

換句話說，我可以去街上邊買邊吃了！

萬歲～！

事情就是這樣，我蜘蛛生中頭一次的異世界觀光開始了。

同伴則是魔王。

「小白，妳想去哪裡？」

「邊買邊吃。」

「啊，好。」

也許是因為我難得馬上回話，讓魔王露出頗為有趣的表情。

「嗯～可是，邊買邊吃啊……我覺得應該找不到妳想要的那種店家。總之，我們先去市場看看吧。」

在魔王的提議之下，我們來到城鎮裡的市場。

可是，人實在太多了……

雖然整體的人數並沒有那麼多，但因為人們接二連三地硬擠進道路狹窄的地方，導致人口密度變得非常高。

區劃整理根本沒做好。

在人潮的推擠下，我們在市場裡走來走去。

一點都沒有那種悠閒地到處觀光買東西吃的氣氛……

不對。不是這樣。

這才不是我想要的邊買邊吃！

更何況，這個市場裡賣的食物，幾乎都還只是食材！

全都是還沒經過料理的生菜與生肉！

不是可以直接買來吃的料理。

「我不是告訴過妳了嗎？這種小城鎮沒有那種讓人邊買邊吃的攤販。」

魔王傻眼的表情讓我看了就討厭。

沒錯，這裡是異世界。

如果以日本為基準來思考，就會覺得車站附近應該都有一些能讓人買東西吃的店家，但那種常識在這個異世界並不管用。

沒想到居然連想要邊買邊吃都不行，異世界還真是可怕。

話說回來，我也差不多快要逛累了。

而且人潮也讓我感到頭昏，感覺不太舒服。
我的肉體實在是脆弱得可怕。
「因為每個地方都是地產地銷啊。幾乎每個市場都只販賣這種沒有經過料理的食材。當然也有餐廳之類的地方，但沒辦法讓人外帶食物呢。畢竟食物的器皿也不是免費的。」
啊，確實是這樣沒錯。
因為日本有許多大量生產的塑膠容器，不需要在意器皿的問題，但在這個世界連想要製造一個盤子都不容易。
如果為了讓客人邊買邊吃就附送器皿，價錢就會變得太過昂貴而賣不出去，但要是訂價太過便宜，又會沒辦法回收成本。
也難怪會沒有邊買邊吃的文化。
「不過，也不是完全沒有這種文化啦。來。」
魔王在店家買了某種東西，交到我的手上。
我接過東西一看，才發現那是顆小型的水果。
「這個又甜又好吃喔。」
魔王一邊這麼說，一邊把自己那份水果放進嘴裡咀嚼。
我也學她吃下水果。嗯，真的很甜。
雖然跟想像中的不太一樣，但這趟異世界邊買邊吃之旅，還是讓我頗為開心。

邊買邊吃

艾兒

人偶蜘蛛其中之一的艾兒是個可靠的傢伙。
或該說，是因為其他三個人偶蜘蛛都靠不住。
因為負責照顧那組廢材三姊妹，才讓艾兒感覺起來相對可靠。
她現在依然過著忙著照顧其他三個姊妹的生活。
現在正好是用餐時間。
魔王親手做的料理就擺在我們面前。
雖說是料理，但我們基本上都在野外活動，吃的都是充滿野性風味的食物。
不是魔物燒烤，就是豪邁的蔬菜大鍋炒。
沒有正式的廚房可用，所以會感覺總是重量不重質，也是無可奈何的事。
對我來說，光是食物有經過料理，就足以令我感動到痛哭流涕了，所以不會有怨言。
在這幅眼前擺滿魔王愛心料理的用餐光景中，每個人偶蜘蛛都恣意妄為。
首先是莎兒。
她只顧著看食物，遲遲沒有下手。
個性優柔寡斷又意志力薄弱的莎兒一直不知道該吃什麼，結果就是什麼都沒吃。

太扯了～
於是，艾兒在盤子裡隨意放了點料理拿給莎兒。
要是不硬幫她選好食物，莎兒直到最後都不會吃任何東西。
接著是莉兒。
莉兒經常吃到一半就停下來。
每當她停住不動時，艾兒就會輕輕戳她讓她回神，但不太清楚她停住不動的理由。
根據魔王的說法，莉兒這傢伙有些……不，是非常呆，說不定是因為忘記自己前一秒在做什麼，才會停住不動。
太扯了～
艾兒看起來就像是個看護一樣。
最後是菲兒。
這傢伙正被艾兒從背後架住。
為什麼？
因為她吃太多了。
菲兒個性得意忘形又不用大腦，因為頭腦不好，所以完全不會顧及到周圍。
而且忠於自己的慾望。
結果就是有料理在眼前便完全不考慮別人，只想盡情吃。
而蜘蛛系魔物大多都擁有過食這個技能。

艾兒

既然擁有過食這個技能，就表示她的食量比外表看起來的還要大。
要是讓那種傢伙盡情地吃，想也知道其他人就沒得吃了吧！
因為這個緣故，艾兒才會在她吃過頭以前，把她整個人架住。
順帶一提，要是艾兒沒辦法架住她，我每次都會認真地揮拳揍過去。
相較之下，艾兒實在是太溫柔了。
這就是姊妹情吧。
自己被討厭沒關係，但我要拯救頑皮妹妹的生命。
真是段佳話～
只不過，要是她吃過頭的話，我可不會手下留情。
不管對方是誰，都不許對我的食物出手。
也許是被我的氣魄震懾到，身體被架住的菲兒不斷發抖。
當艾兒放開她的時候，她就直接乖乖坐下了。
因為她忠於自己的本能，這類觀察力才會這麼好吧。
總之，就像這樣，除了艾兒之外，人偶蜘蛛姊妹都是些問題兒童。
結果還算正常的艾兒必然會處於大姊的地位，負責照顧其他三個傢伙。
而且還是照顧不同種類的問題兒童。
光是看到艾兒在這麼短的時間內就忙得焦頭爛額的模樣，就能明白那有多麼困難。
艾兒很能幹。

超級能幹。

可是，就算她很能幹，就算她正忙著照顧妹妹，我也不會停手！

我可不會在食物的事情上妥協啊！

既然菲兒已經退出戰場，那我就沒有對手了！

我要把剩下的料理全部吃光！

哇哈哈哈！

就連忙著照顧姊妹的艾兒那一份，我都會好好地幫忙吃掉！

……咦？

奇怪……

我剛才明明看到盤子裡還有肉啊？

那些肉是這一餐的主菜，就數量來說，就算每個人都吃一個，應該還有剩才對。

到底是在什麼時候不見的？

恍然大悟的我看向艾兒的臉。

艾兒保持著笑容別過視線。

原來是妳嗎！什麼時候下手的！

人偶蜘蛛四姊妹的長女——艾兒是個能幹的傢伙。

同時也是個會在不知不覺間偷偷拿走好處的鬼靈精。

艾兒

莎兒

在充滿個性的人偶蜘蛛四姊妹中，莎兒是個性明明最不起眼，卻最引人矚目的矛盾傢伙。
莎兒個性軟弱又沒有主見，總是隨波逐流。
光是聽到這樣，就會讓人覺得這傢伙確實很不起眼。
可是，事實並非如此。
老實說，那種個性一旦過了頭，反倒會變得非常起眼。
她完全沒有主見，沒有別人的指示就不會行動。
換句話說，這也代表她總是在給人添麻煩。
莎兒的狀況太過極端，一直都在給地位等同於人偶蜘蛛長女的艾兒，以及身為她主人的魔王添麻煩。
要是讓她單獨行動，她就什麼事情都做不了。
真的是什麼事情都做不了，也什麼事情都不打算去做。
她似乎不曉得自己該做些什麼。
平常有魔王與其他姊妹在身邊，所以她會配合其他人的行動。
拜此所賜，雖然會讓人感到有些不對勁，但不會造成太過嚴重的問題。

遇到緊急情況時，因為有擊敗敵人這個粗略的目標在，也不會有問題。

只不過，如果叫她照自己的想法任意行動，她就會突然什麼事情都做不了。

有一天，我們來到一條美麗的河川旁邊。

因為那是條地點在山上、氣氛悠閒的河川，周圍似乎也沒有危險，我們便決定在那裡稍微玩耍一下。

畢竟一直走路也是很累人的。

偶爾也得像這樣放鬆一下才行。

於是，大家就開始各自玩耍了。

菲兒開始在河裡逆流游泳，莉兒則是順著河水漂流，艾兒則是跑去追趕被水沖走的莉兒。

吸血子在河邊撿漂亮的石頭，梅拉也陪著她做同樣的事。

我跟魔王忙著用蜘蛛絲垂釣。

今天就決定吃烤魚了！

至於莎兒採取的行動，則是跟猜的完全一樣，什麼事情都沒做。

她不知道自己該做什麼，一下子晃到這邊，一下子又晃到那邊。

一直到處晃來晃去。

她那種樣子該怎麼說，嗯，讓我看了就覺得煩。

去玩啊！

都已經告訴妳們可以去玩了，只要去玩就行了吧！

莎兒

為什麼不去玩呢！
妳到底想做什麼啊！
看到她那種太過缺乏主見的樣子，就讓我忍不住動怒。
因為這樣太誇張了。
想不到居然有人只會聽別人的命令做事，完全不會照著自己的想法行動。
我完全無法理解。
可是，換個說法就是這傢伙超級順從，所以喜歡這種女生的男生應該可以接受吧。
畢竟她可是個超級沒問題小姐。
魔王和艾兒似乎都只覺得她比較需要別人費心，並不討厭她。
別誤會，我也不討厭她喔。
雖然不討厭，但偶爾還是會被她惹火呢。
真希望她能更振作一點。
她看起來就像是個在河邊晃來晃去，不知道該如何是好的幼女。
可是，她其實是這個世界上相當危險，而且強悍到不行的魔物啊。
難道希望她能表現得更符合其真實身分，抬頭挺胸地行動，是錯誤的想法嗎？
不過，這些話其實也能套用在其他人偶蜘蛛身上就是了。
就算是這樣，莎兒的態度還是太離譜了。
其他三個傢伙也毫無威嚴可言，但至少還不會惹我生氣。

我想是因為莎兒的生存之道，違背了我的理念吧。
光是活著是毫無意義的。
如果心中沒有驕傲，就很難算是真正活著。
就這點來說，莎兒真的只是隨波逐流地過活。
只會聽從魔王或其他姊妹的命令，沒有自己的想法。
這樣真的能算是活著嗎？
如果維持現狀的話，她不就只是被賦予了「莎兒」這個符號的人偶了嗎？
不行……那可不行！
那樣不算是活著吧！
必須讓莎兒覺得她是依照自己的意志過活才行！
如果要達成這個目的，只要讓她在一瞬間強烈感受到自己活著就行了。
要讓她覺得能活著真是太好了。
如果還能讓她在過程中自己做出選擇就更棒了。

於是，在河邊玩水後過了幾天，我故意害她遇上差點就會沒命的事情。
結果莎兒的眼神就變成死魚眼了。
奇怪？我明明是打算賦予她活下去的動力，怎麼反倒讓她露出那種黯淡無光的眼神？
真令人搞不懂。

莎兒

菲兒

每隻人偶蜘蛛的個性都不一樣。

她們明明不會說話，也不會使用念話，個性卻十分鮮明。

不管是平常的行動，還是一舉一動，都能讓人看出其個性。

其中又以菲兒的個性特別好懂。

如果要用一句話來形容菲兒的個性，那就是幼稚。

由於人偶蜘蛛都有著幼女般的外表，就算個性幼稚，也不會讓人覺得奇怪。

可是，她們其實都是能力值破萬的怪物，而且活過的歲月應該也跟實力相符才對。

明明如此，菲兒的所作所為卻跟外表一樣幼稚。

而且要說的話，是跟男孩子一樣頑皮。

首先，她喜歡到處亂跑。

就算沒事也要跑。

總之就是要用跑的。

當我們大家都默默走著路時，就只有她會到處亂跑。

嗯，光是這樣就能看出菲兒平常有多麼興奮了吧。

菲兒這傢伙就是靜不下來。
因為靜不下來，才會到處亂跑。
而且還喜歡煩人。
因為想要別人陪她玩，她會跑去煩許多不一樣的人。
通常都是直接抱上去。
只不過，那可是菲兒的擁抱。
她只是盡全力撲向對方，但老實說那跟衝撞攻擊毫無分別呢。
我跟魔王還挺得住她這招。
因為體格與能力值上的緣故，其他人偶蜘蛛會被她撞飛出去。
就算如此，但並不會受到重傷，所以問題還不大。
問題在於吸血子與梅拉。
「大……大小姐啊啊啊！」
挨了菲兒名為擁抱的衝撞攻擊後，吸血子一邊發出人體不該發出的碎裂聲，一邊被撞飛。
她本人肯定沒聽見梅拉的呼喊聲。
現在可能已經看到走馬燈了吧？
不過，由於吸血子擁有「不死體」這個技能，雖然一天只能發動一次效果，但不管遭到任何攻擊都能撿回一命，所以勉強活了下來。
雖然不立刻治療還是會死就是了。

菲兒

梅拉拚了老命替她治療，她本人的自我恢復能力也很強，所以吸血子後來平安無事復活了。

在搶救吸血子的期間，菲兒被魔王罰跪，教訓了好一段時間。

我覺得讓她的人偶身體罰跪毫無意義就是了……

不過，雖然在肉體上毫無意義，但逼她靜靜跪著挨罵，似乎也算是一種精神上的懲罰。

在那之後，她就再也不敢去抱吸血子了。

梅拉？

她當然也曾經想要去抱梅拉。

可是，在她付諸行動以前，就被吸血子擋了下來。

「要是妳敢那麼做，後果不用我說吧？」

吸血子整張臉緊貼著菲兒，小聲地如此低語。

我只能說，當時的吸血子相當有魄力。

總覺得周圍的氣溫似乎也降低了。

最喜歡梅拉的吸血子，不可能容許其他女人抱住梅拉。

考慮到雙方的能力值，吸血子毫無能戰勝菲兒的要素，但菲兒依然被那股氣勢壓倒，只能慌張地點頭，實在很了不起。

這就是愛的力量。

還是非常沉重的愛。

……梅拉，加油吧！

因為這個緣故，我們好不容易才讓菲兒不去煩那對吸血鬼主僕。

可是，後來她不知為何將矛頭指向了我。

每天大概都會撲向我一次左右。

還是用會發出巨響的威力。

真希望她能替每次都要挨上一記重擊的我想想。

要是沒有站穩腳步，連我都會被她撞飛，ＨＰ也會減少一些耶。

可是，誰也沒有阻止她。

大家都覺得我被撞也沒差，每個人都不願意出面制止菲兒的暴行！

我甚至有種大家都故意把菲兒交給我去應付的感覺！

尤其是艾兒！

為了減輕自己的負擔，身為人偶蜘蛛長女的艾兒，就把照顧其他姊妹的工作推給我。

可惡啊！

為什麼我非得負責照顧小鬼頭不可！

而且還是比自己年長的小鬼頭！

沒錯，別看我長成這樣，其實我的年齡幾乎跟吸血子一樣。

在這個世界還只是個孩子。

相較之下，雖然菲兒看起來像是幼女，但就算不知道正確的年齡，她也肯定比我年長。

讓年幼者照顧年長者是不是搞錯了什麼？

菲兒

簡直莫名其妙。

莉兒

在人偶蜘蛛四姊妹之中，莉兒是最難理解的一個。
她真的是很莫名其妙。
根本無法理解，就某種意義上來說，簡直就是神祕生物。
魔王說莉兒是個天然呆，但她實在太過神祕莫測，只用這個詞彙無法解釋。
首先是表情。
人偶蜘蛛可以透過操縱人偶來刻意改變表情。
不是像人類那樣因為情緒變化而改變表情。
因此，人偶蜘蛛們通常都是在想要把自己當時心中的情緒告訴對方時，才會讓表情改變。
平常都是像人偶一樣，固定在同一種基本表情。
與其說像人偶一樣，根本是貨真價實的人偶。
她們的基本表情是微笑。
嗯，這沒什麼問題。
艾兒與菲兒也大多都保持著微笑的表情。

可是，我總覺得莉兒的表情給人一種無法理解她在想什麼的莫名恐懼感。
也許是因為她的長相是四姊妹中最文靜的一個，才讓那種微笑給人一種高深莫測的感覺。
而且她幾乎不曾換過其他表情。
既然表情不會改變，那當然很難看出她的情緒啊。
拜此所賜，我至今依然不是很清楚莉兒到底在想些什麼。
其他人偶蜘蛛就算表情沒有變化，還是能透過一些舉動，在某種程度上明白她們的想法啊。
除了表情之外，莉兒就連行為都很莫名其妙。
她會在空無一物的地方跌倒。
為什麼一個能力值破萬的怪物，有辦法在空無一物的地方跌倒？
反倒讓人覺得不可思議。
她還會不時定住不動。
她有時候會像是被按下暫停鈕一樣，整個人突然完全定住。
難不成是遇到時間停止攻擊了嗎？
她還會眺望著空無一物的地方。
我曾經懷疑那些地方是不是有著某種東西，但真的什麼都沒有。
不但肉眼看不見，探知也毫無反應。
她到底在看什麼？
難道是菲倫蓋爾修達丹現象嗎？（註：菲倫蓋爾修達丹現象是指貓會突然注視著空無一物的地方，

而該處可能有幽靈存在的現象。為日本某討論版杜撰出來的假學說）

我們的莉兒妹妹就是這麼神祕莫測。

可是，之前發生了一件讓她平時的神祕行為顯得微不足道，讓人不知道該做何反應的事情。

那是我們在某座森林中前進時發生的事情。

那座森林裡最強悍的巨熊魔物向我們發動攻擊。

那頭巨熊站起來可能高達八公尺，體型大到我們非得抬頭仰望不可。

而且即使面對魔王散發出的壓迫感，巨熊依然衝了過來，是個相當有勇氣與鬥志的傢伙。

換作是普通魔物，都會畏懼於魔王發出的壓迫感，不敢襲擊我們。

而那頭巨熊戰勝了那股壓迫感，膽敢出現在我們面前，是個相當了不起的傢伙。

雖然很難說牠聰明就是了。

而莉兒一腳就把那頭巨熊踢開了。

如同字面上的意思，漂亮地一腳踢中巨熊的下巴。

而且還是用倒掛金鉤！

不過，我並不覺得她這招使得漂亮或是華麗。

如果不是我搞錯，她其實只是跌倒了吧？

只是在想要邁出步伐的瞬間摔了一大跤，才會變得像是使出倒掛金鉤對吧？

為什麼她只是跌倒，就能踢中八公尺巨熊的下巴？實在太神祕了。

這一跤摔得也未免太誇張了吧？

因為巨熊的下巴離地面至少超過七公尺，但她還是踢到了喔。
這絕對很奇怪吧？
然後，雖說只是跌倒，但那可是能力值破萬的莉兒踢出去的一腳。
尋常魔物不可能承受得住，結果巨熊就這樣升天了。
光是頭部還能保持原型，就算不錯了。
要是她認真踢過去，應該會把巨熊的腦袋踢爆吧。
可是，也許是因為覺得跌倒很丟臉，莉兒接著又在倒地的巨熊頭上拍了幾下。
臉上還掛著平時的微笑。
太可怕了吧！
我真的被嚇到了！
幼女某一天在森林裡遇到熊熊，結果熊熊就死掉了！
遇到這種情況的時候，我到底該露出什麼樣的表情？
我覺得莉兒是人偶蜘蛛中最可怕的傢伙。
因為沒人知道她會做出什麼事情，也無法理解。
她的存在本身就算是一種恐怖了。
除了魔王之外，她是我們之中最不能得罪的傢伙。
不過，就算她是同伴，也不曉得會做出什麼事情，實在讓人心驚膽跳。
順帶一提，那隻巨熊後來變成熊肉火鍋了。

莉兒

很好吃。

魔族領地的某一天

魔族領地位在大陸的北方。

越是接近鄰近人族領地的南方，人口越多。

要說原因為何，出於十分單純又容易理解的兩個理由吧。

一陣寒風吹拂而過，讓我忍不住發抖。

就算朝著凍僵的手呼氣，也沒辦法讓冰冷的指尖得到溫暖。

沒錯，這裡非常寒冷。

雖沒有魔之山脈那麼冷，但越往北方前進，平均氣溫就越低，環境也變得更不適合居住。

我不斷摩擦雙手。如果有把手套帶來就好了……

因為吸血子他們都沒戴手套，讓我完全忘了這件事。

那些傢伙是因為拿劍時會不方便，才會不戴手套啊。

吸血子手握大劍，揮劍砍向進逼而來的魔物。

她輕鬆地揮舞看似沉重的大劍，漂亮地把魔物一刀兩斷。

即使是身長將近三公尺的巨大魔物，吸血子也能一刀劈成兩半。

這種名叫熊狼獸的魔物，有著一張把狼和熊加起來除以二的臉孔，還有不知是否該說是半人半獸，可以用兩隻腳或四隻腳走路的毛茸茸身體。
這傢伙在魔族領地似乎算是相當強悍的魔物，危險到光是有一隻出現，就足以引起騷動。
不過，那是以正常人的基準來說，這傢伙對我們來說完全算不上是威脅。
……至少對我們來說是這樣。
野獸的低吼聲從四面八方傳來。
我環視周圍，用雙手指頭數不完的熊狼獸正包圍著我們。
……原來如此，有這種傢伙在這裡到處亂跑，怪不得沒人敢在此定居住。
魔族的北方領地都跟這裡一樣，因為寒冷與魔物的威脅而無法住人。
不過，這裡算是比較偏南的地方，但這群熊狼獸似乎打算繼續往南方前進，所以我們才會前來驅趕。
成員是我、吸血子、梅拉與鬼兄。
閒閒沒事做的魔王和人偶蜘蛛們也順便跟了過來，但那些傢伙完全不管魔物的問題，跑到結凍的池塘上玩起溜冰了。
工作啊，魔王大人。
不過，老實說就算沒有魔王她們幫忙，我們也有能力對付這種程度的魔物啦。
就算只有吸血子、梅拉和鬼兄三個人，也綽綽有餘了。
吸血子站在原地，把每隻靠過去的熊狼獸都砍成兩半。

甚至不像在戰鬥，就只是一種勞動罷了。
想要叫她故意打輸還比較困難。
相較於不動如山的吸血子，梅拉則是一直四處移動。
為了避免被敵人包圍，他隨時都在改變自己的位置，盡可能地一次只對付一隻熊狼獸。
而且就算是一對一戰鬥，他也沒有掉以輕心，仔細觀察對手的動向，精準地解決掉敵人。
哎呀～毫無破綻。
讓人看了就放心。
至於最後的鬼兄，則是陷入了苦戰。
不是差點被敵人擊中，就是差點被敵人包圍。
嗯……？
可是，他看起來相當從容不迫。
與其說他陷入苦戰，不如說他是在戰鬥中進行各種嘗試才對。
畢竟他在戰鬥的同時，還不時偷偷看向吸血子與梅拉。
偷看梅拉那邊的次數比較多。
難道他是在偷學梅拉的戰法嗎？
啊……原來如此，他是在戰鬥的過程中鍛鍊自己啊。
這傢伙還真有上進心呢。
總之，他們三個應該可以輕鬆殲滅掉這群魔物，要是連魔王大人一行人都出手，就會變得戰

力過剩了。
什麼？問我怎麼沒去？
因為我的工作就是在一旁守護大家啊。
而且去程與回程都是我負責用轉移術進行移動。
找到這群熊狼獸的人也是我。
全部都是我～
沒錯，我做了許多工作。超級勤勞的。
誰也不許提出異議。
比起那些正在溜冰玩耍的傢伙，我做的事情多太多了。
往那邊看過去，魔王她們正優雅地在冰面上滑行。
魔王溜冰的姿態非常好看。
她原本就有著強大的體能，動作就跟職業溜冰選手一樣優雅。
啊，她跳起來了。
目測結果是四回轉。
如果是在地球上的話，已經可以參加世界大賽了。
看到魔王的跳躍動作後，菲兒也模仿她跳了起來。
可是，她速度太快轉過頭了。
目測結果是……她到底轉了幾圈啊？

圈數多到我算不來的地步。

因為她的速度實在太快，結果著地的瞬間還把冰擊碎了。

嗯，動作一點都不優雅。

我的結論是，溜冰的跳躍動作要是轉太多圈也不行。

啊，魔王使出了箭步滑行。

就是一邊讓上半身後仰一邊滑行那招。

小常識，這招的正式名稱是後仰式箭步滑行。

哎呀？莉兒也模仿魔王使出箭步滑行……等等，那能算是箭步滑行嗎？

她把頭部壓低到快要碰到地面的地方，雙手無力地下垂，不是往旁邊，而是朝向前方滑行。

咦？為什麼她能用那種姿勢往前滑行？

太不合理了吧？

那招看起來不像是箭步滑行，反倒像是擺出背橋的姿勢向前滑行，感覺很詭異耶。

那種姿勢太過詭異，要是有人說她被惡魔附身，我也不會覺得奇怪。

……假裝沒看到吧。

艾兒在旁邊獨自玩著冰壺。

她隨興地讓石頭滑出去，試著讓石頭停在畫在冰面上的圓圈裡面。

這種運動似乎有著先攻與後攻的區別，由兩支隊伍輪流讓石頭滑出去，一旦前面滑出去的石頭停在圓圈中心，後面的人把石頭滑出去的時候，就得把那顆石頭撞出去。

一人對戰……

感覺就像是一個人玩猜拳一樣，該怎麼說，光是看到這副光景，就讓人懷疑這傢伙是不是沒朋友，不由得悲從中來。

不過，因為艾兒平常都忙著照顧其他三個問題兒童，所以獨自玩耍的她看起來似乎很快樂。

我覺得自己看到了艾兒全新的一面。

至於說到最後的莎兒……

則是在冰面上抖個不停。

感覺就像是頭一次去溜冰的小朋友。

真是癒療～

想不到莎兒竟然會有讓我感到癒療的時候。

因為其他三個傢伙都是那樣，這種正常的反應會令人感到十分癒療。

沒錯沒錯，就是要這樣才對。

雖然我很懷疑憑她的能力值怎麼會辦不到，但這種像是正常小孩的反應也很不錯呢。

此外，她們身旁依然上演著吸血子等人與魔物之間的混戰。

那邊就完全沒有癒療元素了！

然後，儘管那種殺氣騰騰的場面就在身旁上演，居然還有人悠哉地在溜冰，就某種意義來說也很可怕耶。

……總之，我已經準備好所有人的溜冰鞋了，等到他們把魔物殺光後，就大家一起溜冰吧。

主要角色到此就全數介紹完畢了。
之後是輝竜老師的插畫集與本作中數一數二重要的戰爭
「人魔大戰」的故事。可是，在那之前還有——！

馬場翁老師的一問一答訪談　其3

網路版和書籍版的差異

責編：網路版和書籍版的故事在途中就出現巨大變化了呢。請問是什麼樣的理由讓您決定做出更動？

馬場：與其說是我想要做出更動，不如說是不得不做出更動呢。書籍版是從第四集開始與網路版出現巨大的內容差異，而這是因為第四集的故事沒有一個結尾。如果要描寫蘇菲亞與沙利艾拉國發生的各種故事，實在很難在一集裡全部寫完，於是我便決定用第四集和第五集分成兩本寫完。可是，如果按照網路版的內容去寫，第四集就會只有蜘蛛子在外面世界閒晃的故事，所以我才加入蜘蛛子跟老媽戰鬥，以及跟魔王之間的衝突。為了給第四集一個結尾，必須製造起伏，結果便導致書籍版與網路版的故事出現差異。再來就是，網路版比較重視易讀性，所以沒有完整解釋劇中的世界局勢。因此，我想藉機仔細描寫歐茲國與沙利艾拉國的關係，以及神言教與波狄瑪斯的意圖，才會加寫了不少。

責編：網路連載版和書籍版已經變成完全不同的作品了呢。這些都是為了讓讀者在看完書籍版後覺得更滿足，才不得不做的更動對吧？

馬場：我在第六集加寫的內容，也是出於這樣的意圖。我想讓在第五集以前登場的愛麗兒、蘇菲亞和梅拉佐菲等人有機會整理一下心情，就此定下心來。要是沒有清楚寫出每個角色的想法與動機，後面的旅途就會給人一種曖昧不清的感覺。我就是按照這種想法思考每一集的主題、結局與故事高潮，結果書籍版就再也接不回網路版的大綱了（笑）。

責編：在原本的網路版故事中，人偶蜘蛛們好像也不是那麼重要的角色呢。

馬場：因為當其他角色陷入精神上的煩惱時，還是得讓故事有放鬆喘息的空間啊。她們幾個明明不會說話，卻很有個性……都是會擅自動起來的角色。

關於角色設計

責編：在負責繪製插畫的輝竜司老師的設計稿中，請問您最喜歡哪個角色？

馬場：最讓我有感覺的是梅拉佐菲的人物設計稿。當我在寫第五集的過程中，看到梅拉佐菲的人物設計稿時，我有種「這就是梅拉佐菲！」的感覺。在看到那張人物設計稿以前，梅拉在我的心目中該說還只是個小角色嗎，對這個角色抱持著非常不明確的印象，但當我看到輝竜老師的人物設計稿時，那些空白的地方就都被填滿了。從那一瞬間開始，我就能清楚看見梅拉的背景與心情了。拜此所賜，我才有辦法在第六集深入描寫這個角色。

責編：馬場老師，您平常基本上都是把人物設計這部分完全交給輝竜老師對吧。雖然故事裡的角色設定都做得超級詳細，但您好像沒對外表做出設定，請問這是為什麼呢？

馬場：關於角色外表這部分，我是故意不做出太多設定的。因為這部作品原本就是在網路上連載，沒有插畫這種東西，我才會想要讓讀者自由想像角色的模樣。因此，除了設定上早已決定的部分，我刻意不去決定太多。當我剛收到俊的人物設計稿時，他的眼角有些上吊，而我心目中的俊應該更軟弱，我才發現原來俊在輝竜老師眼中是這樣的角色，讓我感到很新鮮。

以上便是與馬場老師的訪談內容。我們聊了許多《轉生成蜘蛛又怎樣！》的設定問題，不知道各位是否滿意？希望這能讓大家能對這部作品更感興趣。

Kumo desuga, nanika?

轉生成蜘蛛又怎樣！

Kumo desuga,nanika?
Extra

插畫集

Illustrations

Extra

蜘蛛子的創作過程

臉部的各種版本

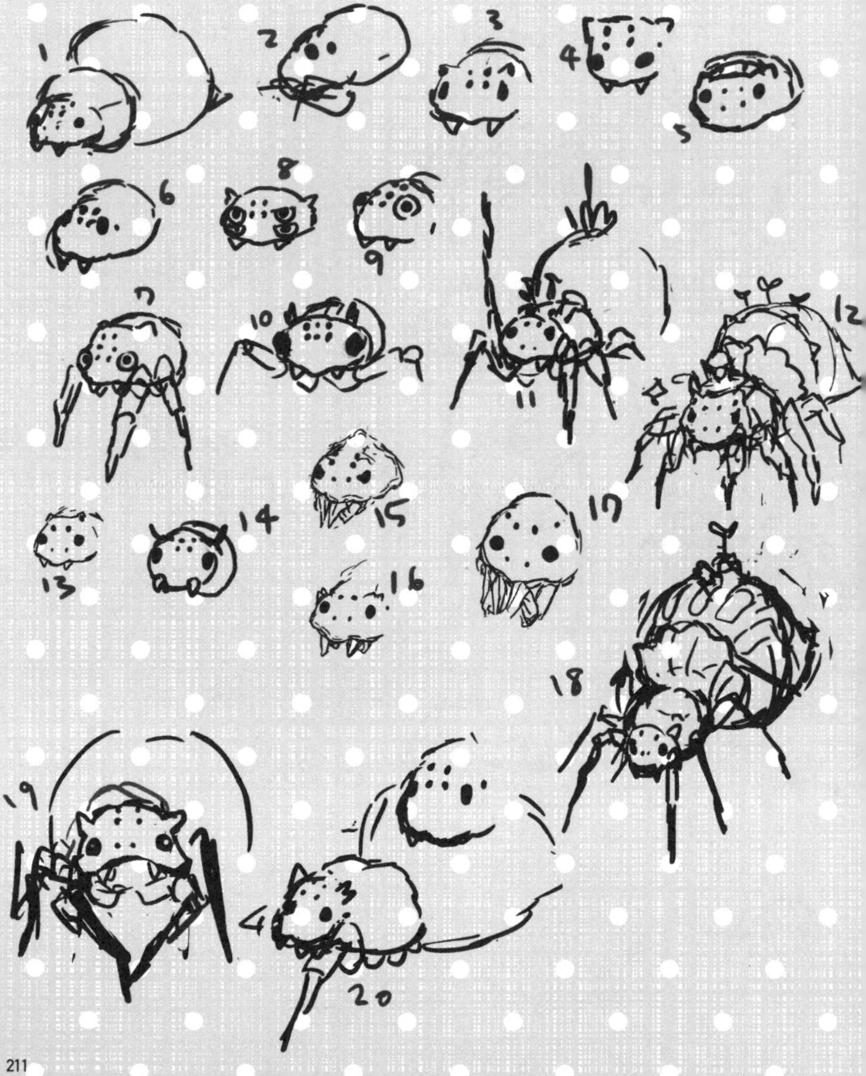

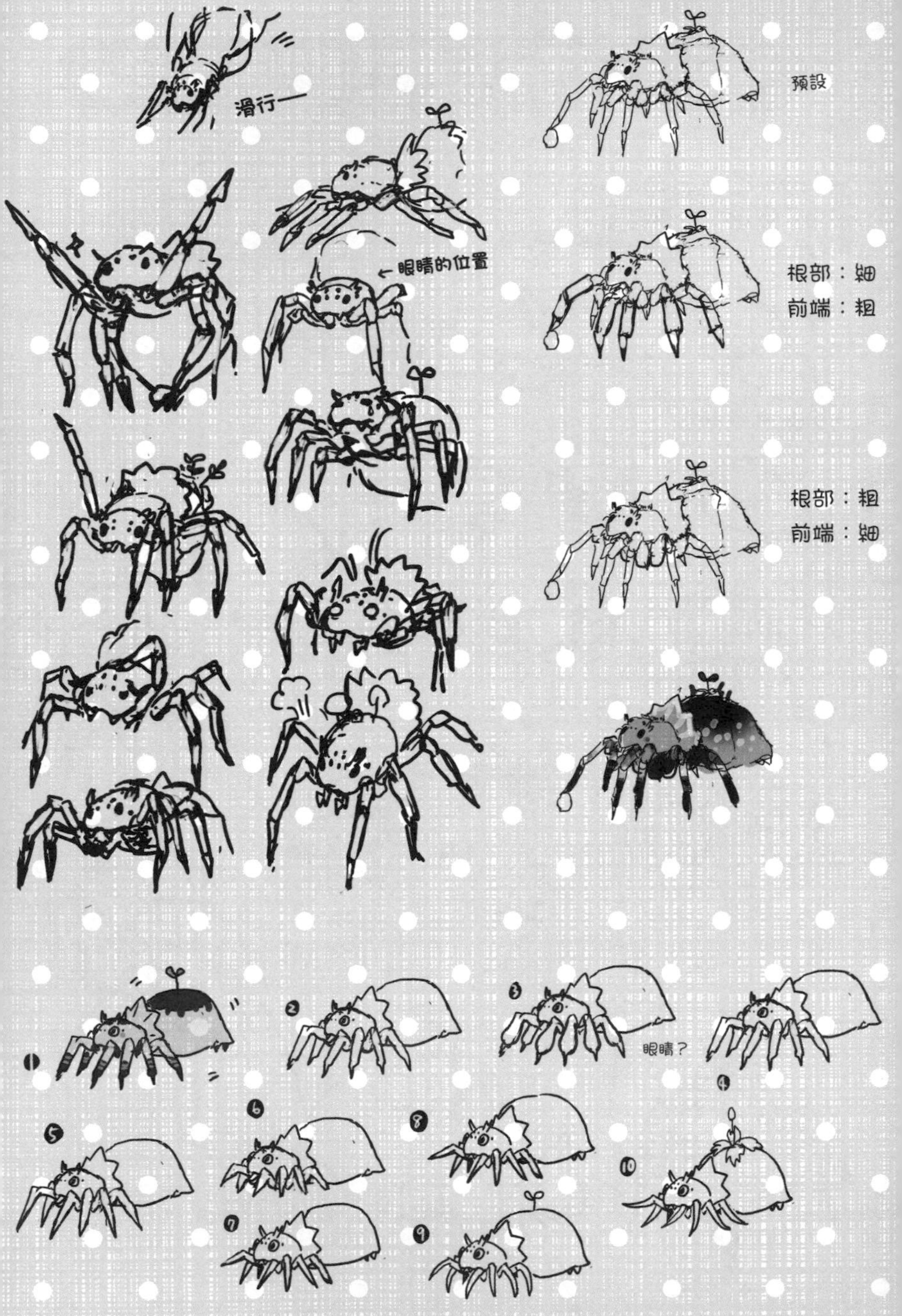
滑行—
←眼睛的位置
預設
根部：細
前端：粗
根部：粗
前端：細
1
2
3
眼睛？
4
5
6
7
8
9
10

☆我覺得加上星號的都不錯。

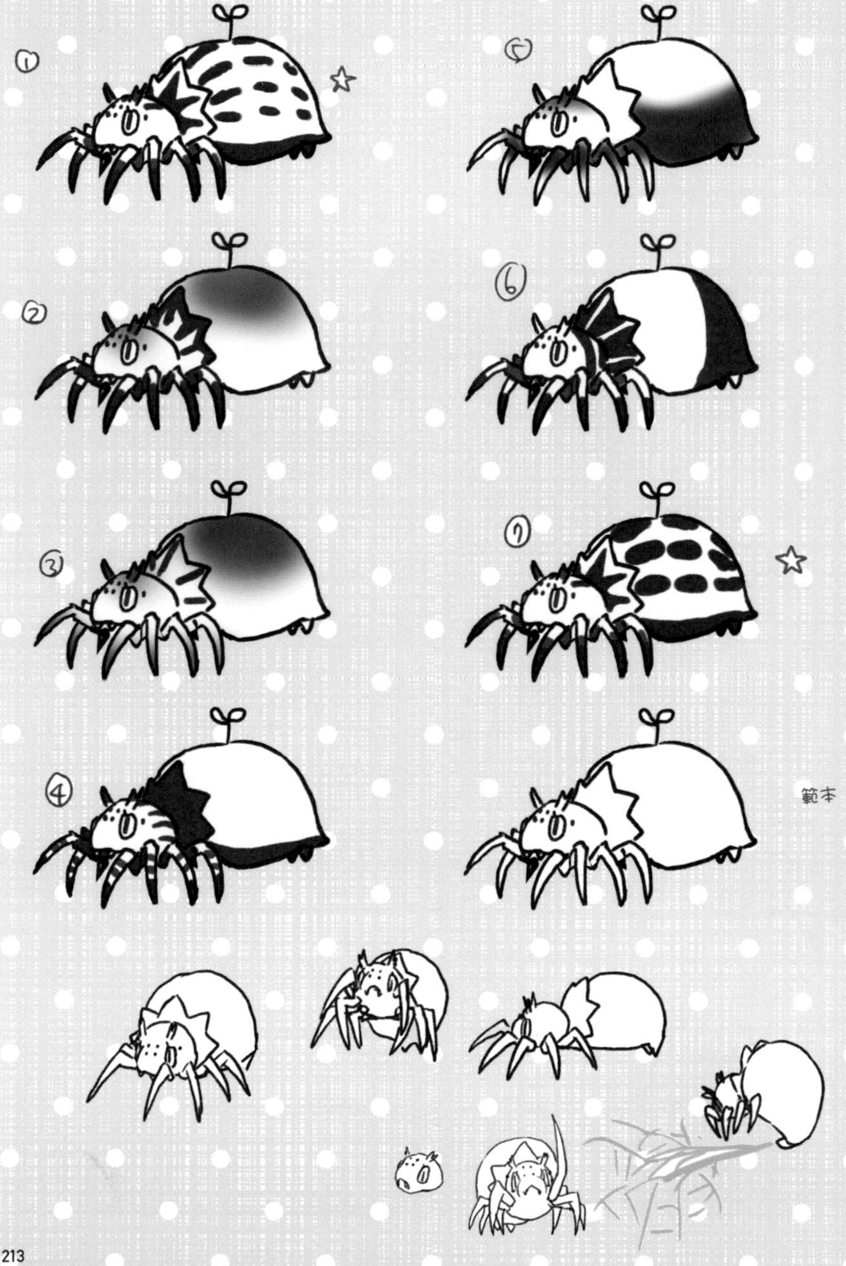

BOOK ILLUSTRATION ——轉生成蜘蛛又怎樣！第二集封面——

BOOK ILLUSTRATION ——轉生成蜘蛛又怎樣！第三集封面——

——轉生成蜘蛛又怎樣！第八集封面——

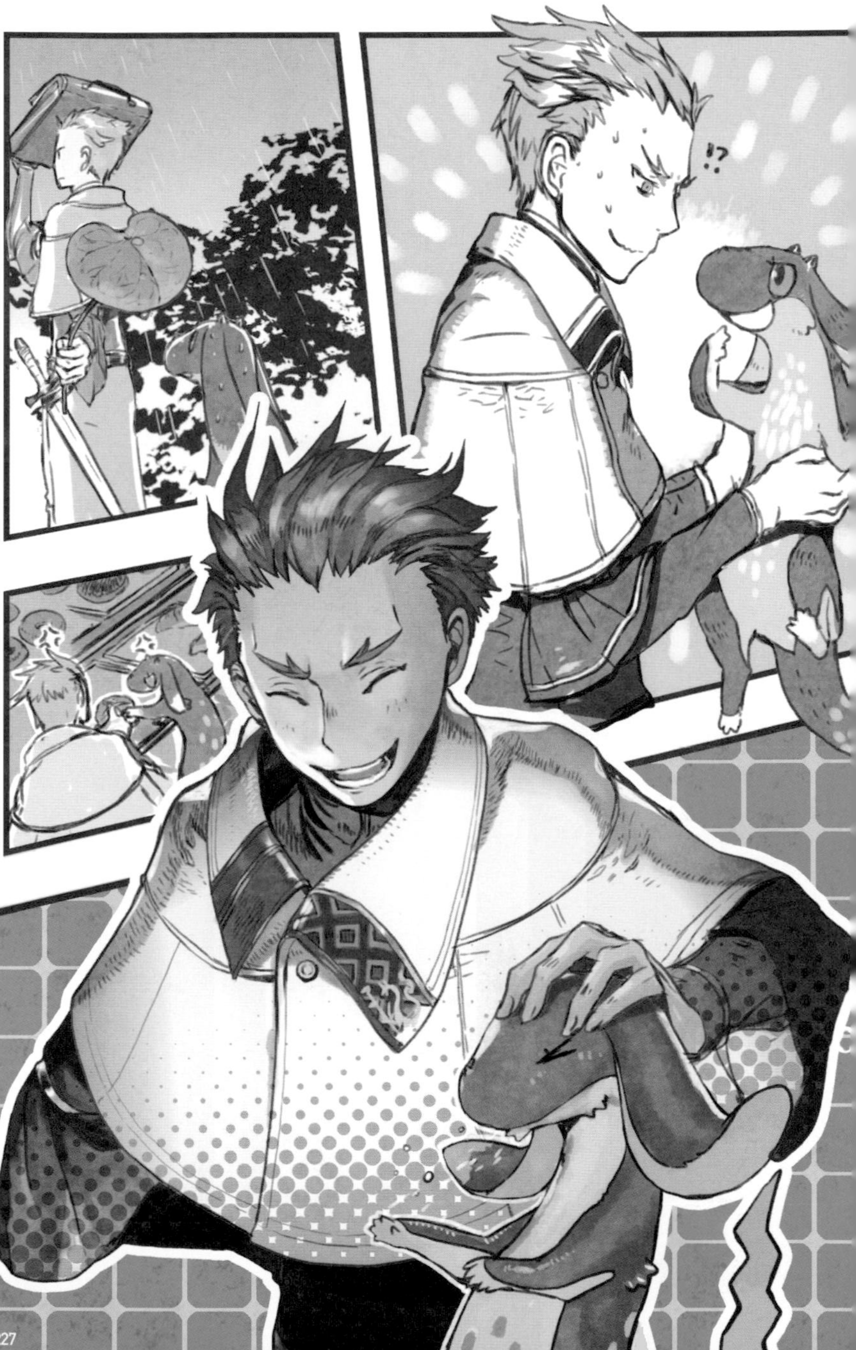

ILLUSTRATION ——另一種可能的未來——

TSukasa kiRYu @ citrocube

Kumo desuga, nanika?

轉生成蜘蛛又怎樣！

Kumo desuga,nanika?
Extra

人魔大戰

The Great Human - Demon War

Extra

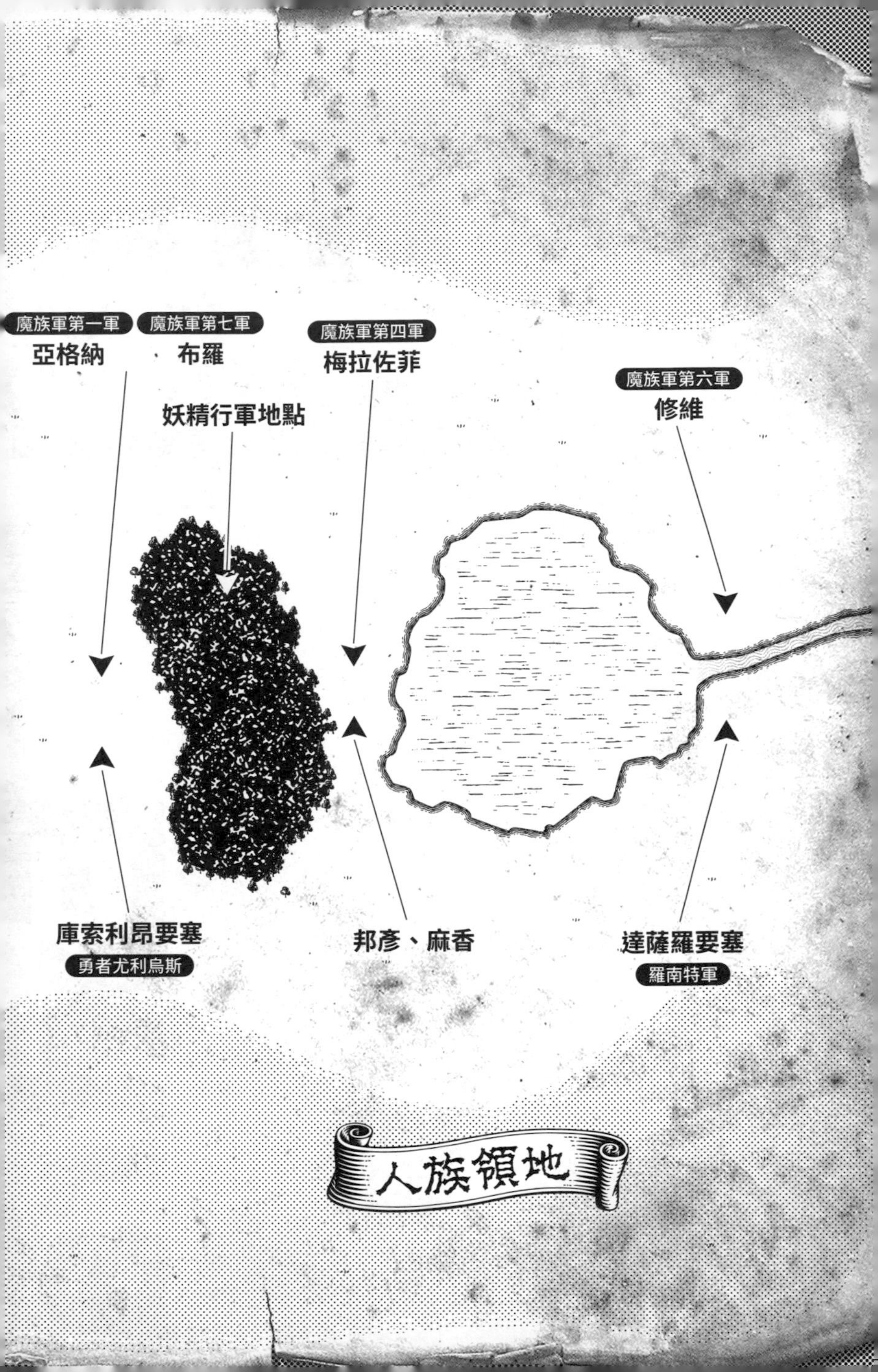
魔族軍第一軍
亞格納
魔族軍第七軍
布羅
魔族軍第四軍
梅拉佐菲
魔族軍第六軍
修維
妖精行軍地點
庫索利昂要塞
勇者尤利烏斯
邦彥、麻香
達薩羅要塞
羅南特軍
人族領地

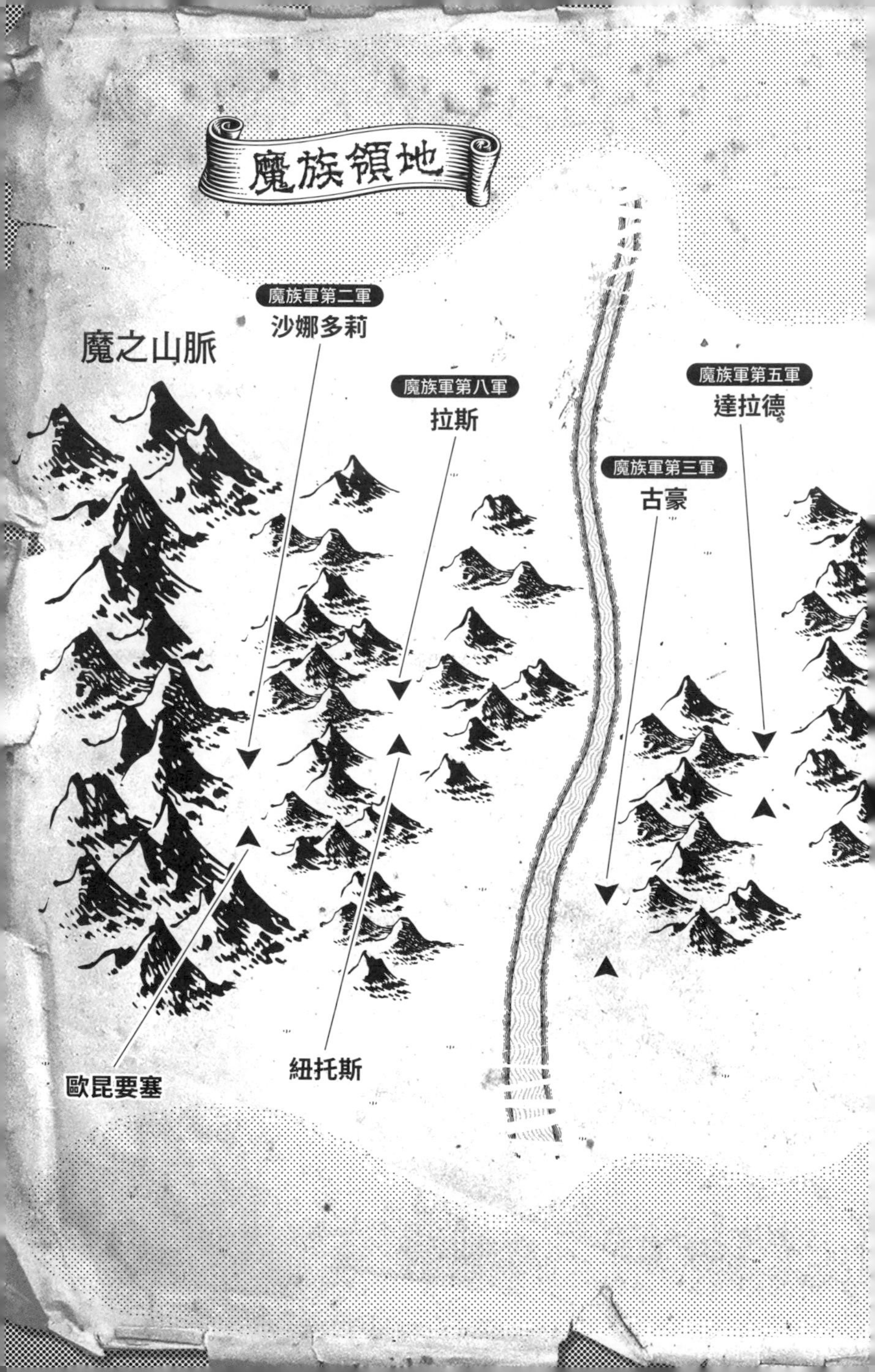
魔族領地
魔族軍第二軍
沙娜多莉
魔之山脈
魔族軍第八軍
拉斯
魔族軍第五軍
達拉德
魔族軍第三軍
古豪
紐托斯
歐昆要塞

亞格納

（亞格納·萊瑟普）

Agner Ricep

魔族軍第一軍軍團長。可說是魔族的英雄，文武雙全的名將。把魔族的存亡擺在第一，凡是會阻礙到這目標的人，就算是魔王也會不惜加以排除。可是，儘管他試圖用計排除掉愛麗兒，結果卻以失敗收場。承認自己的敗北後，他發現想要延續魔族的命脈，就只剩下在魔王的帶領下戰勝人族這條路，於是向愛麗兒俯首稱臣。他獨自對抗少了尤利烏斯的勇者團隊，在激戰的最後光榮戰死。

▶Personal Data

擅長的戰技　單手劍、黑暗魔法

喜歡的事物　孩童的笑容

討厭的事物　與魔族為敵的一切

「我這條命早就獻給魔王大人了。」

太年輕？
因為太像軍服，
我想改得
更有奇幻
風格的樣子

巴魯多

(巴魯多·菲沙洛)

Balto Phthalo

魔族領地的菲沙洛公爵。前魔族軍第四軍軍團長。可是，由於他忙著處理政務，實際領軍的人是他弟弟布羅。為了專心處理政務，他把軍團長的寶座讓給梅拉佐菲，以魔王愛麗兒左右手的身分負責處理幕後工作。因為在人魔大戰前忙著準備戰爭，戰後忙著進行戰後處理，讓他依然只能廢寢忘食地努力工作。

▶Personal Data

擅長的戰技	不眠不休地辦公
喜歡的事物	讀書
討厭的事物	過勞

布羅

（布羅・菲沙洛）

Bloe Phthalo

魔族軍第七軍軍團長。前魔族軍第四軍副軍團長。為了替身為軍團長的哥哥巴魯多分擔工作，成為第四軍實質上的領導者。因為對魔王愛麗兒態度不好這點遭到利用，讓他被迫接任引發叛亂的第七軍軍團長，被拱為反魔王勢力的頭號人物。儘管他努力控制住反叛分子，在沒出現內亂的情況下迎來人魔大戰，卻被迫與勇者尤利烏斯背水一戰。奮力對抗勇者尤利烏斯，最終還是落敗戰死。

▶Personal Data

擅長的戰技▶ 雙手劍

喜歡的事物▶ 大哥、部下、白

討厭的事物▶ 魔王

「大將總不能第一個逃跑吧。」

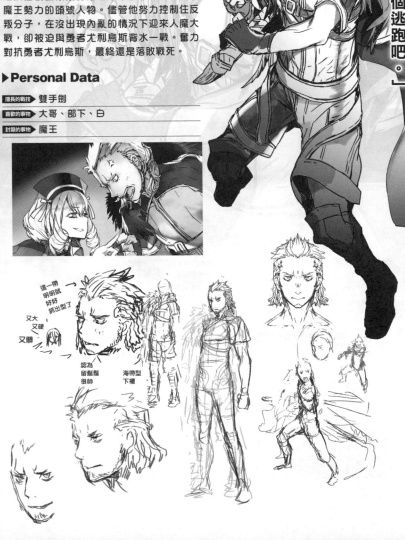

邱列

(邱列迪斯提耶斯)

Güliedistodiez

真正的龍。系統管理者之一。由於最高管理者D幾乎等於放棄職務，另一名管理者莎麗兒也被剝奪自由意志，成為了系統的核心，可說是實質上的唯一管理者。為了阻止世界崩壞，他向D低頭求助。其結果就是這個系統被建立起來，而他也肩負起以管理者的身分看管這個世界的義務。

▶Personal Data

- 擅長的戰技▶ 真龍特有的能力、空間魔術
- 喜歡的事物▶ 莎麗兒、這個世界
- 討厭的事物▶ 波狄瑪斯

「在異世界的居民眼中，
我的所做所為很滑稽嗎？」

感覺像是莎麗兒的騎士，是不是該把他畫得更粗獷一點？
翅膀披風
代替尾巴的劍

沙娜多莉

(沙娜多莉・比蕾葳)

Thanatolia Pilevy

魔族軍第二軍軍團長。會運用淫技這個技能拉攏敵人的魅魔族族長，也是暗中援助叛軍的軍團長之一。理由是覺得跟人族開戰很麻煩，而且會讓她沒辦法過好日子，並不是什麼高尚的理由。然而，反叛最後以失敗告終，沙娜多莉參與其中的事情也曝光，因此受到愛麗兒的威脅。為了保命，她只好拚命求表現。

「很抱歉，魔王大人。我可不打算任妳擺布。」

▶Personal Data

擅長的戰技▶洗腦、鞭子、毒

喜歡的事物▶物質享受

討厭的事物▶麻煩的事情

修維

（修維・吉德克）

Huey Guidek

魔族軍第六軍軍團長。擅長魔法的最年輕軍團長。除了年紀最輕之外，有如少年般的外貌也讓他感到自卑。拚了命地想要追上其他軍團長，因而很容易盲目聽信前輩的說詞。這讓他決定協助叛軍，結果跟沙娜多莉一樣變得無法違抗愛麗兒。因為害怕遭到肅清，急於立功，在大戰中誤判撤退的時機，最後戰死沙場。

▶Personal Data

擅長的戰技	冰魔法
喜歡的事物	魔法、魔法書
討厭的事物	肢體語言

「她可是以笑著看我們在掙扎中痛苦死去為樂的怪物啊！」

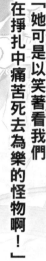

菲米娜

Phelmina

原本是個貨真價實的貴族千金，卻因為蘇菲亞在學校裡引起的各種風波而被逐出家門，不得不拋棄家姓。父親是財務部首長兼前魔族軍第十軍軍團長。現在已將第十軍軍團長的寶座交給白織，也透過這層關係，讓女兒菲米娜得以加入第十軍。她在白織麾下接受地獄特訓，成長為全世界最頂級的刺客。她本人明明沒做錯任何事情，卻失去未婚夫，還被逐出家門，又在地獄特訓中差點死掉，而且因為在白織手底下做事，她知道了許多不知道比較幸福的事情……總之是個相當不幸的少女。

她知道蘇菲亞會引發那些風波，是因為吸血鬼本身的特性，並非蘇菲亞本人懷有惡意，但她們兩人原本就個性不合，經常產生衝突。

「報告主人，任務完成了。」

▶ CHARACTER ——菲米娜——

▶Personal Data

擅長的戰技	戰輪暗殺術
喜歡的事物	和平
討厭的事物	笨蛋

尤利烏斯

(尤利烏斯·薩剛·亞納雷德)

Julius Zagan Analeit

勇者。亞納雷德王國的第二王子，俊的同母哥哥。小時候便得到勇者的稱號，之後就一直以勇者的身分四處旅行，幫助有困難的人們。即使他很清楚世人的惡意，以及這個世間的各種蠻不講理，也依然立志讓勇者成為世人的希望之光。他在人魔大戰中達成豐功偉業，擊敗了突然出現的女王蜘蛛怪，卻還是死於白織之手。

「我要成為世人的希望，讓世人一直看著勇者絕不放過邪惡的模樣。」

▶Personal Data

擅長的戰技	光魔法、雙手劍
喜歡的事物	大家的笑容
討厭的事物	不幸、戰爭

亞娜

Yaana

原本是個孤兒，所以沒有姓氏。她是因為跟尤利烏斯同年紀，而且個性表裡如一又認真，才獲選成為聖女。身為聖女候選人的成績只算中上，考慮到年齡因素已算優秀，但並非特別出眾。因此，她下定決心要成為配得上這個稱號的聖女，鼓起幹勁卻又為此感到壓力。她的努力經常變成白忙一場。對尤利烏斯這個勇者兼王子心懷憧憬，以及對同樣承受著壓力的他感到同病相憐，更在初次見面時就對他懷有近似於一見鍾情的好感，而那好感沒過多久就昇華為愛情。在人魔大戰的戰場上，為了保護尤利烏斯，死於女王蜘蛛怪的攻擊。

▶Personal Data

擅長的戰技	治療魔法、支援魔法
喜歡的事物	尤利烏斯、正義的行為
討厭的事物	寡廉鮮恥的言行、邪惡

「聖女就是無論何時都得陪伴在勇者大人身邊的人！」

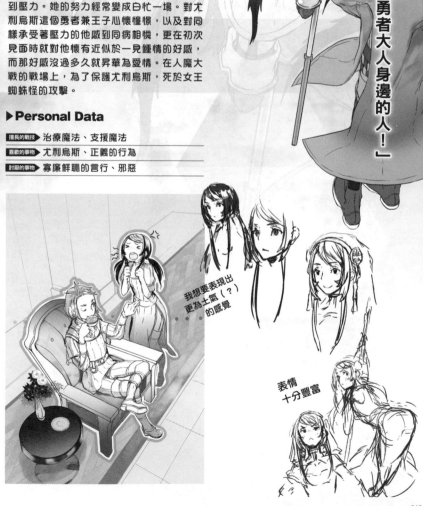

哈林斯

(哈林斯·克沃德)

Hyrince Quarto

亞納雷德王國的克沃德公爵家次男。他是尤利烏斯的兒時玩伴，也因為這層關係，以前衛的身分加入勇者團隊。表面上個性坦率直白，但其實心思細密又有些老成。經常給尤利烏斯精闢的建議。在尤利烏斯死後，他加入俊的團隊，以大哥的身分引導著團隊。其真實身分是邱列迪斯提耶斯的分體。

「你這個笨蛋！我怎麼可能丟下你自己逃命！」

▶Personal Data

擅長的戰技	盾牌、投擲
喜歡的事物	努力的人
討厭的事物	不努力的人

麥芽酒之類的
乍看之下是個開朗的帥哥
仔細一看就能隱約看出軟弱的感覺
這傢伙
居然是邱列切列，
真的假的？

就是他給人的印象

吉斯康

Jeskan

勇者團隊中的戰士。前A級菁英冒險者。有著離開自己出生的故鄉後，從身無分文的狀況爬上A級的實績。那靈活運用多種武器的獨特戰法，是因為在貧困時代到處亂撿即將廢棄的武器拿來使用而練就的技術。在人魔大戰中與亞格納同歸於盡。

▶Personal Data

擅長的戰技 許多種武器

喜歡的事物 金錢、穩定的生活

討厭的事物 品質不良的武器、貪得無厭的商人

「凡是與我們關係深厚的人，全都把你的努力看在眼裡。你儘管抬頭挺胸吧。」

霍金

Hawkin

勇者團隊中的雜務人員。原本是別名「怪盜千把刀」的知名義賊。是勇者團隊中戰鬥能力最弱的成員，卻是在檯面下支持著尤利烏斯一行人展開活動的幕後功臣。吉斯康說他是勇者團隊中重要性僅次於尤利烏斯的人。在人魔大戰中和吉斯康一起與亞格納同歸於盡。

「就算把我的弱小也考慮進去，
我當時還是太年輕了。」

▶Personal Data

擅長的戰技	魔道具、投擲
喜歡的事物	小孩子
討厭的事物	貪汙

霍金（暫定）
體型略為肥胖，
給人和藹可親的感覺

羅南特

（羅南特・歐羅佐）

Ronandt Orozoi

連克山杜帝國的首席宮廷魔導士。與劍術最強的前任劍帝齊名，是號稱魔法最強的人族最強魔法師。因為遇上「迷宮惡夢」，讓他意識到自己的弱小。後來又歷經許多修行，即使上了年紀，實力反倒增進。可是，他很清楚自己依然比不過真正的強者，領悟到自己的極限後，轉而致力於培養徒弟。然而，至今依然沒有徒弟能超越自己這件事，是他目前最煩惱的事情。

▶Personal Data

擅長的戰技　多屬性魔法、空間魔法

喜歡的事物　魔法

討厭的事物　早死的傢伙

「認清自己的弱小吧。要知道在這個世界上，有著即使是勇者也無法戰勝的對手。」

歐蕾露

(歐蕾露・修塔特)

Aurel Stadt

連克山杜帝國的貧窮鄉下貴族的小女兒。是連克山杜帝國的宮廷魔導士，也是羅南特的二號徒弟。原本獲聘成為羅南特的僕從，卻不知為何被發現擁有魔法方面的才華，結果成了他的徒弟。甚至不知不覺中當上宮廷魔導士，又在不知不覺中超過適婚年齡還未嫁。她總是煩惱著為何會變成這樣，是各方面都令人遺憾的女性。可是，她的魔法本領超一流，是實力僅次於羅南特的高手。

▶Personal Data

擅長的戰技 多屬性魔法

喜歡的事物 從未見過的未來丈夫

討厭的事物 臭師父、臭同事們

「你知道世人如何稱呼這種行為嗎？這可是性騷擾喔。」

邦彥

Kunihiko

「嘿嘿！憑我和麻香的實力，不管敵人有多少都不足為懼。」

▲CHARACTER —— 邦彥

轉生者，前世的姓名是田川邦彥。出生於魔族領地和人族領地的邊境，俗稱人魔緩衝地帶的地方定居的部族。他和麻香在轉生前也是青梅竹馬，轉生後他們還是在同一個部族裡，以青梅竹馬的身分一起長大。部族肩負著防止魔族領入侵人族領地的任務，因此會毫不留情地襲擊出現在邊境的陌生人。因為這個緣故，雖然部族對熟人很寬容，但徹底排斥外人。邦彥很崇拜那些跟魔族戰鬥的戰士，但整個部族因梅拉佐菲的突襲而毀滅。他跟倖存的麻香一起成為冒險者，在世界各地到處旅行。他喜歡麻香到了沒有她就活不下去的地步。雖然他想殺掉梅拉佐菲這個滅族仇人，卻也對把麻香捲進復仇這件事感到愧疚。可是，他依然希望麻香能待在自己身邊，希望她能跟自己一起行動。這種矛盾的心情令他陷入糾結。

▶Personal Data

前世的姓名	田川邦彥
讀音	Tagawa Kunihiko
擅長的戰技	魔劍技
喜歡的事物	麻香、冒險、帥氣的事情
討厭的事物	魔族、很遜的事情
固有技能	冒險者

這個技能擁有許多對冒險者而言很方便的效果。像是能保持身體清潔的「清潔」、能將物品放進異空間帶著走的「道具箱」，以及可以閱覽自己能力值的「能力值列表」等。

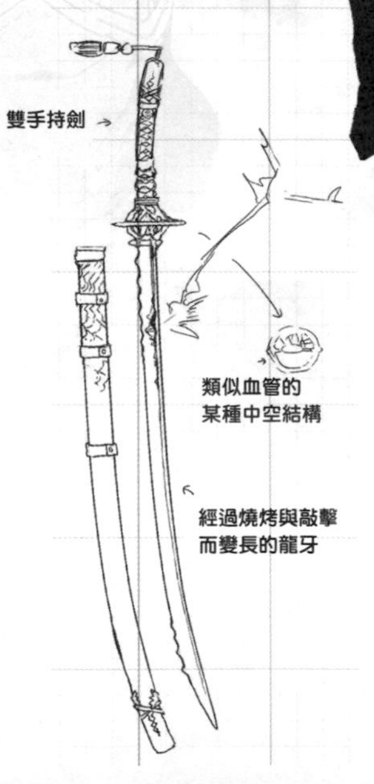

麻香

Asaka

轉生者，轉生前的姓名是櫛谷麻香。她跟邦彥一樣，都在定居於人魔緩衝地帶的部族裡長大。從轉生前就是個性謹慎的人，希望過著風平浪靜的生活，即使在轉生以後，這種想法也沒有改變。並非完全沒有向消滅部族的梅拉佐菲報仇的念頭，但她更希望跟邦彥一起過著平靜的幸福生活。可是，由於邦彥喜歡冒險，讓她不得不跟著一起成為冒險者踏上旅程，結果不知不覺中變成了為數不多的高級冒險者。

「邦彥，不可以得意忘形喔。」

▶Personal Data

前世的姓名 櫛谷麻香　**讀音** Kushitani Asaka

擅長的戰技 風魔法、遠距離魔法

喜歡的事物 邦彥、平靜安穩的生活

討厭的事物 危險的事情、出乎意料的發展

固有技能 嫌麻煩的效率狂

效果是能稍微提升所有技能的熟練度上升值。此外，還能稍微提升機率補正這類技能的成功機率。

ILLUSTRATION

——羅南特老師與徒弟的日常風景——

弟弟大人應援團

大家好！我是任職於菲沙洛公爵家的侍女！

沒想到弟弟大人這次竟然墜入情海了！

這真是太令人驚訝了！

老實說，布羅弟弟大人是個不懂女人心的呆頭鵝！

他不但本來就過著與女人無緣的生活，還是個呆頭鵝，根本不會有女人想要接近他！

光看頭銜的話，他明明是個優質的對象，但卻完全無法吸引女性。由此便能看出他有多麼不懂女人心！

這個缺點在以前並不是個問題！

因為弟弟大人是個對女性不感興趣的呆頭鵝！

可是，這位弟弟大人墜入情海了！

如果就這樣放著不管，弟弟大人就會展現出他的呆頭鵝本事，立刻就被對方討厭！

「為了不讓這種慘劇發生，我們這些隨從應該從旁支援弟弟大人才對！」

「呃～妳把雇主的弟弟說得這麼難聽，不覺得這樣不太好嗎？」

執事長好像說了什麼，但我不想理他！

因為他自己應該也經常暗自痛罵弟弟大人才對！
「那位表面上輕浮，其實個性認真的弟弟大人墜入情海了！我們怎麼可以不幫他加油呢！」
「妳的真心話是？」
「趕快找個對象結婚，滾出這棟宅邸啦！」
「妳……是不是想要腦袋搬家？」
執事長重重地嘆了口氣，但其他侍女都不斷點頭，對我的說法表示贊同！
「唉……為什麼少爺這麼不受女性歡迎呢？」
「因為他一點都不體貼！」
我敢如此斷言！
我知道他其實是個好人！
雖然我知道他是好人，但因為他平時那些一點都不體貼的言行，如果問我喜歡還是討厭這個人，我無論如何都會把他歸類在討厭那邊！
執事長看著遠方，再次深深嘆了口氣，只有這點無可奈何！
「那我們就切入正題吧！弟弟大人到底該怎麼做，才能得到白大人的芳心？請大家都提出自己的意見吧！」
面對我的提議，大家全都閉口不語！
嗯，我就知道他們會是這種反應！
因為不但弟弟大人是個呆頭鵝，他想攻略的白大人也讓人完全摸不透！

弟弟大人應援團

目前正在這棟公爵宅邸作客的白大人，就是弟弟大人的心上人，但她也是個神祕的生物！

我甚至懷疑她根本不是人類！

她就是這麼神祕莫測！

因為那個人的表情幾乎不曾有過變化，根本無從判斷該怎麼做才能討她歡心！

「弟弟大人對她一見鍾情的時候，我剛好也在現場，在那種情況下認識，就算對方不是白大人，應該也不可能對他動心吧？」

親眼目睹弟弟大人與白大人初次見面那一幕的侍女，畏畏縮縮地如此說道！

他們兩人初次見面的時候，弟弟大人先是破口大罵，還在白大人的房間裡放火，場面悽慘到讓人想問天！

沒錯！別說是讓對方愛上他了，女方對他的初始好感度顯然是負的！

而且還糟糕到無論如何努力都無法挽回的地步！

「看來得先把好感度從負數拉回到正負零才行呢！」

「呼……那妳們覺得先讓少爺送她禮物，慢慢找回失去的信賴如何？」

就採用執事長的提案吧！

在那之後，在我們的建議之下，弟弟大人向白大人發動禮物攻勢，但幾乎毫無成果可言！原因在於他選擇的禮物太糟糕了！

可是，我們絕對不會放棄，今後也會繼續支援弟弟大人！

如果沒有麵包吃，何不吃甜點呢？

自從來到公爵家以後，我就過著怠惰的生活。
在飲食生活方面也是如此。
真不愧是公爵家。
餐點的水準非常高。
雖然這個世界的文明發展比較落後，但料理的水準並不算太差。
更何況，這可是公爵這種大貴族家裡提供的餐點。
耗費充沛資金收購而來的高級食材，都會交由公爵家聘請的廚師精心料理！
真是太奢侈了！
……這真的是非常奢侈的一件事呢～
我會這麼說，是因為魔族領地正陷入糧食不足的困境。
雖然魔族比人族還要長壽，但出生率也相對低。
因此，就整體的人口數來看，魔族的人口數壓倒性低於人族。
這也代表著魔族的勞動力不足。
即使魔族的能力值優於人族，也不足以彌補這種人數上的差異。
數量就是力量！

而且魔族就只有一個國家，糧食自給率非得達到百分之百不可。

在這個到處都有魔物，而且文明較為落後的世界，經營農業的困難度可說是遠遠高過地球。

那當然會陷入糧食危機啊。

在這種情況下，我卻過著每天都有三餐和點心可吃的優雅生活。

真是太奢侈了！

在某些特定的時代，我就是農民起義推翻政府後第一個會被處死的傢伙！

要是發生革命的話，我就會被推上斷頭台處死！

不過，我可不會因為害怕那種事就少吃點東西啦。

更何況，神化後的我，食量已經不像以前那樣毫無極限了。

我好恨！恨這個吃不了太多東西的胃！

因此，就算我過著很奢侈的生活，但其實已經算非常節儉了。

農民根本沒必要武裝起義，所以……千萬別來找我麻煩喔。

總之，雖然我的食量變得很正常，但食物的水準非常優秀。

我剛才也說過了，這個世界的料理水準意外高。

就算有擅長做料理的轉生者，應該也沒辦法用美食開外掛吧。

何況這裡的食材跟地球上的完全不一樣。

即使存在著跟蘋果很像的水果，也不是真正的蘋果，兩者根本就是不同種類的植物。

因為這裡是另一個世界，也理所當然啦。

此外，這個世界的料理是配合這個世界的食材發展成現在這樣。

面對知道該如何料理每一種食材的當地人，臨陣磨槍的轉生者不可能做出更美味的食物。

不過，因為調味料的種類還是很少，這個世界的料理技巧感覺都著重在展現食材的滋味上，如果能夠搭配使用好幾種調味料的話，說不定有機會跟這個世界的人一較高下。

我一邊吃著像是餅乾的點心，一邊慢慢想著這種事情。

味道與外表跟餅乾完全一樣，但這種食物終究不是餅乾。

首先，使用的食材就不一樣了。

據說這種冒牌餅乾是把某種水果，跟像是薯類的蔬菜混在一起烤出來的。

我猜水果應該是用來代替砂糖，像是薯類的蔬菜則是用來代替小麥。

換作是日本人的話，絕對想不到把水果跟薯類加在一起這種做法。

嗯，看來是不可能用知識在料理這方面開外掛了！

應該說，就算是在地球上，不同地區與不同人種的人類也存在著味覺差異，就算把日本的食物照搬過來，也不見得就能大賺一筆。雖然我會很開心就是了。

這種水果和薯類在魔族領地是很常見的食材，即使是一種甜食，也能用便宜的價錢買到。

據說一般平民也會用這種冒牌餅乾來取代正餐。

魔族沒有麵包吃，可是他們都吃甜點……

來到不同的世界，就連常識都會跟著改變。

我今天又學到一個知識了。

如果沒有麵包吃，何不吃甜點呢？

人魔大戰：達拉德

「大家上啊！」

「別讓他們靠過來！」

怒吼聲響徹周圍。

其中有一些還是出自我的嘴巴。

我率領的魔族軍第五軍團正在攻打人族的一座要塞。

今天是這場戰爭的第三天。

攻城戰得耗費許多時間。

十天、二十天……甚至更久。

如果想要攻陷長年抵擋魔族入侵的人族要塞，就算耗費一整年的時間也不足為奇。

但令人難以置信的是，我方的其他軍團都已經與敵軍分出高下了。

第二、第三和第八軍取得勝利。

第四和第六軍戰敗了。

而第一軍與第七軍的聯合軍，儘管失去了兩名大將，卻成功擊敗了勇者。

到底得採用什麼樣的奇策，才能辦到這種事情？

我實在無法想像。
雖然我不認為自己是個凡人，但也不認為自己是最優秀的魔族將領。
我心目中最出色的將領——亞格納大人達成了他的任務。
即使是那位亞格納大人，也只能跟勇者同歸於盡。
這個世界果然很大。
我也得上緊發條才行。
很遺憾，戰況對我方不利。
敵軍不但擁有地利，還有著人數上的優勢。
如果我方沒有控制好自軍的損耗，就會因為人數差距敗下陣來。
我必須非常謹慎地用兵。
但是，一旦戰事拉長，後勤補給的差距，就會讓我方變得更為不利。
我軍明明已經竭盡全力，人族卻還保有餘力。
長期戰對我方不利。
可是，我又不能一鼓作氣展開攻勢。
因此，現在正是我軍唯一有機會獲勝的時候。
就只有勇者的死訊開始流傳，人族士氣受挫的這個時候了！
「勇者死了！人族戰敗了！現在正是發動攻勢的大好機會！大家上啊！」
我大聲呼喊，鼓舞己方士兵，同時令敵軍感到畏懼。

我不斷宣傳勇者的死訊。

剛開始的時候，沒有太多人相信我們這些敵人說的話，但只要我們一直說下去，就會讓他們心生懷疑。

然後，一旦敵軍發現那些話是事實，士氣就會一口氣瓦解。

勇者對人族來說就是如此重要的人物。

就跟魔王大人對我們魔族來說非常重要一樣。

「飛行部隊出動！」

在我的號令之下，騎在鳥型魔物上的飛行部隊起飛了。

飛行部隊飛越要塞的城牆，從敵軍頭上展開攻擊。

利用敵軍陷入混亂的時候，我方士兵架好梯子衝進敵陣。

敵方士兵從城牆上灑下某種液體阻止我軍。

被那種液體潑到的士兵發出慘叫，從梯子上摔了下來。

那八成是強酸之類的東西吧。

算他們厲害！

拿著水桶的敵軍再次從城牆上探出頭來。

別以為同一招能管用那麼多次！

我本人也跳了起來，直接飛越城牆。

然後一腳踹飛拿著水桶的敵方士兵。

敵方士兵被自己準備的強酸灑在身上，摔了個四腳朝天。
據說第三軍軍團長古豪用他那身蠻力打破了城牆，但我並沒有那種力量。
可是，我至少還能像這樣跳過城牆。
「在下名叫達拉德！魔族軍第五軍軍團長就是本人！」
大聲報上名號後，我拔出魔劍。
這可是魔王大人賜予我的魔劍。
這是把名為武士刀的美麗單刃魔劍，像是用了許多年般容易駕馭。
「看招！」
我用魔劍砍在敵方士兵身上。
人體像是紙片般被我輕易斬成兩斷。
未免太鋒利了！
想不到魔王大人居然把這麼厲害的魔劍賜給了我。
我必須感謝魔王大人才行！
敵人也畏懼於這把鋒利的魔劍！
我能做到！
「成為我的劍下亡魂吧！」
我就這樣衝進敵陣。

太陽下山了。

當太陽開始西下時，我向全軍發出撤退的指令。

「……還是打不下來嗎？」

結果，雖然我軍在今天這一戰始終占據優勢，卻還是沒能把要塞打下來。

「我軍的傷亡狀況如何？」

「目前正在確認，但據推測應該在四成左右……」

「……真多啊。」

人員傷亡比我預期的還要嚴重。

即使敵軍士氣低落，果然還是很難顛覆原本的戰力差距。

我在陣幕裡的椅子上坐下。

瞬間，疲勞感立刻從體內湧出。

身上的鎧甲異常沉重。

我想脫下鎧甲，但指尖與鎧甲都因為敵人濺出的血而黏成一團，讓我無法如願以償。

看不下去的部下過來幫忙，我才總算成功脫掉鎧甲。

「唔……」

我忍不住發出低吟。

我今天一直在最前線戰鬥，會感到疲累也是理所當然，但士兵們可是連續打了三天三夜。

雖然有輪流睡覺，但還要提防敵人夜襲，根本無法熟睡。

對方今天受到重創，所以應該不會過來夜襲，但既然無法斷言絕對不會，我們就無法放心就寢。

士兵們都累積了許多疲勞。

而且人員傷亡也很嚴重。

今天，我們沒能攻下要塞。

那明天有機會嗎？

……很難。

「飛行部隊呢？」

「幾乎都被擊墜了。」

「我想也是。」

飛行部隊可以無視敵方的城牆發動攻擊。

由於敵軍也很明白其威脅性，所以會優先對付飛行部隊。

在據點防衛戰中，擁有多少防空手段將會直接影響該據點的防衛能力。

人族最前線的要塞不可能缺乏這方面的能力。

失去飛行部隊，對我軍實在是一大打擊。

「那挖掘部隊有何進展？」

「進展不大。」

挖掘部隊是以會使用土魔法的人員為中心組成的部隊。

我原本是希望這支部隊能挖出一條通往敵陣的地洞，打造出能讓人進入要塞內部的密道，或是破壞要塞的支柱讓城牆陷落。

可是，雖然一旦成功就能取得巨大的戰果，但敵軍也同樣知道要提防挖掘部隊。

只要使用魔法，就能加速完成挖掘工作，但也會變得容易被敵軍發現。

挖掘部隊也經常會被敵軍發動的土魔法活埋。

我這次派出了好幾個班的人員，分成使用土魔法快速挖掘的部隊，以及不使用魔法偷偷人力挖掘的部隊。

快速挖掘的部隊負責佯攻。

以被敵軍發現為前提，目的是引誘敵軍去對付他們。

然後，當敵軍因為解決掉佯攻部隊而掉以輕心時，最重要的人工挖掘部隊就能偷偷接近。

我希望這個計畫可以順利成功，但似乎沒能如願以償。

這是場前所未有的嚴苛戰事。

我負責指揮的軍團規模大得前所未有，可以採取的手段也很多。

然而，即使我已經使出了這麼多的手段，也還是無法讓人族應付不來。

這純粹是人數差距造成的結果。

即使我方準備了十個計策，對方也能派出二十或三十支部隊去應對。

即使有幾支部隊無功而返，也足以徹底阻止我方的計謀了。

就算派出少數精銳去執行某種計策，也只會以失敗收場吧。

就個人的戰鬥能力來說，我軍占有優勢。

可是，一旦我軍分散開來，就算戰鬥能力再強，也只會遭到各個擊破。

……看來還是只能正面對決了。

我軍唯一的優勢便是魔族本身的戰鬥能力，如果要徹底發揮這個優勢，就只有這個辦法了。

可是，不管我怎麼想，都找不到在正面對決中獲勝的勝算。

正因為如此，我才會為了找出活路而思考各種策略，但結論就是除了正面對決以外的每種手段，都只會遭到各個擊破，反而只會損耗戰力。

我交叉雙臂低聲沉吟。

可是，不管我怎麼低吟，都想不出解決之道。

憑我這顆腦袋，實在想不到可以扭轉戰局的手段。

「唉……」

我大大地嘆了口氣，從懷裡取出一片薄薄的板子。

這是名叫冒牌智慧型手機的魔道具。

我用不熟練的手法進行操縱。

「嘟嚕嚕嚕！」的聲音響起，害我差點就嚇得讓冒牌智慧型手機掉在地上。

接下來是……把這東西擺在耳朵旁邊對吧？

『是達拉德嗎？』

「唔！喔！對！」

突然聽到巴魯多大人的聲音，讓我大吃一驚，同時又深受感動，結果不小心發出了太大的聲音。
想不到竟然連這種魔道具都做得出來，魔王大人果然是個能顛覆常識的大人物。
『……我這邊已經確認你那邊的戰況了。』
巴魯多大人的聲音聽起來有氣無力。
……他應該正為布羅的死感到悲傷吧。
布羅是巴魯多大人的親弟弟。
雖然我不喜歡那個男人，但還是會為同胞的死感到難過。
「布羅的事情。我深感遺憾。」
『不用安慰我。這場戰爭讓許多人失去了性命。布羅也是其中之一，僅只如此。』
嘴巴上這麼說，但他心裡不可能放得下。
聲音裡聽得出他的悲傷。
『對了，你主動聯絡我們這邊，是為了詢問今後的方針嗎？』
「是。」
雖然不曉得巴魯多大人用了什麼手段，但他已經確認過我這邊的戰況了。
既然如此，那他應該明白我的煩惱吧。
「要撤退？還是進攻？我希望魔王大人下達指示。」
要撤退？還是進攻？

把撤退這個選項擺在前面，說明了我現在的心情。
如果要我誠實稟報，那這場戰爭是我軍輸了。
現在正是該撤退的時候。
早在今天的攻勢無法攻下要塞時，明天以後的勝算就等於是零了。
我軍的戰力減弱了。
對方也受到不小的損傷，但並沒有嚴重到只靠氣勢就能成功攻下。
而且時間也是站在對方那邊。
一旦戰事拉長，對方就能等到援軍，但我方不會有援軍。
此外，就軍糧與武器的存量來說，人族也占有壓倒性的優勢。
如果繼續打下去，我軍必定會戰敗。
明知如此，魔王大人會對我軍下達什麼樣的指示呢？
如果魔王大人要我進攻，那也是沒辦法的事。
我只能繼續進攻，至死方休。
『我請魔王大人親自告訴你。』
巴魯多大人說完這句話後，冒牌智慧型手機就不再發出聲音了。
『哈囉？』
沒多久，魔王大人的聲音便從冒牌智慧型手機傳來。
「可以聽見魔王大人的聲音，屬下真是不勝惶恐。」

『啊……客套話就免了。你那樣畢恭畢敬地說話，只會妨礙我們談正事。』
「遵命！既然魔王大人都這麼說了，屬下必定盡量簡潔報告！」
『呃，看來不管我怎麼說都沒用。算了，我就只管說出自己的意見吧。』
啊，我讓魔王大人感到傻眼了！
真是太失敗了！
『不過，其實我也沒有太多話要說就是了。你可以撤退嘍。』
正當我為讓魔王大人傻眼一事感到懊悔時，她下達了撤退的指示。
這是我期望的結果，但因為這句「可以撤退」來得太過乾脆，讓我慢了半拍才做出反應。
『反正勇者已經死了，目標值也達到了。就算繼續打下去，局勢應該也不會有太大的變化吧。而且要是浪費太多時間，也會拖延到接下來的行動。』
接下來的行動？
也就是說，魔王大人已經找到這場大戰結束後的下一個目標了嗎？
這場大戰不就是決定魔族與人族生死存亡的戰爭了嗎？
「請問我們接下來的行動又是什麼？」
我忍不住如此問道。
身為臣子居然未經許可就質問君主，我真是太失禮了！
『這我還不能說。畢竟誰也不曉得敵人的耳目躲在哪裡。』
但是，魔王大人並沒有責備我的無禮，真摯地回答我的問題。

「非常感謝您的解答。還有，問了如此失禮的問題，屬下真是萬分抱歉。」

『沒關係啦。』

她真是太寬宏大量了！

不愧是魔王大人！

『事情就是這樣，我反倒希望你能盡快撤退呢。辦得到嗎？』

「屬下遵命。」

如果這是魔王大人的要求，那我就立刻準備撤退吧。

我用手勢命令部下準備撤退。

為了防止發生意外，我們準備了好幾種口頭命令以外的命令傳達方式，沒想到居然會在這種狀況下派上用場。

什麼東西會在什麼時候派上用場，還真是難以預料。

『對了對了。雖然我不能詳細告訴你接下來的行動，可是……』

說完，魔王大人稍微頓了一下。

『我只能說這場戰爭不過是開端罷了。』

聽到這句話，我覺得背脊好像凍住了。

開端……？

就連這種規模的戰爭，都還只能算是開端？

『戰爭還會持續下去。所以，你要好好加油喔。』

人魔大戰：達拉德

然後，冒牌智慧型手機就不再發出聲音了。

我有好一陣子都保持著同樣的姿勢。

冒牌智慧型手機沒有發出聲音。

我是在前任魔王的時代誕生的。

有別於前前任魔王的時代，因為前任魔王下落不明，那是個沒有跟人族戰爭的時代。

儘管出生在絕對效忠魔王，號稱是魔王頭號忠臣的家庭，我卻是在沒有君主的情況下長大。

此外，也是在不曾經歷大戰的情況下長大。

對我來說，這場戰爭是人生頭一次的大戰。

能夠以將領身分參戰的名譽，讓我的身體因為歡喜而顫抖。

雖然吞下敗仗令我感到悔恨，可是，啊啊，可是……！

這還只不過是開端罷了！

「我還有洗刷汙名的機會！」

但是，我同時也感到有些不安。

就連在這場戰爭中都吞下敗仗的我，今後還有辦法繼續跟隨魔王大人的腳步嗎？

我有辦法成為魔王大人的劍，為她立下汗馬功勞嗎？

「我得好好努力才行。」

就跟魔王大人說的一樣，我必須好好努力。

把冒牌智慧型手機收進懷裡，我抬頭看向天空。

在太陽西下的黑夜中，星星閃爍了一下。
那道星光彷彿隨時都會消失在黑夜中一樣。
「全軍撤退！」
我從微弱的星光移開視線，大聲下達命令。
即使星光很微弱，但絕對不會消失。
我希望自己也能成為星光。
讓所有人都見識到我的光芒。
在這個亂世之中！

Kumo

desuga,

nanika?

轉生成蜘蛛又怎樣！

Kumo desuga,nanika?
Extra

其他轉生者們

The Reincarnations

Extra

相川戀

AIKAWA REN

PROFILE

跟名字完全相反，是個沒有女友的日子等於前世今生加起來的年齡的可悲男生。前世時表面上是個熱愛書本的文學少年，但其實是個黃色書刊收藏家。表面上是個內向陰沉的傢伙，但他對於色情的那股熱情受到敬重，跟以夏目為首的外向學生集團也交情匪淺。簡單來說，就是會互相借閱黃色書刊的那種交情。轉生後變得對三次元女生感到畏懼。就是因為這樣，才會交不到女朋友……

「固有技能」書本戀人

技能效果是可以用自己讀過的書來代替魔導書，藉此發動魔法。透過這個技能發動的魔法並非現有的魔法，而是依據那本書的內容來制定的原創魔法。如果不實際使用看看，就不知道會是什麼樣的魔法。但通常都是效果強大的魔法……應該吧。

「D的評語」

對於從古典文學到輕小說都喜歡，熱愛各種書本的你來說，這應該是最合適的技能了吧。不過，我可不建議你把這個技能用在你最喜歡的黃色小說上喔。

大島叶多

OOSHIMA KANATA

PROFILE

這名少年轉生前就是俊和京也的好友。因為總是被兩個在家一條龍，又擅長做表面工夫的姊姊使喚，讓他有些對女性失去信心。可是，由於他小時候都在看兩個姊姊不要的少女漫畫，所以有著一顆對愛情充滿幻想的少女心。這兩種互相矛盾的心情，讓他本人也很討厭自己的個性。他在轉生後變成女性，經歷了許多事情後愛上俊。他本人已經對此感到釋懷，覺得這才是真正的自己。

「固有技能」轉換

可以把技能還原成點數的技能。也就是可以讓人重新取得技能。只不過，由於把技能轉換回點數的還原率並非百分之百，所以越是使用這個技能，就會損失越多點數。明白這點的卡迪雅一次都不曾使用過這個技能。

「D的評語」

強烈渴望著改變與重來的你，最適合這個技能了。不過，沒有勇氣踏出那一步的你，有辦法使用這個技能嗎？

荻原健一

OGIWARA KENICHI

PROFILE

在轉生前就是個朋友很多的典型陽光少年。因為參加足球社而交遊廣闊，不光是自己班上，跟學校裡的每個人都關係良好。手機通訊錄裡滿滿都是朋友的名字，甚至空閒的時候隨時都在跟某人講電話或傳訊息聊天。根據本人的說法，他似乎只要感到寂寞就會死掉。在轉生後以神言教間諜的身分潛入妖精之里。

「固有技能」無限通話

這是「念話」的上位兼容技能。無論在何時何地都能跟任何人用念話通話。只不過，通話對象必須是本人認識的人。因為有這項限制，所以他曾經與教皇偷偷見面。這個技能可以辦到連白都辦不到的事——穿透妖精族的結界，將情報傳遞給外界，是個雖不起眼卻性能優異的技能。

「D的評語」

我把這個技能送給害怕寂寞，希望能一直感受到別人存在的你。不過，要是太過多話的話，可是會被討厭喔。

草間忍

KUSAMA SHINOBU

PROFILE

在轉生前是個個性輕浮的少年，經常被夏目等人叫去跑腿。他這個人不會深入思考，神經大條，信條是好漢不吃眼前虧。因為心態樂觀積極，就算被人叫去跑腿，也不會放在心上。不管怎麼說都是個開心果，也是受人喜愛的作弄對象。在轉生後負責替神言教跑腿。

「D的評語」

既然名字是忍，就讓你當忍者吧。所謂的忍者，不就是戰國大名的跑腿嗎？這技能最適合你這個專業跑腿了。

「固有技能」忍者

這是可以使用特殊忍術的技能。可以使用的忍術有空蟬之術、分身之術與火遁術等，種類非常多。除此之外，還擁有隱密系技能的熟練度會變得容易提升等優惠效果。雖然只是因為他前世的名字是忍，才賦予這樣的技能，但是個用途很多的優秀技能。

小暮直史

KOGURE NAOFUMI

PROFILE

在轉生前是個上了高中依然愛哭，有些靠不住的少年。不管遇到什麼事情都會哭，讓班上同學感到傻眼。可是，他並不是情緒不穩定，哭泣只是他紓解壓力的方法，哭完後就沒事了。平時的他很好相處，跟俊等人的交情也還算不錯。轉生後的他出生在西方卡古拉大森林的某個村子，卻運氣不好死於魔物的襲擊。雖是題外話，但殺死他的魔物達成異常進化，後來被勇者尤利烏斯討伐掉了。

「D的評語」

我要把這個越哭越強的技能，送給你這位愛哭鬼……可是，看來你不太走運呢。

「固有技能」眼淚的力量

這個技能可以讓使用者流出的眼淚變成結晶留存下來，只要使用那些結晶，就能發揮出各種效果。例如，可以讓人暫時提升能力值、射出有如光線般的魔法，或是恢復HP與MP等等。嬰兒時期的他哭個不停，對此感到不可思議的雙親也有把結晶保存起來，卻在拿來使用以前就遭到魔物襲擊。

櫻崎一成

SAKURAZAKI ISSEI

「D的評語」

這個技能過去曾經對這個世界造成巨大的影響。正因對你有所期待，我才會選擇給你這個技能。真是遺憾。

PROFILE

在轉生前是夏目的好友兼知己。總是負責替闖禍的夏目收拾爛攤子，並且在事發後加以斥責。硬是帶領眾人前進的夏目，以及負責幫他踩煞車的櫻崎，經常兩個人一起行動。轉生後的他跟夏目一樣出生在連克山杜帝國，因為雙親的地位，他原本應該是身為王子的夏目的兒時玩伴才對。其實他是轉生者之中潛在能力最強的人，專屬技能也很強大。可是，波狄瑪斯也因此將他視為危險因素而動手殺害。

「固有技能」迷宮創造

迷宮創造者。這是可以透過消耗MP來建造或擴建迷宮，甚至還能創造魔物的技能。也是讓波狄瑪斯覺得不能放任不管的危險技能。話雖如此，因為MP消耗量非常龐大，只能耗費許多時間慢慢擴建迷宮，無法輕易造出可怕的迷宮。反過來說，只要耗費大量時間，就能辦到非常不得了的事情。

笹島京也

SASAJIMA KYOUYA

PROFILE

在前世是俊的好友之一。他痛恨不公義的事情，是個充滿正義感的人。雖然身高偏矮，卻擁有只要認為對方有錯，不管對方多麼強大都敢起身對抗的巨大勇氣。可是，在旁人眼中，他就是個成天打架的傢伙，也因此受人畏懼，得到「小鬼」這個外號。為了擺脫這個不名譽的外號，他藉著升上高中的機會放棄打架。因此，俊和叶多都只認為他是個雖有些頑固，但個性溫和的溫柔少年。轉生後成為哥布林，跟家人過著幸福的生活。可是，因為布利姆斯率領的帝國軍隊突然襲擊，讓他失去了一切。

「固有技能」武器鍊成

這是可以透過消耗MP來創造武器的技能。創造出來的武器品質與灌注的MP量成正比。此外，還能透過消耗更多MP，賦予武器特殊效果。這恐怕是本篇故事裡最大顯神威的專屬技能。

「D的評語」

個性像是一把利刃的你，最適合這個技能了。創造出的武器會帶來什麼樣的結果，又該拿來做什麼？我相信你肯定不會對此迷惘吧。

PROFILE

除了跟麻香這個青梅竹馬保持著微妙的關係之外，在前世只是個非常普通的男高中生。轉生後依然跟有著孽緣的青梅竹馬湊在一起，就某種意義來說也算是命中註定。老家是個人經營的居酒屋。那是間當地民眾經常光顧的店，麻香的家人也很常上門。他對自己將來應該會繼承家業，人生方向早已決定這件事並沒有不滿，卻覺得彷彿少了些什麼。轉生後的他在鄰接魔族領地的傭兵集團村子裡出生長大。村子被魔族軍的幹部毀滅，他因而成為了冒險者。

「固有技能」冒險者

這個技能擁有許多對冒險者而言很方便的效果。像是能保持身體清潔的「清潔」、能將物品放進異空間帶著走的「道具箱」，以及可以閱覽自己能力值的「能力值列表」等。只不過，這些效果全都比不上光魔法的「淨化」、空間魔法的「空納」與技能「鑑定」的效果。可說是現有技能的劣化版合集。

「D的評語」

對冒險者心懷憧憬的你，最適合這個技能了。雖都只是些方便的工具，但應該很適合你這個對非日常生活心懷憧憬的普通少年吧。

TAGAWA KUNIHIKO

田川邦彥

PROFILE

在前世是個非常平凡的少年。因為太過平凡，連他自己都不曉得將來該做什麼，為了找出自己的志願，嘗試了許多事情，但全都立刻放棄，是個沒定性的傢伙。在進到高中後參加了足球社，可惜是個替補選手，差不多快變成幽靈社員了。轉生後很快就被妖精以保護為名義加以綁架，在妖精之里過著遭到軟禁的生活，所以完全沒有表現的機會。

「D的評語」

總是只有三分鐘熱度，卻會嘗試所有感興趣事物的你，最適合這個技能了。你就努力當個究極的樣樣通樣樣鬆大師吧。

「固有技能」早熟

這是個能讓技能等級越低的技能，熟練度累積速度越快的技能。此外，尚未取得的技能熟練度累積速度也會變快許多，使用技能點數取得技能時，也能用較少的點數取得技能。

TSUSHIMA MASARU

津島大

「D的評語」

這技能應該很適合帝國的王子殿下吧。至於能不能讓自己具備真正王者的威嚴，而不是依靠技能的效果，就得看你自己的努力了。

PROFILE

是個有些任性，總是有話直說的人，所以經常被人討厭，但喜歡他那種毫不客氣態度的人也很多。雖然他跟俊合不來，非常受俊的討厭，卻是個足以成為班上男生中心人物的好人。他跟櫻崎是好朋友，也是能發自內心互相信賴的夥伴。轉生成連克山杜帝國的王太子，但身旁沒有任何境遇相同的知己，又因為帝國內部的政治紛爭，讓他沒有可以信任的人，再加上在原本的世界過著無憂無慮的生活，導致性格變得扭曲。即使在學校裡跟俊這些同班同學重逢，也沒能交到知心的朋友，逐漸往邪惡的一方墮落。

「固有技能」帝王

能夠提升技能的效果。此外，還能透過壓迫感賦予對手外道屬性（恐懼）的效果。

夏目健吾

NATSUME KENGO

林康太

PROFILE

轉生前是個不太能融入班上的乖巧少年。只不過，一旦拿起桌球球拍，就會像變了個人一樣露出銳利的眼神。隸屬於桌球社，擁有全國等級的桌球實力，是弱小的平進高中桌球社的王牌選手。可是，因為某個知名俱樂部邀請他加入，覺得只要在更好的環境努力練習，說不定有機會成為職業選手，讓他煩惱著該留在社團，還是要加入俱樂部。結果他還來不及找到答案就轉生了。而且轉生後沒多久就不幸遇到意外死去。

「D的評語」

就瞬間集中力來說，別說是全班，甚至是全校最強的你，最適合這個技能了……可是，想不到你甚至沒機會用到。

「固有技能」剎那的慧眼

這是同時具備思考加速、集中、閃避、視覺強化、速度提升系技能等效果的複合式技能，可以發揮出等同於這些技能升到最高級時的效果。因此，光是擁有這個技能，就足以讓人幾乎不會被尋常攻擊擊中。由於這個技能有著等同於韋馱天LV10的效果，一旦等級提升，速度的能力值就會非常驚人地提升。如果他還活著，或許有機會成為一名高手。可是，他在還無法閃避攻擊的嬰兒時期就出意外死掉了，沒機會發揮出這個技能的真正價值。

HAYASHI KOUTA

「D的評語」

明明名字跟射門諧音，卻跑去打棒球的你，最適合這個技能了。這個技能應該很適合持續反抗父母期望的你吧。

PROFILE

轉生前是個正處於反抗期的少年。儘管有著跟「射門」諧音的名字，卻跑去參加棒球社，而這也是出於對父母的反抗心。因為父親希望他將來成為足球選手，幫他取了這個名字，並讓他從小就去參加足球俱樂部。可是，可惜他並沒有足球方面的才華，被旁人嘲笑配不上自己的名字，才會導致他進入反抗期，過著跟父母陷入冷戰的生活，最後在這種狀態下轉生了。他在轉生後回想前世的事情，也對自己的不孝有所反省。

「固有技能」反抗

這是可以將自己受到的部分傷害反彈給對手的被動技能。以遊戲來說，就是能讓人一直保持在同時發動傷害減免與反擊的狀態。此外，還能讓抗性系技能的熟練度累積速度變快。是個最適合給肉盾使用的技能，但因為本人被軟禁在妖精之里，從來不曾受過像樣的傷害，可說是英雄無用武之地。

MAKI SHUUTO

槙將羽登

山田俊輔

YAMADA SHUNSUKE

PROFILE

就是個凡人，絲毫沒有顯眼之處。唯一的優點是擅長玩遊戲，過著不好好讀書，只顧著玩遊戲的青春歲月，是個有些沒用的男人。反過來說，明明把時間都花在玩遊戲上，卻還能讓成績保持在平均水準，證明他的潛在能力非常高。而且，潛能也確實在轉生後大爆發。他轉生為亞納雷德王國的第四王子。雖然很早就跟其中一名前世好友——叶多重逢，度過了一帆風順的幼年時期，卻在尊敬的哥哥尤利烏斯死去以後，接二連三遇上麻煩。

「固有技能」天之加護

似乎在各種狀況下都很容易得到自己想要的結果。

「D的評語」

加油吧。「主角」先生。

飯島愛子

IIJIMA AIKO

PROFILE

轉生前是名喜歡打扮，熱愛歌唱的少女。她是以漆原為首的外向女生小組的一員。喜歡唱卡拉OK勝過三餐。將來的夢想是成為歌手，實際上也很會唱歌。可是，她的歌唱技巧只能算是普通好，還不到能成為職業歌手養活自己的程度，因此遭到父母反對。為了否定父母的想法，她錄下自己唱歌的模樣，把影片上傳到網路，但點閱次數並不是很多。她有些期待自己的歌喉能在轉生後的這個世界獲得肯定，卻因為被軟禁在妖精之里，似乎放棄這個夢想了。

「固有技能」歌姬

這是可以透過唱歌發揮出各種效果的技能。至於會發揮出什麼樣的效果，會因為歌曲而改變。因為她喜歡唱歌，才會有這個技能。由於只要唱歌就會自動發動效果，讓她軟禁於妖精之里的期間被禁止唱歌，心中累積了許多不滿。

「D的評語」

夢想成為歌手的妳，最適合這個技能了。可惜歌手在那個世界並不是廣為人知的一種職業。

櫛谷麻香

KUSHITANI ASAKA

PROFILE

轉生前的她說好聽點是個性踏實，說難聽點就是無趣的少女。她不喜歡引人矚目，覺得只要可以過著適合自己的低調生活就好，是個不太在意自我評價的女生。不過，她並非懶惰，會努力用有效率的方法完成事情。簡單來說，就是相當精明。這讓她在班上顯得較為成熟。她隱隱覺得自己遲早會跟青梅竹馬邦彥結婚。轉生後依然跟邦彥有著青梅竹馬的關係，再加上兩人前世的交情，讓她有些過度依賴邦彥。她可以面無表情地想著「要是邦彥死了，我也要去死」這樣的事情。

「D的評語」

不是很起眼，卻會好好完成無法推辭的工作。儘管身為無名英雄，卻討厭麻煩事情的妳，最適合這個技能了。

「固有技能」嫌麻煩的效率狂

效果是能稍微提升所有技能的熟練度上升值。此外，還能稍微提升機率補正這類技能的成功機率。這個技能看起來很平凡，但只要慢慢累積努力，之後就能得到巨大的回報。正因為嫌麻煩，才會想要用最小限度的努力，換來最大限度的效率，是個很有麻香風格的技能。

工藤沙智

KUDO SACHI

「D的評語」

將來應該會靠著天生的毅力逐漸往上爬的妳，最適合這個技能了……雖然我是這麼想的，但妳的用法跟我預期的不太一樣呢。

PROFILE

前班長。她跟經常不守規矩的漆原合不來，但跟身為老師的岡姊關係不錯。她在嬰兒時期就被妖精花錢買下，之後一直住在妖精之里。因為這樣的境遇，讓她經常對老師嚴詞相向。原本是班長，所以在妖精之里的轉生者中地位就像首領。其實她在前世是個隱性腐女。因為在妖精之里太過缺乏娛樂，她便向其他女生告白這件事。經過她宣傳腐教以後，妖精之里的女生全都變成腐女了。

「固有技能」領導者

這是能讓人發揮出領導能力，並讓別人感受到領袖魅力的技能。即使雙方是初次見面，也很容易讓對方對自己懷有好感。此外，也很容易讓對方被自己的言行感化。這也是腐教變得興盛的主因。

PROFILE

因為心儀的學長喜歡若葉姬色，害她告白失敗，懷恨霸凌若葉姬色的主謀。旁人隱約察覺到若葉姬色的危險之處，試圖阻止美麗的霸凌行為。她是班上的核心人物之一。轉生後的她出生在艾爾羅大迷宮裡，以地竜蛋的身分重獲新生。她很快就被丟進蜘蛛魔物的巢穴，但被人類冒險者救了出來。

「D的評語」

這並不是什麼報復喔。我完全沒有想讓這傢伙在昏暗洞窟裡五體投地掙扎過活的想法。

「固有技能」地竜

這個技能並非專屬技能那類，而是地竜種必定擁有的技能。因為魔物的成長速度較快，所以算是有取得平衡吧？這八成是某個邪神對她的報復。

漆原美麗

SHINOHARA MIREI

PROFILE

轉生前是個熱愛甜食的棉花糖女孩。非常喜歡甜點，每天都非得吃些甜食不可。她的零用錢有一半都花在甜點上。剩下一半則是拿去搜購少女漫畫和小說。對少女遊戲也有興趣，但因財力問題被迫放棄。喜歡的作品類型是甜死人不償命的純愛故事。轉生後在妖精之里過著自給自足的節約生活，讓她瘦了下來。

「D的評語」

最喜歡吃甜食的肥……不，是有些豐滿的妳，最適合這個技能了。反正做甜點是妳的興趣，就用這個技能盡情製作甜點吧。

「固有技能」甜點女孩

這是可以把有機物轉換為砂糖的技能。換句話說，這個技能也可以用在生物身上，只要能夠突破對手的防禦力，就能把對方變成砂糖。這是個充滿奇想的危險能力。只不過，她本人並沒有發現這件事，只想到可以把樹枝或葉子變成砂糖。多虧了她的這個能力，讓眾人在妖精之里的生活中不用擔心沒有砂糖，被視為重寶。

SEGAWA TOUKO

瀨川柊子

手鞠川咲

TEMARIKAWA SAKI

「D的評語」

最喜歡毛茸茸的動物，每天睡前都要看動物影片的妳，最適合這個技能了。妳就使用這個技能，盡情地跟動物玩耍吧。

PROFILE

轉生前是個非常喜歡動物的少女。可是，因為她住在禁養寵物的舊公寓，沒辦法養寵物。她的野心是將來絕對要養很多寵物。喜歡在放假時跑到寵物店或貓咪咖啡廳等地方。轉生後其實是召喚士布利姆斯的女兒。因為被岡姊綁架，才會來到妖精之里，而那正是讓布利姆斯與拉斯結怨的契機。可是，要是她沒有被綁架，就這樣待在家裡長大，可以想見她也會跟習慣逼迫魔物服從的布利姆斯起衝突，所以沒人知道哪種結果比較好。

「固有技能」馴獸大師

這是讓人能容易跟魔物心靈相通的技能。此外，還能讓「調教」技能的熟練度變得非常容易提升。性情溫馴的魔物也會感受到她那顆熱愛動物的心，主動親近。因為這個技能，讓她在妖精之里負責照顧家畜。

「D的評語」

對流行極為敏感，也想比別人更早創造出流行，為此每天努力鑽研的妳，最適合這個技能了。我原本還以為這能讓妳當上時尚領袖呢……

PROFILE

在轉生前是個沉迷追逐流行的時下女生。是漆原小組的一員，也是個引人矚目的女生。現在依然對時尚有著自己的堅持。她喜歡裝扮自己，也喜歡裝扮別人。跟朋友一起去逛街的時候，她會把朋友當成換衣人偶來玩。由於轉生後都住在妖精之里，失去了這樣的樂趣，為了尋求其他刺激，使得她率先沉迷於班長的腐教。

「固有技能」流行

這是能讓人敏感察覺流行趨勢，或是主動創造流行的技能。效果非常不起眼，卻是個有可能引起巨大社會現象的技能。事實上，由於她率先沉迷於腐教，妖精之里的女生們才會搭上名為腐教的流行。只要跟工藤同學的「領導者」結合，就能相輔相成發揮出極為可怕的效果，如果兩人聯手展開反政府活動，說不定有機會毀滅掉一個國家。

TONOOKA KUMIKO

外岡久美子

七瀨千惠

NANASE CHIE

「D的評語」

將來想要成為保母的妳，最適合這個技能了。希望妳能磨練自己與生俱來的母性，成功擄獲年幼孩子們的心。

PROFILE

轉生前是個充滿包容力的文靜少女。由於她是班上身高最高，長相也最成熟的女生，經常被誤認為年紀更大的女生。性格悠哉，喜歡小孩子，將來的夢想是成為保母。然而，她的雙親生了兩男一女，深知照顧孩子的辛苦，因此暗自認為個性悠閒的她可能不適合當個保母。轉生後的她在妖精之里做著類似其他轉生者保母的事情。

「固有技能」母性光芒

技能效果是能對自己擁抱的對象，賦予「睡眠」這個異常狀態。還能讓治療系技能的熟練度變得容易提升。此外，光是待在她身旁，就能讓人得到恢復體力，以及提升各種自動恢復技能效果的好處。

根岸彰子

NEGISHI SHOUKO

「D的評語」

對這個世界懷恨在心，總是抑鬱不平的妳，最適合這個技能了。妳應該可以化身為過去在這個世界受人畏懼的吸血鬼，再次讓這個世界陷入混亂吧。

PROFILE

因為長相的緣故，讓她不是受到霸淩，就是被人疏遠，度過了慘澹的青春時代。個性因此變得有些扭曲。

給人陰沉的印象，讓她得到了真人版貞子，簡稱「真貞子」這個外號。後來轉生為蘇菲亞・蓋倫，以美少女的身分重獲新生，以為自己的時代總算到來，但結果卻是被迫面對戰亂的時代。

「固有技能」吸血鬼

能讓人變成吸血鬼。這是一旦變成吸血鬼就必定會得到的技能，其實不是專屬技能。只不過，因為在故事開始的時候，蘇菲亞以外的吸血鬼早就被獵殺光了，所以實際上可説是專屬技能。換句話説，一旦發現吸血鬼，就必定是跟蘇菲亞有關的人物。

長谷部結花 HASEBE YUIKA

PROFILE

曾是個非常普通的女高中生。她偷偷在意著坐在隔壁的普通男生，過著充滿酸甜滋味的青春時代，卻不知為何轉生到了異世界。因為前世在意的男生變成了王子，讓她為此感到興奮，但沒多久後就被由古洗腦，當成棋子恣意踐踏。她出生在聖亞雷烏斯教國，是個被遺棄在教會門口的孤兒。之後，她當上了聖女候選人。

「D的評語」

平常就喜歡作夢，而且身懷絕對不會忘記夢境這個特技的妳，最適合這個技能了。希望這個技能跟沒有存在感的妳，都能有機會好好表現一下。

「固有技能」作夢少女

可以把幾個自己睡覺時作的夢儲存下來，讓夢境變成小規模的異空間迷宮出現在現實世界。如果沒能成功攻略那座迷宮，進到迷宮裡的人就無法出去。視用法而定，這會是一個危險的技能。然而，因為媒介是夢境，連施術者本人都無法操控，也不曉得會是什麼樣的迷宮。若施術者本人進到迷宮裡面，最糟的情況連施術者都會被迷宮殺掉。她反過來利用這種特性，把迷宮當成自己修練的地方。

PROFILE

轉生前是個內向的少女。很在乎別人是否喜歡自己，因此太過在意別人的目光，變得有些不擅長與人相處。她有著用遊戲逃避現實的壞習慣，特別喜歡玩少女遊戲。除了少女遊戲之外，還有一直在玩一款名叫「弓箭亂射」的弓箭擬人化遊戲。比起星座是射手座，這才是讓她得到「好感弩」這個專屬技能的主要理由。轉生後的她在妖精之里受到保護，暗戀有著同樣境遇的槙。可是，因為她天生就比較膽小，兩人的關係毫無進展。

「D的評語」

喜歡玩少女遊戲，在現實世界中總是在意著別人對自己的看法的妳，最適合這個技能了。而且妳的星座是射手座，我就多送妳一點能力吧。

「固有技能」好感弩

這個技能可以讓人隱約感覺到別人對自己的好感度。此外，如果跟好感度高過一定程度的人牽手，就能射出威力強大的魔法箭。魔法箭的威力取決於對方的好感度。

古田未央 FURUTA MIO

若葉姬色 WAKABA HIIRO

「D的評語」

給蜘蛛這個技能應該就夠了吧。反正應該很快就會死了。我原本是這麼想的，但結果卻跟預料的完全不一樣，實在令人愉快呢。

PROFILE

管理者D。最後的神。自稱邪神。即使在諸神之中，也是力量特別強大的最上位神之一。她盡全力在故事裡興風作浪，自己卻在旁邊隔岸觀火，是個惡劣至極的欺詐之神。若葉姬色是她在平進高中的某個班級體驗人類生活時的虛假身分。

為了湊齊人數，她把若葉姬色的意識植入在教室裡築巢的蜘蛛，讓牠以「我」這個身分轉生。

「固有技能」韋馱天

能讓速度變快。不是專屬技能，而是最上位的速度能力值成長技能。即使如此，此技能還是比不上其他轉生者的專屬技能，考慮到轉生前的身分，賜予她這個技能已算相當優待。

PROFILE

是個大家都喜歡的老師。負責教古文。

如果不偽裝自己，就沒辦法好好面對學生。如果不給自己身為老師的使命感，就無法接受自己轉生到異世界這個事實。她就是一個心靈如此脆弱的人。

她轉生成了妖精。

「D的評語」

像妳這種關心學生的老師，最適合這個技能了。妳就用這個技能拯救學生給我看看吧。

「固有技能」學生名冊

可以粗略得知其他轉生者的目前狀況、過去與未來。

由於名冊上顯示的眾人未來都很悲慘，讓老師主動拜託波狄瑪斯幫忙保護轉生者。

岡崎香奈美 OKAZAKI KANAMI

山田追思會

「山田那傢伙是個好人。」
「山田，我不會忘記你的。」
「山田，你就成佛吧。」
「山田，我們來世再見吧。」
「不對，現在已經是來世了吧？」
住在妖精之里的五名轉生者男生，正躺在一起閒聊。
話題是山田的追思會。
順帶一提，山田還沒有死。
他確實死過一次，但在場的所有人也一樣。
大家都在日本死過一次，才轉生到這個世界重獲新生。
就這層意義來說，這或許也能算是一場追思會，但這並非他們的本意。
「真想不到……那個傻居然是我們之中第一個交到女朋友的人。」
荻原說出男生們共同的想法。
「而且對象還是叶多。」

「他應該會被女生騎到頭上吧。」
今天才久別重逢的山田俊輔交到女朋友了。
而且他女朋友還是前世明明是男生的大島叶多。
不知道出了什麼差錯，他今世不但轉生成女生，而且好像還愛上山田了。
兩名當事人並沒有宣稱他們正在交往，但那種氣氛不管怎麼看都不像是普通朋友。
大島還散發出「這傢伙是我的！」這樣的氣場，牽制其他女生。
因為認識前世還是男人時的叶多，男生們的心情都很複雜。
「叶多變成大美女了呢～」
「就是說啊。」
大島變得漂亮到跟前世天差地別的程度。
「可是，我一點都不想跟她交往耶～」
「就是說啊。」
不過，就算她是個美女，也是那種積極主動的肉食系美女。
就跟大家剛才的感想一樣，一旦跟她交往，就得做好會被騎在頭上的心理準備。
就這點來說，因為山田給人自我主張不強的印象，在場的所有男生都覺得他肯定會被女方騎到頭上。
「因為女孩子太可怕了～」
「就是說啊。」

大家都深切地表示贊同。
他們會有這種反應，是因為在妖精之里的生活中，男生完全無法違抗女生。
住在妖精之里的男生有五個。
相較之下，女生則有八個。
考慮到田川與櫛谷最近才來到這裡，就代表在此生活的成員一直都是四男七女。
男女比例差了將近兩倍。
依照少數服從多數的道理，當然會逐漸形成女尊男卑的風潮。
女生之中還有前班長工藤沙智也是一大原因。
雖然有工藤負責主持事情，給了大家很多幫助，但女生的發言權也免不了跟著變大。
因為這個緣故，男生們一直感到面目無光。
雖然並沒有受到女生虐待，卻偶爾會感受到彷彿被肉食動物盯上的目光。
每當這種時候，對女生的畏懼就在他們心中不斷地累積。
「山田，加油吧。就算老婆很可怕，只要活著還是會遇到好事的。」
男生們點頭如搗蒜。
他們在今世都是沒有女朋友的日子跟年齡一樣長的光棍。
唯一有女朋友的人，就只有最近才來到妖精之里的田川。
而田川一直保持沉默。
他自認是個粗枝大葉的人，但還不至於白目到會在這種場合下開口自爆。

「等到離開這裡以後，我一定要交個可愛的女朋友。」

「別說了，聽起來就像是在插死旗一樣。還有，你也別對女人存有幻想了。那些傢伙終究是肉食動物。男人只會被啃食殆盡罷了。」

「再說，我們真的有辦法離開這裡嗎？感覺我們很有機會一輩子都在這座森林裡度過，想到就覺得可怕。」

「哈哈哈，再怎麼說都不至於……還真的有可能。」

看著身上散發出悲壯感的其他四人，田川強忍著淚水，一句話都說不出來。

沒人知道他們將來能不能離開妖精之里。

就算能夠離開，說不定也早就無法跟女生好好談戀愛了。

看著這群已經無可救藥的男生，田川忍不住流下了同情的淚水。

「喂，你這傢伙憑什麼擺出一副我跟大家不一樣的樣子？」

「沒錯，我想起來了。這傢伙是有女朋友的現充。在緬懷山田以前，我們得先舉辦這傢伙的追思會。」

「可惜了，田川是個好人呢。」

「犯人就是我們。」

然後，化身為現充撲殺委員會的四名光棍襲向田川。

就算沒有女朋友，這群傢伙依然還是很有精神。

腐女子集會

「各位，會議要開始了。」

女生們聚集在一起，等待坐在眾人中間的工藤沙智提出議題。

她不愧是在前世當過班長的人，主持會議時可說是架式十足。

可是——

「我們今天的議題，就是山田同學與大島同學的配對能不能成立。」

她提出的議題非常缺乏生產性。

不，就某種意義來說，她們或許能算是有生產出東西。

那就是存在於女生們腦內，名為妄想的某種東西。

「不行！絕對不行！雖然兩邊都是男人，但既然其中一邊變成女人，那就只能算是正常情侶了！」

「等一下！現在就做出這種結論還太早！畢竟世上還有精神BL這樣的詞彙！」

「誰管什麼精神不精神的，身體明明就是男人和女人嘛！」

「可以！不管別人怎麼說，我都覺得可以！」

眾人議論紛紛。

她們分成可以派與不行派，雙方都堅持自己的主張。

至於她們到底在談論什麼議題，那就是山田俊輔（♂）與大島叶多（前♂現♀）的配對能否成立。

以她們這些腐女的標準來說。

會議逐漸升溫。

在場的八個人之中，有三個是可以派，三個是不行派，一個是中立派，還有一個沒有表態。

戰力完全是互相抗衡的狀態。

這麼一來，能夠拉攏到中立派的一方，就會變得有利。

「麻香，妳也覺得不行對吧！」

「可以對吧！」

兩派人馬自然會主動出擊，想要拉攏身為中立派的櫛谷麻香。

「抱歉，我對這種事情不是很懂。」

面對兩派人馬充滿熱情的勸誘，麻香露出死魚眼如此回答。

麻香是這麼想的。

我們班到底是在什麼時候變成腐女巢窟的？

至少前世還不是這樣。

從來不曾這麼光明正大地討論腐女的話題。

結果大家轉生後久別重逢，卻變成了這個樣子。

到底為什麼會變成這樣？

「等一下！重點是為什麼山田不是受？就算要上演女體化的戲碼，如果雙方角色對調，我就還有辦法接受！」

「什麼！妳這話我可不能當作沒聽到！應該是山田×大島才對吧！」

因為誰攻誰受這個問題，讓腐女們討論得更激動了。

麻香完全跟不上這些話題。

「大家安靜！」

工藤大喝一聲，就讓現場恢復和平。

麻香冷眼看著這樣的工藤。

麻香會用這種眼神看她是有原因的。

畢竟事情會變成這樣，就是這個女人害的。

不光是提出今天的議題，她還是把在場的女生都變成腐女的罪魁禍首。

沒錯，工藤從前世就是個隱性腐女。

她在今世完全解放自己，致力於推廣腐教，最後站上了這個腐女集團的頂點。

簡單來說，她就是元凶。

「……」

工藤交叉雙臂，沉默不語。

女生們全都緊張地注視著她。

對女生們來說，工藤可說是教祖。

她是最精通此道的大師。
可以派三票，不行派也是三票，雙方不相上下。
中立派的麻香選擇不站在任何一方那邊——不，她是無法做出選擇。
因此，工藤的意見將會決定這場爭論誰勝誰負。
工藤最後到底會做出什麼樣的結論呢？
「抱歉，我無法接受三次元的ＢＬ。」
沒想到居然是兩邊都不贊同。
工藤是那種無法接受三次元ＢＬ的腐女。
畢竟讓工藤沉迷其中的是二次元的ＢＬ漫畫。
現代日本充斥的那種東西。
她只把那些東西當成是一種興趣，能夠分清楚妄想與現實。
相較之下，這些在這個世界覺醒的腐女，卻是在沒有那種書籍的妖精之里過著軟禁生活。
能讓她們妄想的對象，就只有現實中的前男同學轉生者，以及負責看守他們的不知名妖精。
這就造就了她們之間的隔閡。
虧她還是教祖。
屋內籠罩在沉默之中。
結果，在無法決定山田與大島該如何配對的情況下，這場會議就這樣結束了。

轉生者們在妖精之里的某一天

樹上灑落的陽光微微照亮道路，一群男生走在路上。
他們的雙手都提著水桶。
「唉……每天早上都好累。如果水井離家裡更近一點就好了。」
「如果我們會用水魔法的話，應該就輕鬆多了。就能直接用魔法來場雨了。」
「不過～那樣應該也會累吧？」
「可是，我能體會你的心情。」
男生們邊走邊閒聊，其實並沒有他們說的那麼累。
由於他們每天早上都在做同樣的事，身體得到鍛鍊，早就習以為常了。
不久後，樹木從眼前消失，他們來到一個寬廣的地方。
蔬菜以同樣的間隔種在地上，那裡是農田。
男生們分頭把水桶裡的水灑在田裡。
妖精之里不會下雨。
因為覆蓋著村子的結界會把雨水彈開。
根據妖精們的說法，這裡依然有著茂密的森林，是因為地下水脈把豐富的水分帶進土壤。
此外，充滿這個地方的清淨之力，也會賦予植物活力。

事實上，就算不刻意澆水，植物也會自己生長。

即使如此，他們依然在農田裡灑水，是因為這樣能讓農作物長得更好。

雖然就算什麼都不做，蔬菜也會長出來，但澆水可以提早收成，也能讓農作物發育得更好。

如果要養活十一個處於發育期的少年少女，就不容許妥協。

眾人一邊灑水一邊拔掉雜草。

不光是蔬菜，就連雜草也能接受到森林的恩惠。

如果不細心管理農田，只要一天就會長滿雜草。

在拔掉雜草的同時，他們還順便拔掉長得不好的蔬菜。

把那些蔬菜收集起來後，就塞進把水灑光的水桶。

然後又帶著水桶前往馬廄。

「辛苦你們了～」

兩個女生正在馬廄裡照顧動物。

這裡飼養著好幾種家畜。

像是為了食用而養得圓滾滾，從旁邊看真的近似球狀的動物。

或是有著把鳥跟爬蟲類加起來除以二的外表，負責生蛋的動物，以及能擠出奶的毛茸茸動物。

這些家畜的肉和蛋是貴重的動物性蛋白質來源，毛皮則會變成做衣服的材料。

「拿去吧。」

從田裡拔走的雜草跟不要的蔬菜，都被拿來餵這些家畜。
草食的家畜們緩緩聚集過來，開始享用那些飼料。
餵完家畜後，大家就先到餐廳集合。
在進到餐廳以前，先到事先準備好的水瓶那邊洗手。
「辛苦你們了～」
負責做菜的人已經在餐廳裡做好早餐，現在正在配膳。
一旦配膳完畢，就可以吃早餐了。
把類似薯類的植物煮過後，做成類似烤餅的食物。
盛滿蔬菜的湯。
擺上少許肉乾的荷包蛋。
還有類似優格的食物。
每天的菜單都幾乎沒有變化。
因為能取得的食材都一樣，這也是沒辦法的事。
「大家開動吧。」
班長宣布開動以後，所有人都跟著說聲「我開動了」，就開始用餐。
「真想念醬油的滋味。」
「不是都說荷包蛋就是要沾醬吃嗎？」
「這裡兩種都沒有啦。」

眾人在稍微閒聊的過程中吃完早餐。
妖精所提供的調味料就只有鹽巴。
因為有瀨川柊子的專屬技能，讓他們能得到取之不盡的砂糖。
可是，如果妖精沒有佛心大發，就沒機會取得其他調味料。
他們曾經打算憑著不太可靠的知識製造調味料，但這個世界與地球所具備的材料本身就不一樣了，讓他們沒能成功達成目標。
即使有著類似薯類和類似大豆的植物，但那些東西終究不是真正的薯與大豆。
不光是醬油那種做起來很麻煩的東西，就連美乃滋這類比較容易完成的調味料，都只能做出跟真貨不太一樣的成品。
由於食材本身相當充足，不用擔心會缺乏糧食，讓他們只要有空就會進行研究與開發，但應該得花上很長的時間才能得到成果。
「我吃飽了。」
在班長的號令之下，用餐時間結束了。
負責做菜的人直接動手洗碗。
男生再次前往森林，更換各種生活用水。
完成這項工作後，就各自前去處理各種勞力工作。
女生有七個，但男生只有四個。
可悲的是，依據少數服從多數的道理，男生們沒有太大的發言權。

他們只能被任意使喚。
但是，他們並沒有遭到不正當的虐待，每個人都有各自的工作，這只能算是分工合作罷了。
女生們也不是都在玩耍，也會分擔完成打掃和洗衣服之類的工作。
包含前世相處的時間在內，他們大家都認識很久了。
他們之間的團體意識早就變得牢不可破。
「麻煩你們去打掃一下馬廄裡的糞便吧。」
「木柴變少了，記得要去劈柴喔。」
「啊！那你們就順便撿些樹枝回來吧！」
「如果有看到能餵家畜吃的食物，就順便……」
「「「沒……沒問題……」」」
……我們是女生的靠山！絕對不是什麼工具人！
這是用來讓男生們保持內心平靜的咒語。
可是，有件事情他們並不曉得。
他們不曉得一場戰爭正在女生之間靜靜地開打。
那就是男生爭奪戰！
這裡有七個女生。
相較之下，男生就只有四個。
沒錯，女生的人數比較多，男生的人數比較少。

雖然不曉得這種生活還要持續多久，最糟的狀態下，他們說不定直到死去，都得被軟禁在這個妖精之里。

一旦事情變成那樣，女生們能夠選擇的伴侶，就只有四個人而已。

妖精？

那些軟禁自己的傲慢傢伙，完全不在她們的考慮之中。

腐教？

興趣歸興趣，戀愛歸戀愛。

想要跟合得來的同伴白頭偕老，才是自然的想法。

可是，一旦有人結成情侶，就會多出三個女生。

有人會變成剩女！

為了避免變成剩女，讓自己坐上僅有的四個位子，女生們一直互相牽制著彼此，不經意地試著縮短跟男生們之間的距離。

重點就是只能不經意地展開攻勢，要是做得太過露骨，就會被其他女生抱怨。

這是因為女生們也不想破壞現在的氣氛，讓大家都感到尷尬。

儘管能夠接受自然湊成一對的情侶，但要是有人吃相太過難看，就會直接導致女生之間爆發血流成河的男生爭奪戰。

因為這個緣故，女生之間都有個默契，只能主動展開最低限度的攻勢，等待被男方告白。

「「「嗚！怎麼有股寒意！」」」

男生們並不知道。
只要鼓起勇氣告白，就能交到女朋友了。
雖然十之八九會被女方騎在頭上就是了。

Kumo desuga, nanika?

轉生成蜘蛛又怎樣！

Kumo desuga,nanika?
Extra

人氣投票

A Popularity Vote

Extra

第1名 「我」 417票

COMMENT

▶畢竟蜘蛛子一路變強，最後甚至成神，真是太厲害了！蜘蛛子當然是最強的！（玻璃剪刀）

▶我尤其喜歡她那種永不放棄，不斷成長的樣子，以及無論如何都要活下去的態度。不過，我也很喜歡她那可愛的外表！（一般蜘蛛）

▶我超級喜歡她百折不撓的意志力！喝醉時的蜘蛛子更是超級可愛，跟蘇菲亞和拉斯之間的互動也超棒！（CHALY）

▶她又強又可愛，而且對自己人很好，又懂得知恩圖報。是個超級好孩子啊。我喜歡她的一切。（果汁奈奈子）

▶言行舉止輕浮，但必要時還是會挺身而出，而且個性重情重義，我投她一票。（頭爆裂犬）

▶儘管懷著輕鬆自在的心態，卻有著無可撼動的信念，即使身處在絕望的深淵，也能快樂活下去的樣子，相當有魅力呢。山銅級的意志力可不是浪得虛名。（路滉）

▶因為從還是弱者時就認識她，讓我有種看著自己孩子般的感覺。（Kurahe）

▶她明明過著歷經百般波折的蜘蛛生，卻沒有失去玩家的思考這點，我非常喜歡。（ECHAKO）

▶積極進取、胸懷信念與驕傲、喜歡吃甜食、喝醉就會變得多話。（熊）

第2名 愛麗兒 150票

COMMENT

▶愛麗兒最棒了……她好帥。因為有成為魔王的資格，才會成為魔王。她是神嗎……我喜歡她的一切。「我不會輸。可是，其他同伴會輸，而那就跟我輸了毫無分別。」這句台詞也讓人受不了。總之魔王超帥。（太過喜歡愛麗兒的人）

▶奶奶……又帥又可愛……我喜歡她到言語無法形容的地步……（天凜）

▶我喜歡第一次見到她的能力值時受到的震撼，還有實力跟外表之間的反差，以及她受到蜘蛛子影響後的性格。（戈貢佐拉起司）

▶因為她有著堅定的信念，讓人想要幫她加油。（TANO）

▶我最愛魔王了。我喜歡不管怎麼說都對蜘蛛子很好的魔王。（ALIALI）

▶我真的真的真的非常喜歡重感情又堅持要拯救莎麗兒大人的魔王。冷酷的那一面也很喜歡。（薰野）

Character 人物篇

第3名

D

70票

COMMENT

▶完全就是個愉快犯，但又讓人無法討厭。（Cerulea）

▶我喜歡她那種因為絕對強大，所以任性妄為的態度。（GUU）

▶我喜歡充滿全能感的角色！（鴕鳥）

第4名

蘇菲亞

50票

COMMENT

▶很可愛！我非常喜歡她那種少根筋的感覺！（TAKKI）

▶她的心境變化與言行舉止都很誠實優雅，卻又存在著黑暗面。我很喜歡。（sasurai_sakumi）

▶我喜歡她容易失控又有些呆萌的地方。（理查）

第5名

拉斯

46票

COMMENT

▶為了自己的正義而行動，就算現在內心動搖仍打算贖罪的樣子，讓我被他吸引。（MA磷酸）

▶我喜歡他個性溫和，充滿正義感的地方。（焉宮 否依里）

▶他在得到七大罪技能「憤怒」之前的經歷，以及轉生前的行為，都讓我很能感同身受！（SK）

第6名　羅南特

第7名　邱列迪斯提耶斯

第8名　梅拉佐菲

第9名　卡迪雅

第10名　蘇

Monster 魔物篇

第1名 地龍亞拉巴 322票

COMMENT

▶還是亞拉巴前輩的戰鬥場面最教人興奮，亞拉巴前輩最後那一幕讓我深受感動。（蜘蛛愛吃的蜂蜜）

▶把應該超越的原點、必須突破的外殼這些成長要素的醍醐味實體化以後，就是亞拉巴了。（外國讀者H）

▶亞拉巴充滿男子氣概的結局真是太帥了！（MERCER）

▶與主角並列的故事代表人物，是個有著無法光靠數字形容的壓倒性震撼力，讓讀者與主角都難以忘懷的知名配角。（東和瞬）

▶我覺得當主角摔進洞裡時，若亞拉巴沒有出現的話，她說不定就不會變得那麼強了。所以，我非常感謝讓主角得以成長的亞拉巴。（T TAKERU）

▶就是帥。牠是第一個讓我覺得不會說話的魔物很帥的角色。不管是外型、氣質還是性格，全都帥到不行。（比起鹽更愛醬油）

第2名 老媽 137票

COMMENT

▶我喜歡牠那在對蜘蛛壓倒性不利的環境中，也能輕易把中層頭目打成重傷的力量！就算被逼到絕境，仍冷靜找尋機會，運用蜘蛛「原本」特有的戰術與戰略扭轉不利的戰局！（海月）

▶從開始到最後都散發出壓倒性存在感的超級高牆……老媽真是太帥氣了。（海珊）

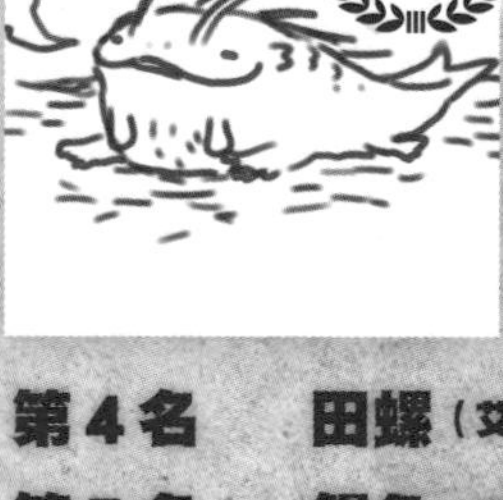

第3名 鯰魚（艾爾羅噴火獸） 129票

COMMENT

▶牠是中層負責療癒人的（笑）。可愛的外表跟攻擊手段之間的落差，漂亮地擄獲了我的心！（三毛柚子醋）

▶因為好吃。這可是重點！（PAPO）

▶鯰魚！鯰魚！鯰魚在～哪～裡～！（TANU）

第4名	田螺（艾爾羅魔蝕蟲）	第7名	青蛙（艾爾羅蛙怪）
第5名	鰻魚（艾爾羅噴火竜）	第8名	風龍修邦
第6名	猿猴（巨口猿）	第9名	操偶蜘蛛怪

Evolution 進化篇

第1名

女郎蜘蛛

325票

COMMENT

▶我喜歡她那種保留蜘蛛時代的戰法，並搭配人類戰法的獨特戰鬥方式。（蜘蛛子）

▶我喜歡她那種以為變成女郎蜘蛛後，就能夠跟人類進行交流，說不定還能友好聊天的無謀妄想。（竹節蟲）

▶能讓人感覺到蜘蛛子的努力得到成果，所以我喜歡這個型態！（MACHA）

▶這型態給人一種至今為止的集大成的感覺，如果考慮到能使用的技能，我覺得這是所有進化型態中最強的一種。（Thor） ▶我在她進化成這個型態後，非常興奮地以為這就是最終型態了。（TOLITOLI） ▶我喜歡腳。（腳愛好信者） ▶因為……這模樣超色的不是嗎？（MAHLE LUNATICS） ▶明明是人型，卻有很多隻腳，這才叫做浪漫。（蜘蛛是最強的生物型態）

▶Monster girl…that' s all I need to say.（Andrea）

第2名

人型態

194票

COMMENT

▶是我最喜歡的造型！！！白髮、白皮膚跟紅眼睛！我愛死了！！！（MERARU） ▶只要想到她變成人型態卻站不起來，搖搖晃晃的，就覺得好可愛。（BENI馬） ▶太可愛了，又好美。（DAN） ▶乍看之下是人類，但其實是……！這種感覺真的很棒呢。（Apa☆） ▶我很猶豫要選女郎蜘蛛還是人型，但果然還是最喜歡具虛幻感與存在感的人型態了。（綠CHABA）

第3名

死神之鐮

156票

COMMENT

▶因為這是決定蜘蛛子進化方向的型態。名字也給人神祕莫測的感覺，非常帥氣。（emu）

▶這是最令人對蜘蛛子的成長感到震撼的型態。甚至讓人有種想要喊YES！擺出勝利姿勢的衝動。（SUMOTAROS）

▶這種型態還在成長途中，但戰法已多采多姿，能感受到興奮與慌張，此時蜘蛛子與人類的關係也很有趣，讓人想幫她加油。（禎祥） ▶刺刺的很可愛。（河童集會） ▶因為感覺就是專門用來戰鬥的型態！（YU）

▶這是頭一次出現的特殊進化選項，我非常感動！（戎衣）

第4名　不死蛛后

第5名　死神之影

第6名　小型次級蜘蛛怪

後記

大家早安、午安、晚安，我是馬場翁！

是的，這次的Ex不是小說，而是一本設定資料集。

內容涵蓋登場人物介紹與世界觀介紹。

除此之外，還有過去發表過的特典短篇小說，以及全新的附錄短篇小說。

一般來說，這種設定資料集通常都是漫畫在出，小說很少會出這種東西呢。

我一時之間實在想不起來，文庫本大小的作品有沒有出過這種東西……

因為跟《蜘蛛》一樣的大尺寸作品，最近出現越來越多動畫化與長篇作品，所以偶爾會出這種設定資料集。

想到《蜘蛛》也總算能出版這種東西了，我就覺得感慨良多。

這一切都是動畫化的功勞！

動畫版終於要在二〇二一年一月開始播放了！

哎呀……這條路還真是漫長……

畢竟從頭一次宣布動畫化的消息至今，已經超過兩年之久了……

這段期間真的發生了很多事情，讓這個企畫不斷延期，但我們還是堅持到了最後，順利地讓

這部動畫出現在大家眼前了！

真的是非常辛苦……

可是，我覺得這部動畫並沒有讓那些辛苦變得白費。

請大家務必觀賞這部動畫。

接下來是致謝時間。

首先是每次都少不了的輝竜司老師。

您這次也畫出了很棒的插圖！

這次是大家最愛的泳裝喔！感謝老師吧！

也要感謝負責繪製漫畫版的かかし朝浩老師。

據說動畫版的主角是把輝竜老師的原作版跟かかし老師的漫畫版加起來除以二的結果。

換句話說，就等於是兩位老師合作完成的作品呢！

還要感謝負責繪製衍生漫畫的グラタン鳥老師。

雖然動畫版還要一段時間平行意識才會出場，但我覺得有成功重現出グラタン鳥老師那種輕快的對話，請大家敬請期待。

然後，我還要感謝負責製作動畫的所有人。

製作動畫結合了許多人的努力，沒辦法列舉出每個人的名字，但我非常感謝各位所有人！

最後是拿起這本書的所有讀者。

真的非常感謝大家。

短篇故事初次發表時間表

在下是青蛙	第一集Melonbooks特典
全世界都認同的絲	第三集Gamers特典
絲與冒險者	第一集安利美特特典
青蛙	第三集虎之穴特典
憧憬的召喚術	第三集Melonbooks特典
中層最凶惡的敵人	第二集虎之穴特典
中層探索記	第二集Melonbooks特典
蜘蛛到底是什麼？	第四集Melonbooks特典
蜘蛛VS蟬	角川BOOKS三週年活動
蜘蛛絲大餐	第五集虎之穴特典
體能檢測	第六集Melonbooks特典
吐息	第六集安利美特特典
味覺	第六集Gamers特典
粉紅虎	第一集虎之穴特典
苦命公爵千金的過去與現在	第二集安利美特特典

短篇故事初次發表時間表

懷念的味道——第二集Gamers特典
幸運色狼——第三集安利美特特典
哥布林——小說第三集與漫畫第一集虎之穴同時購買特典
女生必備的技能——第四集虎之穴特典
斷捨離——第八集Gamers特典
神鐮刀——第八集Melonbooks特典
刷牙——第六集虎之穴特典
獵菇行動——二〇一七年新文藝活動
邊買邊吃——第八集虎之穴特典
艾兒——第七集虎之穴特典
莎兒——第七集安利美特特典
菲兒——第七集Melonbooks特典
莉兒——第七集Gamers特典
魔族領地的某一天——本書附錄
弟弟大人應援團——第九集安利美特特典
如果沒有麵包吃，何不吃甜點呢？——第九集Melonbooks特典
人魔大戰：達拉德——本書附錄
山田追思會——第五集安利美特特典

腐女子集會——第五集Gamers特典

轉生者們在妖精之里的某一天——本書附錄

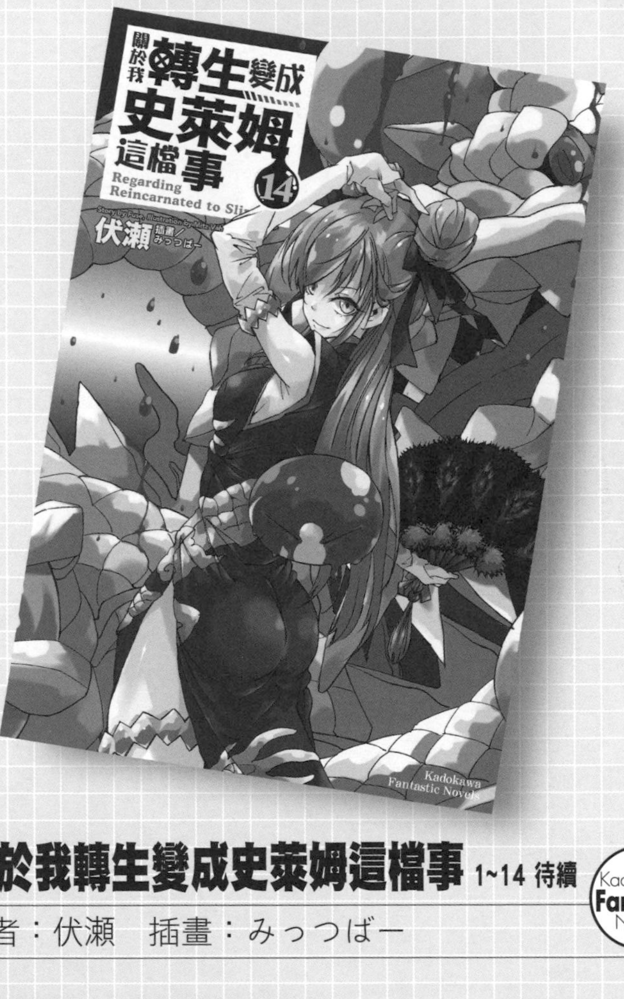

關於我轉生變成史萊姆這檔事 1~14 待續

Kadokawa Fantastic Novels

作者：伏瀨　插畫：みっつばー

利姆路等人將直搗帝都！
超人氣魔物轉生記，高潮迭起的第十四集！

魔國聯邦順利擊退來自東方帝國的九十四萬大軍侵略！而不希望戰爭繼續擴大，利姆路決定直搗大本營帝都！他與成為帝國幹部的優樹合作，打算協助優樹發動政變篡奪皇帝寶座。然而，利姆路將因此被迫見識到與先發部隊完全無法相比的帝國真正實力……！

各 **NT$250~320/HK$75~107**

我想成為影之強者！ 1~3 待續

Kadokawa Fantastic Novels

作者：逢沢大介　插畫：東西

「傳說的始祖」覺醒時刻逼近——
大規模的「影之強者」風格事件這次也大量發生！

在克萊兒提議之下，席德參加了討伐吸血鬼始祖「噬血女王」的任務，來到無法治都市。出現在他眼前的，是自稱「最資深的吸血鬼獵人」的神祕美少女瑪莉，以及無法治都市的三大勢力。為尋求「始祖血脈」和「惡魔附體者」的關連，戰場變得一片混亂……

各 **NT$260/HK$87**

八男？別鬧了！ 1~17 待續

Kadokawa Fantastic Novels

作者：Y.A　插畫：藤ちょこ

威爾的老婆們都順利生下小嬰兒
然而貴族的孩子剛出生就得訂婚!?

　　艾莉絲順利生下兒子，威爾一進房間就發現自己的孩子在閃閃發光，原來小嬰兒一出生就有魔力！之後其他孩子也接連誕生，威爾大感欣慰之餘，但又為了孩子才剛出生就得訂婚等麻煩事挫折不已。為您送上貴族家生小孩種種酸甜苦辣的第十七集！

各 NT$180~240/HK$55~80

無職轉生～到了異世界就拿出真本事～ 1~22 待續

Kadokawa Fantastic Novels

作者：理不尽な孫の手　插畫：シロタカ

魯迪烏斯將重訪魔大陸，
與過去的強敵再度對峙！

為了與人神對抗，打算聚集戰力的魯迪烏斯決定說服支配魔大陸的不死魔王阿托菲。魯迪烏斯帶著強力的伙伴造訪魔大陸。但是對方個性古怪，導致交涉陷入膠著……擋在前方的是無法溝通的魔王。面對旁若無人的她，魯迪烏斯一行人會……？

各 **NT$250~270/HK$75~90**

世界頂尖的暗殺者轉生為異世界貴族 1~3 待續

Kadokawa Fantastic Novels

作者：月夜涙　插畫：れい亜

重生後的傳奇暗殺者技壓威脅王都的眾魔族！
刺客奇幻作品，激戰的第三幕！

暗殺者盧各與勇者艾波納合力克服魔族來襲的危機，這次的活躍卻讓圖哈德家得到王都看重而接獲「誅討魔族」的任務。要對付得由勇者出手才殺得了的魔族想必太魯莽，但盧各已經靠從艾波納那裡分來的「新力量」與本身的洞察力找出突破口！

各 **NT$220/HK$73**

LV999的村民
8
星月子猫
ふーみ
Kadokawa Fantastic Novels

國家圖書館出版品預行編目資料

轉生成蜘蛛又怎樣 !Ex / 馬場翁作 ; 廖文斌譯 . -- 初版 . -- 臺北市 : 臺灣角川股份有限公司 , 2021.07
冊 ; 公分 . -- (Kadokawa fantastic novels)
譯自 : 蜘蛛ですが、なにか? Ex
ISBN 978-986-524-553-5(平裝)

861.57 110006104

Kadokawa
Fantastic
Novels

轉生成蜘蛛又怎樣！ Ex

（原著名：蜘蛛ですが、なにか？ Ex）

2021年7月21日 初版第1刷發行
2021年12月15日 初版第2刷發行

作者：馬場翁
插畫：輝竜司
譯者：廖文斌

發行人：岩崎剛人
總編輯：蔡佩芬
編輯：黃怡珮
美術設計：李思穎
印務：李明修（主任）、張加恩（主任）、張凱棋

發行所：台灣角川股份有限公司
地址：104台北市中山區松江路223號3樓
電話：（02）2515-3000
傳真：（02）2515-0033
網址：www.kadokawa.com.tw
劃撥帳戶：台灣角川股份有限公司
劃撥帳號：19487412
法律顧問：有澤法律事務所
製版：巨茂科技印刷有限公司
ISBN：978-986-524-553-5